Nuvole *e* Pioggia

ZAHRA OWENS

Dreamspinner

Special Print Edition

Pubblicato da Triskell Dreamspinner Special Print Edition

Nuvole e Pioggia
Copyright © 2011 di Zahra Owens
Traduzione di Killer Queen

Illustrazione di copertina di Anne Cain annecain.art@gmail.com
Design di copertina di Mara McKennen

Stampato negli Stati Uniti d'America
Prima Edizione
Febbraio 2011

Edizione eBook italiano: 978-1-61372-839-0
Edizione paperback italiano: 978-88-9312-148-4

A Carol, per avermi aiutata con la località che ha ispirato questa storia e al resto del mio "gruppo di lettura" (del quale Carol è un membro molto attivo) per avermi aiutata a capire tutto il resto.

CAPITOLO
UNO

Aveva bisogno di quel lavoro, era semplice.

Aveva lavorato in qualche supermercato e anche fatto il cameriere, lavoro che non gli riusciva molto bene, ma quell'opportunità sembrava fatta apposta per lui.

CERCASI: aiuto al ranch, capace di trattare puledri non addestrati, che non abbia timore di spalare letame e riparare recinzioni.

Era cresciuto in mezzo ai cavalli, aveva vissuto tutta la sua vita in un maneggio, quindi poteva farcela a occhi chiusi. Vitto e alloggio non erano molto, era ovvio, ma stando a ciò che aveva letto ci sarebbe stato un bel pagamento extra dopo la vendita dei cavalli. Solo sei settimane separavano quel giorno dall'asta, stando a ciò che aveva detto l'impiegato solitario dell'ufficio postale. Non aveva alcun posto dove andare, quindi qualche settimana di lavoro e di stabilità in una casa rendevano tutto alla sua portata.

Il freddo inverno dell'Idaho non era il massimo, ma pensava che da lì a sei settimane se ne sarebbe potuto andare verso la costa e verso un clima migliore, prima dell'arrivo della neve.

Il postino, che aveva appena iniziato il suo giro di consegne, lo lasciò dal ponte principale che portava al Blackwater ranch. Flynn si sistemò la sua sacca da viaggio sulla spalla per poi dirigersi verso l'edificio principale, camminando lungo il sentiero polveroso.

Sembrava tutto deserto, nonostante lo sporco pickup color verde scuro parcheggiato sotto un albero di mele; come a conferma di quella sensazione, quando bussò alla porta dell'abitazione del proprietario non rispose nessuno. Non aveva intenzione di arrendersi, anche perché non aveva alcuna voglia di farsi a piedi la strada per la città. Flynn cominciò a gironzolare nella scuderia, passò davanti a qualche cavallo scavezzato in un piccolo recinto per il bestiame. Ne vide qualcuno in più in un prato recintato, ma quel posto era calmo, talmente tranquillo da essere quasi inquietante.

La porta a due battenti del recinto era aperta, così decise di entrare, e fu accolto da una grande testa bruna che spuntò fuori dalla staccionata. Flynn sporse la mano e lasciò che il cavallo l'annusasse, poi accarezzò la macchia bianca tra gli occhi dell'animale.

«Avete un capo da queste parti, bellezza?» chiese al cavallo, poi sorrise quando ovviamente l'animale non rispose. Nessun altro lo fece, così Flynn continuò la sua esplorazione dando una sbirciatina nelle scuderie, tuttavia non trovò nessuno nemmeno lì.

«Immagino che stia lavorando da qualche altra parte» disse a se stesso.

«Posso aiutarla?»

Una voce alle sue spalle lo fece trasalire.

Flynn si voltò e vide un uomo dai capelli color biondo sabbia con indosso un paio di jeans e una camicia a quadri. Era accanto alla porta della scuderia che aveva oltrepassato poco prima.

«Sì, ehm. Sono qui per il lavoro.»

«Devi essere davvero disperato se hai intenzione di accettare qualcosa per cui sarai pagato meno del minimo. Perché dovresti essere interessato? Sei stato dentro, o qualcosa del genere?» domandò l'uomo, burbero.

Flynn scosse la testa. «Sono cresciuto in un ranch pieno di cavalli, quindi è meglio che impilare scatole al supermercato.»

«Che ranch?» l'uomo mantenne lo stesso tono di voce neutro che aveva usato prima.

«Nell'est» rispose Flynn, facendo il vago di proposito. «Canada» aggiunse poi. «Ci siamo trasferiti dall'Inghilterra dopo la mia nascita, in modo da poter guadagnare più soldi con l'allevamento dei cavalli.»

«Quindi perché non stai lavorando al ranch della tua famiglia?»

Flynn aveva temuto quella domanda, ma aveva una risposta standard: «Sono il più piccolo di cinque maschi. Non c'era nulla da fare per me.»

Gable non gli rispose immediatamente; guardò il giovane uomo. Era sicuro che ci fosse più di quanto avesse detto, ma avrebbe potuto scoprirlo solo assumendolo. Non aveva molta scelta, in realtà. I ragazzi del luogo si trovavano lavori pagati meglio in altri posti più grandi e da quelle parti non passavano molti stranieri. Se avesse dato una risposta negativa a quel tipo, sarebbe stato costretto a lavorare da solo per tutta la stagione, e non stava ottenendo grandi risultati in quel modo.

«Quindi, cosa sai fare?» domandò, nonostante la decisione già presa. Anche se il ragazzino avesse saputo a malapena barcamenarsi con i puledri, avrebbe avuto un paio di mani in più per il lavoro pesante.

«Più o meno tutto ciò di cui un cavallo ha bisogno» rispose il ragazzo dagli occhi castani. «Li so spazzolare, lavare, so spalare il letame nelle scuderie, far fare loro esercizio, insegnargli ad accettare briglie e selle, domarli... nomina qualsiasi cosa, io la so fare.»

Nonostante tutto ciò suonasse come se Gable fosse morto e andato nel paradiso dei cavalli, pensava che ci dovesse essere sotto una fregatura. Se il ragazzino era bravo quanto diceva, perché non stava lavorando per i grandi del settore che gli avrebbero potuto offrire uno stipendio migliore del suo? Tuttavia, non aveva intenzione di indagare più a fondo. Doveva darsi una mossa o si sarebbe trovato senza ranch. Aveva bisogno di un altro paio di braccia.

«È sufficiente» disse. «Non posso pagarti ora. Quando avrò venduto i cavalli potrò darti quello che ti spetta, ma per adesso posso offrirti vitto e alloggio.»

«È quello che diceva il pezzo di carta all'ufficio postale» rispose il giovane uomo, rassegnato.

«Mi chiamo Gable Sutton e sono il proprietario di questo posto» disse l'altro, pensando di aggiungere *almeno per ora* ma restò zitto.

«Flynn Tomlinson» si presentò il ragazzo, facendo qualche passo avanti per una stretta di mano «e lavoro qui.»

Il sorriso che accompagnò l'affermazione finale colpì Gable dritto nel basso ventre. L'idea di lavorare a stretto contatto con Flynn per sorvegliarlo era scomparsa, sapeva che non avrebbe potuto fare molto se avesse dovuto tenere d'occhio il giovane tutto il giorno. Aveva adocchiato il suo bel culetto mentre gironzolava per la scuderia, ammirando le lunghe gambe e la schiena magra. Naturalmente il resto poteva solo immaginarlo, visto che era nascosto da una giacca di camoscio e da una camicia in denim. Tuttavia, quando aveva fatto un giro, prima, Gable aveva quasi sentito il suo corpo richiamarlo con un fischio. Scosse la testa, cercando di dissolvere quei pensieri. Avevano del lavoro da fare.

«Procuriamoci qualcosa da mangiare, ti farò vedere la casa e poi possiamo metterci al lavoro.»

Flynn guardò il suo nuovo capo uscire dalla scuderia e lo seguì oltre le porte. Era difficile non notare lo sforzo dell'uomo anche nel semplice atto del camminare. Se l'andatura zoppicante non fosse bastata, il respiro affannoso avrebbe certamente dimostrato che non era solo una particolarità fisica. Quell'uomo soffriva a ogni passo.

«Dovresti vedere un dottore per quella gamba» disse, cercando di sembrare disinvolto. «Se fossi un cavallo, ti porterei dentro e chiamerei un veterinario.»

«Il dottore l'ha vista» rispose Gable, burbero. «Ha detto che devo conviverci.»

Il tono di Gable suggerì a Flynn di stare zitto al riguardo. Aveva appena capito il perché dello stato pietoso delle stalle e del caos che regnava ovunque. Considerando che Gable si occupava di tutto da solo, e con i problemi che quella camminata zoppicante implicava, non c'era da sorprendersi. Flynn si domandò cosa ci fosse di sbagliato nella gamba del suo nuovo capo, sembrava qualcosa di più grave di una storta a una caviglia. Almeno, Flynn, non avrebbe dovuto chiedergli di cosa occuparsi, visto che era ovvio che ci fosse un sacco di lavoro da fare.

Appena arrivarono all'abitazione, un camion bianco si fermò accanto a quello verde e una donna alta e slanciata, con una coda di cavallo bionda, ne uscì fuori.

Un cane da pastore li oltrepassò rapido per andare ad accoglierla non appena ebbe aperto il retro del camion per estrarre una grossa scatola di cartone. Flynn, al quale era stata insegnata la buona educazione, le corse accanto per prendere il pesante carico.

«Ehi, grazie!» la donna gli sorrise e poi guardò Gable. «Vedo che ti sei trovato un aiutante!»

«Ciao, Calley» la salutò Gable con un cenno del capo. «Calley, ti presento Flynn. Mi aiuterà fino a quando non avrò venduto i cavalli. Flynn, lei è Calley. È la proprietaria dell'unica drogheria decente in città e la sua dolce metà è Bill Haines, l'unico veterinario degno di questo nome di tutta la contea. Ci ha portato un po' di cibo, così non moriremo di fame. Vedo che hai già imparato a trattare bene la mano che ti nutre.»

«Oh, Gabe, sei sempre gentile.» Calley sorrise senza timidezza, Flynn non poté cogliere l'ironia sul suo viso dopo che si fu voltata. «Immagino di dover portare altro cibo, questa settimana.»

Non era una domanda e Flynn lo capì, aveva la sensazione che quei due si conoscessero piuttosto bene.

Camminarono fino alla casa e Calley disse a Flynn dove scaricare la scatola proveniente dal suo negozio, intanto Gable si lasciò cadere sul divano logoro nell'angolo della cucina. Mise la gamba su un poggiapiedi che c'era di fronte ed emise un respiro profondo. Lo sguardo preoccupato di Calley non sfuggì agli occhi di Flynn, per quanto fugace esso fosse. Poi, la donna cominciò a tirare fuori le cose dalla scatola come se fosse casa sua. Mentre lo faceva, Flynn notò la mancanza di un tocco femminile in casa. Una pila alta di piatti riempiva il lavandino e il freezer era pieno solo delle cibarie sistemate da Calley. Nonostante fosse discreta, Flynn la vide buttare via della roba avariata che sembrava sul punto di prendere vita. Quando Gable protestò, la risposta arrivò pronta: «Non mi importa se ti avveleni, Gable, ma questo giovanotto si merita di mangiare bene. È qui per aiutarti, quindi farai meglio a prendertene cura!»

Gable borbottò qualcosa a voce bassa e a Flynn sembrò quasi divertito. Non sapeva proprio cosa pensare di quella situazione. Calley era l'ex di Gable? Era per quello che sapeva come muoversi in quella casa? Inoltre, l'aveva ammonito davanti a un estraneo. Non aveva intenzione di chiedere nulla al riguardo, temeva che Gable non fosse dell'umore giusto per quel genere di chiacchiere. Forse un giorno la sua curiosità sarebbe stata soddisfatta, ma anche se non fosse stato così non erano certo affari suoi.

«Beh, Flynn, spero che tu sappia cucinare!» Calley gli scoccò un'occhiata preoccupata e lui le sorrise.

«Certo che lo so fare» le comunicò. «Sono cresciuto in una casa piena di maschi, se non avessi imparato sarei dovuto andare avanti a pane raffermo!»

«Sono sicura che ti sentirai come a casa» replicò la donna con una strizzata d'occhio. Poi prese la scatola vuota e si diresse verso l'uscita.

Dopo la sua partenza, il silenzio cominciò a riempire la stanza in maniera fastidiosa.

«E se cucinassi un'omelette?» propose Flynn.

«Ho mangiato le uova a colazione, quindi passo» rispose Gable. Aveva gli occhi chiusi e la testa appoggiata allo schienale del divano. «Grazie» aggiunse quest'ultimo, ripensandoci.

Flynn dubitava che Gable avesse mangiato davvero qualcosa, giudicando dalla condizione della cucina, quindi non era intenzionato a lasciare le cose in quello stato. Aveva visto Calley spacchettare ogni genere di cosa ed era sicuro di poter preparare un buon pranzetto, così aprì il frigo e ne tirò fuori una lattuga, un pomodoro e un cetriolo. Preparò qualche panino aggiungendo formaggio e prosciutto. Dovette aprire un po' di sportelli, ma alla fine decise di lavare qualche piatto e qualche coltello, in modo da avere il posto per mettere i cetrioli, oltre al tagliere. Il cane stava diligentemente accanto al suo padrone. Si stava leccando i baffi, ma Gable gli aveva insegnato a non elemosinare il cibo.

«Qui, bello!» lo chiamò Flynn.

«È una lei, si chiama Bridget» lo corresse Gable. «E non mangia gli avanzi in cucina, ha una ciotola nell'ingresso.»

Flynn teneva il pezzo di prosciutto sospeso a mezz'aria, appena vide che il cane era combattuto tra l'accettarlo e l'obbedire al suo padrone, il ragazzo lo lasciò cadere sul tagliere e l'animale sembrò rilassarsi. Spartì i panini tra due piatti e ne portò uno a Gable, che aprì gli occhi sentendo l'odore di cibo.

Gable prese il piatto che Flynn gli stava porgendo e guardò il contenuto con un po' di sospetto. «Grazie» brontolò. Quando vide cosa c'era tra le due fette di pane di segale, sul suo volto apparve un sorriso forzato.

Per Flynn fu difficile trattenersi dal ridere. Era raro che si sentisse a disagio tra gli estranei, soprattutto dopo essere stato in giro per più di tre anni, ma in quell'uomo c'era qualcosa di diverso. Sperava che i silenzi imbarazzanti se ne andassero presto, o che almeno l'uomo lo lasciasse lavorare da solo, così non l'avrebbe infastidito troppo. In ogni caso, non avrebbe saputo dire con certezza che cosa rendesse così difficile lo stare nella stessa stanza. Il cibo era buono, molto meglio di ciò che Gable si preparava da solo ogni sera. Gable sembrò approvare, nonostante Flynn cercasse di trattenere un sorriso nel vederlo tirare fuori le fette di cetriolo sperando di non farsi beccare. Flynn, a sua volta, diede a Bridget il pezzo di prosciutto che aveva messo da parte mentre stava lavando i piatti. Tutti i piatti, non solo quelli che avevano usato.

Quando uscirono di nuovo per andare a occuparsi delle scuderie, la cucina sembrava già completamente cambiata rispetto a quando erano entrati, appena un'ora prima.

A Flynn il nuovo lavoro piaceva moltissimo.

Si sentiva il capo di se stesso. Gable non si immischiava molto in ciò che faceva e a discapito delle sue sembianze rudi era un uomo molto calmo e tranquillo. Si dividevano i lavori quasi senza parlare. Gable faceva tutto ciò che era possibile fare restando seduti o in sella a un cavallo. Si occupò di briglie e selle, riparò il cardine di una porta, fece il giro dei recinti per controllare che tutto fosse a posto. Quando radunò i cavalli che dovevano essere spostati, Flynn si occupò dell'apertura del recinto, mantenendola aperta e assicurandosi che passassero tutti. Erano una buona squadra.

Flynn sapeva che se avessero voluto vendere qualche cavallo all'asta, avrebbero dovuto addestrarli. Molti di quegli animali non erano neanche ancora stati abituati alla briglia e alla sella, a giudicare da ciò che aveva osservato in quella settimana, tanti erano in quelle condizioni. Aveva notato spesso Gable cavalcare in mezzo al gregge nel recinto più alto, a volte l'aveva visto toccare gli animali, accarezzare il loro dorso o addirittura parlare con loro, ma non avevano mai lavorato con i cavalli individualmente e Flynn era preoccupato per questo. Non aveva la più pallida idea di come cominciare una conversazione con Gable per introdurre l'argomento.

9

Gable continuava a zoppicare, non stava migliorando; anzi, Flynn temeva che la sua salute stesse peggiorando. Suggerì di nuovo la possibilità di vedere un dottore e Gable fu piuttosto duro con lui, per poi non aprire più bocca per tutto il resto della giornata. Come offerta di pace, Flynn finì in fretta la sua parte di lavoro in modo da poter sgattaiolare in casa per preparare la cena. Doveva ancora trovare qualcuno in grado di resistere alle lasagne vegetariane, compresi quelli che sostenevano che un pasto non fosse completo senza la carne.

«Vai a farti una doccia. Ci vogliono ancora venti minuti, più o meno, perché sia pronto» disse Flynn a Gable quando l'uomo entrò in casa. Gable non rispose, si limitò a un cenno, sfoggiando la sua espressione più insignificante, fino a scomparire nel retro della casa.

Flynn era a conoscenza della preferenza di Gable riguardo la doccia esterna, che gli permetteva di risparmiarsi una rampa di scale. Alla sera, l'acqua di quella doccia era a una temperatura perfetta, essendo stata scaldata dal sole tutto il giorno. Gable però l'avrebbe usata anche in una giornata nuvolosa. Era una semplice doccia appoggiata al retro della casa, con dei cespugli di rose intorno, in modo che nessuno potesse guardare all'interno, o almeno nessuno dall'esterno della casa. Da dentro, invece, era facile guardare Gable nascosti dalla porta sul retro.

Flynn aveva visto il sedere nudo di Gable il secondo giorno passato al ranch, quando l'uomo si stava spogliando per lavarsi. Aveva avvolto un po' di plastica intorno alla gamba malata, ma non era stato quello ad aver attirato l'attenzione di Flynn. Era rimasto ammaliato da quel corpo muscoloso, dalla schiena forte. Quando l'uomo si era girato sotto il getto d'acqua, con gli occhi chiusi e un'espressione beata,

Flynn aveva sentito i suoi jeans diventare stretti. Aveva guardato Gable strofinarsi il petto, giù fino al ventre per poi arrivare all'inguine.

Quello era il tipo di corpo che portava Flynn a un'eccitazione senza fine, e negli ultimi tempi sentirsi così era stato raro. Quel giorno, il ragazzo per la prima volta corse nel piccolo bagno in fondo alle scale per sciogliere la tensione. Ora non lo faceva più. Ormai conosceva il rituale di lavaggio di Gable e sapeva il tempo che l'uomo impiegava per spogliarsi e rivestirsi. Nessuno era mai venuto al ranch, e da dov'era, Gable non riusciva a vedere Flynn, quindi quest'ultimo si sentiva sufficientemente a suo agio per far scivolare la mano nei jeans e sfregarsi. Vide Gable strofinare la schiuma in mezzo alle gambe e ripetere l'azione qualche volta, l'uomo esitò per un attimo quando capì che gli stava diventando duro, infine se lo prese in mano, e un lieve gemito sfuggì dalle labbra di Flynn. Oh, cosa avrebbe fatto per essere autorizzato a toccare quel corpo, per essere quella mano, toccare il cazzo di Gable. Flynn osò a malapena toccarsi, aveva il timore di venire istantaneamente. Guardò Gable appoggiarsi alla parete della casa con il braccio teso per tenersi in piedi, bilanciandosi sulla gamba buona mentre si dava piacere. Flynn poteva facilmente immaginare l'espressione che Gable avrebbe avuto se lui avesse potuto provarci con lui e aiutarlo. Chissà quanto tempo era passato dall'ultima volta che un'altra mano aveva toccato Gable? Non sembrava che avesse molta gente intorno. Forse un giorno Flynn sarebbe andato bene a quell'uomo. Forse.

Flynn vide Gable massaggiarsi e venire, il suo cazzo lanciava filamenti appiccicosi di crema bianca. Non c'era alcun segno di estasi sul suo volto, però, Gable si limitò a continuare il suo lavaggio. Flynn chiuse gli occhi, figurandosi l'uomo mentre veniva davvero trattato bene, viziato e coccolato. Bastò qualche movimento di mano per sentire il suo orgasmo inondargli l'inguine non appena ebbe immaginato Gable dire il suo nome. Quando qualche momento dopo riaprì gli occhi, vide Gable che lo guardava mentre si asciugava. Il cuore di Flynn mancò un battito. Non avrebbe mai pensato di venire scoperto.

CAPITOLO
DUE

Vedere Flynn che lo guardava dalla finestra fece infuriare Gable, poi si eccitò, nonostante il rilassante massaggio per sciogliere la tensione che si era fatto sotto la doccia. Il coraggio del ragazzo l'aveva stupito. Normalmente, in quelle situazioni, si guardava da un'altra parte. Poi l'idea lo colpì: forse a Flynn piaceva guardare gli uomini nudi? Gable continuò ad asciugarsi, cercando di scacciare quell'immagine dalla testa. Era meglio lasciar perdere, avevano del lavoro da fare e se la loro relazione fosse diventata più complicata sarebbe servito solo a rendere più difficili le cose. Difficile perché Gable pensava che se la stessero cavando alla grande: Flynn lavorava sodo e lui apprezzava che non ci fosse il bisogno di spiegare tutto al ragazzo. Ogni mossa per avvicinarsi a lui avrebbe potuto farlo fuggire, e non c'era alcuna speranza di trovare qualcuno in gamba quanto Flynn. Era fuori questione l'idea di occuparsi del ranch da solo. Quella dannata gamba rendeva le cose un inferno, era un'altra delle ragioni per non scommettere un centesimo sulla possibilità che il ragazzo provasse anche solo un briciolo dell'attrazione che provava Gable. Perché il marmocchio avrebbe dovuto volere un uomo vecchio quanto suo padre, anche se avesse avuto due gambe perfette?

Rivestitosi, Gable tornò in cucina, evitando di proposito lo sguardo di Flynn. Il profumino che aleggiava nella stanza gli fece venire l'acquolina in bocca. Aveva già assaggiato i piatti cucinati dal ragazzo. Roba semplice, come omelette e spaghetti, che sembravano quelli del ristorante a cui andava di solito quando si recava in città, niente a che fare con il cibo che era abituato a mangiare al ranch. Quella volta, però, il profumo era anche migliore del solito. Con la coda dell'occhio vide Flynn chinarsi di fronte al forno, guardando all'interno. Non poté far altro che buttare uno sguardo verso quel culetto stretto, fasciato da jeans attillati, ma fu solo una breve occhiata.

«Credo che sarà pronto tra cinque minuti» disse Flynn, senza voltarsi.

«Va bene» rispose Gable. Per qualche oscura ragione, il suo cuore aveva accelerato il battito. Era ridicolo, un sacco di uomini avevano potuto godere della visione del suo corpo nudo, cosa c'era di così terribile nel fatto che l'avesse visto anche Flynn? All'improvviso si sentì sporco nei suoi vestiti da lavoro, così si diresse su per le scale con andatura zoppicante, per cambiarsi.

Flynn si alzò e si voltò. Con sua grande sorpresa, la cucina era deserta. Si sarebbe aspettato di vedere Gable pronto per la cena, così com'era stato tutte le volte prima di allora. Sentì dei passi provenire dalle scale, subito riconobbe il passo zoppicante e ormai familiare di Gable, e si chiese il perché di quel comportamento.

Cinque minuti più tardi, quando Flynn stava sistemando la teglia fumante sul tavolo, vide Gable con indosso un paio di jeans puliti e una maglietta che sembrava nuova e mai messa.

«C'è qualcosa da festeggiare?» domandò Flynn. «Non c'era bisogno di cambiarsi, non è nulla di speciale, sono solo lasagne.»

Gable rispose con una scrollata di spalle. «È sabato.»

«E tua mamma ti faceva sempre vestire a festa di sabato?»

L'uomo scrollò di nuovo le spalle, ma questa volta non disse niente. Sistemò la sedia e ci si accomodò, concedendo a Flynn uno sguardo che durò pochi istanti, evitò i suoi occhi quando capì di essere osservato.

Flynn provò a ignorare la fastidiosa timidezza che il suo capo sembrava avere soprattutto quando ci si sedeva a cena per mangiare. Doveva solo trovare un modo per rendere quei momenti un po' più rilassanti.

«Vuoi che faccia io?» chiese, porgendo la mano in modo che Gable gli desse il piatto.

«Va bene» disse Gable, senza guardarlo. Si limitò ad aspettare che Flynn riempisse il suo piatto per poi buttarsi sul cibo.

Flynn doveva ammettere che quei momenti erano davvero carichi di tensione, ma a giudicare dall'ingordigia di Gable, le sue abilità culinarie venivano apprezzate. Flynn pensò che il suo capo, semplicemente, non fosse molto chiacchierone. Per lui, invece, lo stile di vita *on the road* significava poter contare solo su se stesso e fare a meno della compagnia, così ora che aveva trovato un orecchio in grado di ascoltarlo, aveva capito di non poter fare a meno di parlare.

«Un sacco di donne si sono prese cura di noi figli quando la mamma morì» rivelò Flynn, mangiando il suo piatto di pasta. «Ero piccolo, quindi ero sempre da quelle parti quando facevano da mangiare. Ho imparato a cucinare un sacco di roba, poi quando sono stato abbastanza grande da usare i fornelli ho fatto esperimenti culinari usando loro come cavie, con svariati risultati.» Flynn rise sotto i baffi ricordando quei momenti.

«Mi dispiace per tua mamma. Almeno la sua morte ha portato qualcosa di buono» rispose Gable, dimenticando le buone maniere e parlando a bocca piena. Ingoiò il boccone e guardò Flynn con l'ombra di un sorriso sul volto. «Non avrei mai pensato di mangiare così bene a casa mia.»

Il cuore di Flynn sobbalzò per quel complimento. Provò a nasconderlo, non voleva fare nulla che potesse spingere Gable a smettere di parlare. «Grazie» replicò. «Ne vuoi ancora?»

Gable gli porse il piatto e Flynn gli mise un'altra porzione.

«Il posto dove ho davvero imparato a cucinare è stata la città, però» continuò Flynn. «Non c'era molto lavoro al ranch, così ho dovuto riconsiderare i miei obiettivi. L'unica cosa di cui c'era un gran bisogno quando arrivai lì erano cuochi.»

«Ti piaceva vivere in città?» domandò Gable.

Flynn alzò le spalle. «Era diverso, senza dubbio. E, beh» Flynn esitò, «c'erano un sacco di possibilità in più per spargere i miei semi, se capisci cosa intendo.»

«Ma sei tornato in campagna...»

«Ho avuto le mie buone ragioni.» Disse lui, sprezzante. Senza alcuna sorpresa, il resto del pasto fu consumato in silenzio come al solito.

Gable non aprì bocca fino a quando non ebbero finito di lavare i piatti e non si furono seduti fuori, sulla veranda. Il sole stava tramontando e le nuvole si stavano avvicinando; da una parte il cielo diventava scuro e minaccioso, dall'altra era tinto di rosso e arancio. Gable aveva sistemato la gamba su un altro sgabello, Flynn era seduto sui gradini con la schiena contro un pilastro che reggeva il tetto. Non stava guardando Gable in maniera diretta, ma poteva senza troppo sforzo buttargli qualche sguardo – e lo fece, per assicurarsi che fosse rilassato. Sembrava una sistemazione comoda per entrambi, non c'era alcun bisogno di interagire, la tensione pareva essersi dissolta nel nulla.

Il silenzio però non soddisfaceva Flynn. Significava essere da soli a pensare, e quando lo faceva, l'immagine di Gable sotto il getto della doccia gli riempiva la mente e il suo corpo reagiva. Provò a rilassarsi, a pensare ad altro. Doveva accettare che fino a quando non fossero riusciti a intavolare una conversazione decente, quella possibilità era fuori questione. Per quel che ne sapeva, Gable poteva essere eterosessuale. Flynn non l'aveva mai sorpreso a guardarlo. Quindi, ancora una volta, non si poteva essere certi di nulla.

Flynn sospirò. La vita era molto più semplice in città. Aveva quasi dimenticato perché si era ritrovato costretto a lasciarla.

«Guarda, sembra che stia per piovere» brontolò Gable dalla sua sedia sulla veranda.

«Non hanno detto nulla al riguardo alla radio, questo pomeriggio» replicò Flynn.

«Quei tizi delle previsioni non sanno di cosa stanno parlando. Fidati. So com'è il cielo poco prima di un temporale. Spero che non infastidisca troppo i cavalli, non possiamo permetterci di perderne nessuno.» Gable sospirò e considerò la triste verità che c'era nelle proprie parole. Se qualche cavallo avesse rotto il recinto e fosse scappato, i danni sarebbero stati incalcolabili. Quando lavoravano in tre, uno poteva riparare il recinto mentre gli altri due andavano con il cane in cerca dei cavalli. Ora, con la gamba in quelle condizioni, non poteva andare molto lontano e Flynn non conosceva abbastanza la zona. Tutto ciò che potevano fare era sperare in una calma pioggia estiva che non avrebbe portato i cavalli a fare altro se non restare vicini l'uno all'altro.

Il dolore pulsante che tormentava la gamba di Gable si era quietato, ora che si era seduto per un po'. Era una sera mite, la calma prima della tempesta. Guardò Flynn seduto sui gradini, la testa appoggiata contro il palo e gli occhi chiusi. Gable immaginò quasi di vedere un sorriso sulla sua faccia, non poté fare a meno di pensare che stesse lavorando troppo. Si alzava presto quanto Gable, e ciò significava alzarsi all'alba. Lavorava ogni giorno senza sosta e non esitava a portare a Gable un po' d'acqua da bere quando ne prendeva per sé. Per finire, preparava la cena per entrambi ogni singolo giorno. Gable si sarebbe potuto abituare in fretta a quel trattamento principesco, ma sapeva che sarebbe stato meglio evitare. Flynn era un vagabondo e dopo la vendita dei cavalli se ne sarebbe andato. Non doveva cercare di trattenerlo in alcun modo.

«Pensi che dovremmo radunare la mandria del recinto più lontano?» domandò Flynn, evitando di aprire gli occhi. «Posso prendere Bridget? Non mi ascolta come ascolta te, ma sa cosa fare.»

Gable ci pensò su. Tempo addietro, quando faceva tutto da solo, aveva impiegato meno un'ora per portare i cavalli più vicini fino al ranch, in modo da renderli protetti dalle avversità. Ora non poteva rischiare, non con la gamba in quelle condizioni e con l'inesperienza di Flynn. «Dobbiamo solo sperare che la situazione non peggiori più di tanto» rispose Gable. Vide Flynn arrendersi, poi si voltò in modo da non dover leggere la disapprovazione su quel volto. Non senza qualche tremore, alzò la gamba dal poggiapiedi e la portò delicatamente a contatto con il pavimento, infine si alzò.

«Non hai mai gestito il ranch da solo, eh? Prima... prima dell'incidente?»

Gable si fermò sullo stipite della porta sentendo la voce piena di esitazione di Flynn. Non poteva girarsi, non doveva mostrare al ragazzino l'emozione che lasciava trasparire il suo volto. Capì di non poter camminare e di non riuscire a fare nient'altro, era bloccato. Come avrebbe potuto spiegargli quanto gli era mancata la sua compagnia, quanto gli era mancato essere accudito e toccato? Poteva capire l'aiuto al ranch, ma come poteva essergli mancato così tanto altro?

All'improvviso Gable sentì una mano sulla schiena ed ebbe quasi l'impulso di ritrarsi, ma nonostante il calore di quella sera d'estate il contatto umano lo fece sentire bene, così si limitò a stare fermo lì, facendo appello a tutte le sue forze pur di non voltarsi e stringere il ragazzo tra le braccia.

«No, eravamo in due, ma lui se ne è andato» disse Gable brusco, sperando che la sua voce non tradisse il suo batticuore. Fece un passo avanti, allontanandosi da Flynn. Poi un altro ancora, e prima che se ne potesse accorgere era da solo in camera.

CAPITOLO
TRE

Flynn non riusciva proprio a dormire. Stava piovendo a catinelle e l'unica cosa che vedeva guardando fuori dalla finestra erano i cavalli che si stringevano l'uno all'altro nel recinto. Inoltre, la conversazione avuta poche ore prima con Gable continuava a risuonare nella sua testa. Aveva detto chiaramente «se ne è andato» e quell'affermazione aveva lasciato trasparire un'emozione fortissima. Ciò aveva tolto ogni possibile dubbio: quell'uomo era stato un amante, non solo un aiutante. Flynn non era certo di sentirsi meglio o peggio dopo quell'affermazione. Il fatto che a Gable piacessero gli uomini era una cosa buona, non c'erano dubbi, ma ciò significava che Flynn aveva una possibilità? Gli piaceva quell'uomo, lo eccitava moltissimo, ma doveva ammettere di non aver alcuna voglia di diventare la ruota di scorta, il ripiego. Non aveva mai creduto nell'amore eterno, e se tutto ciò avesse portato a qualcosa di buono, avrebbe potuto trovare il modo di fermarsi per più delle sei settimane pattuite. Tutto sommato, l'idea di un anno o giù di lì nello stesso posto cominciava a piacergli, anche se non poteva contarci. Gable sembrava tollerare la sua compagnia solo per il lavoro che faceva.

A discapito dell'aspetto burbero di Gable, Flynn aveva avuto più possibilità di notare una certa tenerezza nascosta, che l'uomo mostrava soprattutto nei confronti dei cavalli. Il suo comportamento era pieno di naturalezza, rispettava la loro mandria come rispettava la loro individualità.

Quando Flynn aveva osato suggerire di nuovo a Gable di addestrare i cavalli, Gable gli aveva dato una dimostrazione significativa di ciò che il legame con loro voleva dire per lui. Portò un puledro in un altro recinto per mettergli briglia e sella. Il cavallo protestò a malapena, e quando lo fece, Gable lo tranquillizzò, fermo accanto a lui, in silenzio, dando al cavallo il tempo di abituarsi. Il puledro era troppo giovane per essere cavalcato, ma Flynn capì che sarebbe stato già quasi pronto per farlo. Anche l'occhiata che Gable scoccò a Flynn, quasi chiedendogli quanto fosse soddisfatto, senza aprire bocca, dissuase il ragazzo dal discuterne di nuovo. Flynn sapeva però di dover fare qualche prova con i cavalli più grandi, soprattutto con quelli di tre o quattro anni che erano quasi pronti per essere venduti.

Fuori, la tempesta sembrò calmarsi un pochino, ma la pioggia continuava a scendere a ritmo costante. Non aveva senso preoccuparsi per i cavalli. Erano piuttosto calmi e non c'era abbastanza posto per portarli tutti dentro. Erano cavalli da lavoro e quindi abituati a stare fuori durante l'inverno. Flynn decise di lasciar perdere la finestra e si accoccolò sotto le coperte, cercando di trovare una posizione abbastanza confortevole da permettergli di dormire. Quando non ci fu riuscito, infilò la mano in mezzo alle gambe e cominciò a toccarsi. Non appena ebbe chiuso gli occhi, lasciò che l'immagine del corpo muscoloso di Gable gli riempisse la testa e fantasticò di unirsi a lui durante la doccia. Gli diventò duro quanto la roccia, era eccitatissimo. Quell'atto non lo soddisfece del tutto, ma almeno lo lasciò stanco abbastanza per addormentarsi.

Dopo due ore che era andato in camera sua, Gable era ancora sul letto, vestito. Si chiedeva che diavolo stesse accadendo al tempo. Era buio fuori, il vento stava soffiando intorno alla casa, la pioggia batteva contro la finestra. Perché il ragazzo l'aveva fatto? Perché Flynn aveva provato a confortarlo? Aveva sempre pensato di dover tenere sotto controllo le proprie emozioni quando Flynn era nei paraggi.

Oh, stava scherzando? Da un anno si era imposto di non pensare più a Grant. Quando era all'ospedale si era limitato a decidere di bandire l'uomo dalla sua mente, riuscendoci la maggior parte delle volte.

In qualche modo, il ragazzino gli aveva ricordato tutto. Flynn era più giovane di Grant, ma aveva lo stesso sorriso provocante e gli stessi capelli neri e ribelli. Anche Grant era stato un vagabondo prima di fermarsi lì al ranch. Poteva permettersi di sperare che Flynn facesse altrettanto? Poteva farcela, anche con il dispiacere di un'eventuale partenza.

Bastò un'occhiata al ranch per vedere quanto fosse migliorato. Flynn era una manna dal cielo. Le stalle erano mantenute regolarmente, i cavalli erano felici e anche Bridget gli aveva scodinzolato. Gable non si ricordava l'ultima volta che quella casa gli era sembrata così vivibile. A dire il vero non lo era mai stata, prima dell'incidente era solito pulire, Grant non se ne occupava, la casa e i vestiti puliti erano dati per scontato. Si era mai reso conto di tutto ciò che Gable faceva per lui? Aveva qualche dubbio in proposito.

Gable si sedette sul letto e cominciò a togliersi la maglietta. Sussultò quando il suo piede colpì il pavimento con troppa forza, e si maledisse per essere stato così distratto. Si prese il volto tra le mani e sospirò. Non poteva più mostrare alcuna emozione con nessuno, doveva smettere di pensare a Grant. E anche di pensare a Flynn.

Il mattino seguente Gable si svegliò presto, non riusciva a dormire. Oltrepassò la cucina nonostante quel profumino così allettante che ne usciva e sellò Brenner, il suo stallone marrone, per andare a dare un'occhiata alla mandria.

Muoversi in mezzo agli altri cavalli per assicurarsi che stessero tutti bene portò via più di un'ora. Poi impiegò altre due ore per controllare la recinzione. Una volta calmatosi vedendo che tutto era a posto, tornò alla scuderia.

Stava rientrando, quando vide Flynn uscire dalla scuderia seguito da un uomo alto. Gable fece immediatamente dietrofront, sperando che i due uomini non lo notassero, ma alla fine fu la curiosità a vincere. Cavalcò un po' più vicino a loro e identificò il nuovo arrivato. Hunter era il proprietario del ranch lì vicino, un posto più grande rispetto alla proprietà di Gable. Di solito, veniva per assicurarsi la prima scelta dei cavalli. Hunter era anche un inguaribile cascamorto, pur non dandosi molte arie. Proprio in quel momento ci stava provando con Flynn, Gable pensava che Hunter fosse etero ma sentì comunque una morsa allo stomaco. Non poté fare a meno di guardare. Flynn stava sorridendo, forse stava incoraggiando Hunter. Il ragazzo era appoggiato allo stipite della porta e Hunter gli stava piuttosto vicino, con le mani appoggiate sullo stesso stipite. Disse qualcosa che fece ridere Flynn.

Gable si affrettò a cavalcare fino al ranch, nonostante il dolore al piede. Se qualcuno doveva occuparsi di affari quello era lui, non Flynn.

Flynn sapeva che Hunter stava flirtando e si stava godendo ogni istante. Sembravano passati secoli dall'ultima volta che un ragazzo gli aveva dedicato qualche attenzione, così non aveva alcuna intenzione di liquidare l'affascinante acquirente. Non voleva smettere di parlare con lui. Hunter gli aveva detto di voler comprare qualche cavallo, dovevano aspettare Gable, era chiaro, ma ciò non significava che non potessero mettersi comodi.

«Perché non ti bevi una birra mentre aspettiamo?» Suggerì Flynn.

Hunter fece una smorfia. «In genere non bevo prima di concludere un affare...»

«Ti ho già spiegato che con me non puoi concluderne. Non sono i miei cavalli, lavoro solo qui.»

«Oh, dai» insistette Hunter con voce strascicata, avvicinandosi un po'. «Sei più coinvolto in questo ranch di quello che dici, vero?»

Flynn lasciò vagare lo sguardo, non aveva idea di dove volesse andare a parare l'altro.

«Grant non si limitava a lavorare» aggiunse Hunter.

Per Flynn, la tentazione di farlo andare avanti era forte. Senza il bisogno di alcuna persuasione aveva già scoperto il nome dell'ex di Gable. Chi poteva sapere che cos'altro avrebbe potuto dire Hunter, con un po' di incoraggiamento?

«Non devi fare affari con il mio dipendente» li interruppe Gable dopo aver fatto fermare il cavallo. Scoccò uno sguardo severo a Flynn, poi smontò. Tremò leggermente, ma Flynn sapeva che avrebbe provato a nascondere a Hunter il dolore e la camminata zoppicante. Gable porse a Flynn le redini di Brenner e indirizzò un'occhiata veloce a Hunter, voleva fargli capire che preferiva discuterne altrove.

«Non togliergli la sella. Dobbiamo andare via per un po'. Sella T.C. per Hunter» disse Gable a Flynn.

Flynn si limitò ad annuire, non gli piaceva prendere ordini, ma quel tono gli fece capire che non c'era possibilità di scelta e si sentì offeso per essere trattato in quel modo. Aveva abbandonato degli impieghi per molto meno, ma non voleva dire nulla davanti a Hunter. In ogni caso c'era molto lavoro da fare, quindi a discapito della sua curiosità, non voleva davvero restare con Hunter.

Rimuginare riguardo al comportamento di Gable era inutile. Lui *era* il suo dipendente, non c'era modo di negarlo, ma non era certo di poter continuare a lavorare per Gable con così poco rispetto. Flynn chiamò Brenner in modo che il cavallo lo seguisse nella scuderia. Il ragazzo si appuntò mentalmente di dover parlare con il capo, più tardi.

Aveva appena finito di sellare T.C., il castrato pezzato di Gable e stava assicurandosi che tutto fosse a posto quando i due uomini tornarono. Questa volta Flynn non ricevette da Gable neppure uno sguardo, figurarsi un ringraziamento. Hunter annuì e impiegò poco tempo per salire a cavallo, Gable invece non fu altrettanto veloce.

Flynn li seguì con lo sguardo mentre si allontanavano, capì che Gable manteneva quel minimo di gentilezza sufficiente a far vedere all'altro i cavalli.

Una volta finito ciò che doveva fare, Flynn si lavò le mani nel lavandino dell'ingresso, si tolse gli stivali e andò in cucina solo con le calze, chiedendosi se fosse il caso di preparare qualcosa da mangiare anche per Hunter. Non importava. Per pranzo mangiavano dei panini e c'era un sacco di pane, formaggio e prosciutto, era abbastanza da sfamarli tutti e tre. Sperò che l'umore di Gable sarebbe migliorato dopo la vendita, altrimenti si sarebbe organizzato per pranzare da solo, abbastanza lontano da quei due.

Dalla finestra della cucina, Flynn vide Gable zoppicare verso la casa, Hunter invece era fuori dal suo campo visivo. Non si scompose quando Gable entrò, qualche minuto più tardi. Stava lì da abbastanza tempo e sapeva che Gable in quel momento si stava togliendo gli stivali.

«Il caffè è quasi pronto» annunciò Flynn.

L'unica risposta dell'altro fu un grugnito.

«Hunter non ha comprato nessun cavallo?» domandò timidamente il ragazzo senza guardare direttamente l'altro. Stava pelando le patate per la cena, perciò aveva un'ottima scusa per non voltarsi.

«Perché? Non vedi l'ora di incontrarlo di nuovo?» replicò brusco Gable, chiudendo lo sportello del frigo e sbattendo un piatto sul tavolo.

Flynn respirò profondamente prima di rispondere. «Pensavo che sarebbe stato bello venderne qualcuno. Sono sicuro che potresti far fruttare il ricavato.»

«Non preoccuparti, sarai pagato.»

Flynn mise l'ultima patata nella ciotola e fece una pausa prima di riprendere a parlare, in modo da controllare i suoi pensieri ed evitare di sbottare, visto lo stato d'animo di Gable. «Hai detto che sarò pagato e mi fido» disse, calmo. «Hunter mi è sembrato un tipo a posto, sembrava smanioso di avere la prima scelta, così ho pensato che avresti potuto ricavare più di quanto avresti guadagnato con l'asta. Inoltre, risparmieresti i costi del trasporto.»

Flynn prese la ciotola e si voltò per attraversare la cucina fino al lavandino. Ebbe appena il tempo di vedere Gable che gli si avvicinava a grandi passi. Un ultimo passo e schiacciò Flynn contro il muro. La forza con cui la faccia del ragazzo colpì la superficie rigida, combinata con la sensazione di una mano sulla gola, gli fece allentare la presa sul contenitore che cadde per terra con un forte rumore, le patate crude cominciarono a rotolare sul pavimento.

Ancora prima di riflettere, Flynn vide la rapacità negli occhi di Gable e poi sentì la bocca dell'uomo contro la propria. Tutto ciò era diventato un bacio, aggressivo e invadente. All'inizio, Flynn resistette. Quel gesto era stato brusco e non c'era modo di scappare – quell'istinto si era fatto sentire. Quando realizzò di essere tenuto contro il muro dal suo capo, il suo corpo reagì. Flynn ricambiò il bacio, cercando di trasmettergli quello che voleva. Aveva immaginato quella scena più e più volte. Beh, forse non proprio in quel modo. Immaginava di tenere le redini del gioco, non di essere sbattuto contro il muro ed essere divorato. Capì però che non gli dispiaceva, nonostante il dolore alla testa che cominciava a farsi sentire. Si limitò a insinuargli la lingua tra le labbra e combattere per dominarlo, danzando intorno alla lingua di Gable. Flynn poteva sentire l'eccitazione dell'uomo spingere contro il suo fianco e consentì a se stesso di toccare Gable, stringendogli il sedere e attirandolo più vicino a sé.

Gable esitò per un istante, tirandosi indietro e guardando Flynn negli occhi. Stavano ansimando, e gli occhi color ghiaccio di Gable erano ora pieni di desiderio. Appoggiò la fronte su quella del ragazzo per un momento e poi si allontanò del tutto, zoppicando fuori dalla cucina.

Flynn poggiò la testa al muro e si ricordò della botta ricevuta poco prima, così si toccò il punto dolente con la mano cercando di calmare il dolore. Poi si tastò l'angolo della bocca con il dorso della mano e scoprì che Gable gli aveva ferito il labbro.

Flynn si guardò intorno. Non aveva idea di cosa avesse innescato quella reazione, ma ne voleva ancora. Era confuso, però. Doveva seguire Gable fuori? Non lo conosceva ancora molto bene, non erano mai stati a stretto contatto, ma sapeva che l'uomo riusciva a calmarsi quando era solo e poteva badare agli affari suoi. Così, invece di andare a confortarlo e chiedergli se fosse tutto ok, Flynn decise di concedergli qualche minuto. Raccolse la ciotola e le patate, poi andò al lavandino per lavarle. Si leccò le labbra, gustando il sapore di Gable mischiato al gusto metallico del sangue, poi ripensò agli ultimi minuti. Gable gli era piombato addosso all'improvviso. Era forse geloso di Hunter? Flynn non poté fare a meno di sorridere, senza alcun dubbio aveva senso, nonostante la goffaggine dell'uomo quando si trattava di esternare i propri sentimenti.

Flynn posò la ciotola delle patate sul forno, preparandole per la cena, poi si pulì le mani, fece due grossi panini e li mise su due piatti. Preparò due tazze di caffè, le riempì di zucchero, poi camminò fuori con la sua offerta di pace.

Gable era in veranda che fissava i recinti, con il piede sullo sgabello. Flynn entrò nel suo campo visivo porgendogli cibo e bevanda. Gable lo guardò e poi spostò lo sguardo, senza cambiare espressione.

«Senti» sospirò Flynn. «Mi hai baciato. Non mi è dispiaciuto. Fattene una ragione.»

Questa volta, Gable lo scrutò un po' più a lungo, infine accettò il piatto e la tazza.

Flynn si rese conto di aver fatto abbastanza per quel giorno e in silenzio si sedette in veranda per mangiare.

CAPITOLO

QUATTRO

Quel pomeriggio, Hunter tornò con un grosso camion e un piccolo rimorchio contenente due cavalli. Mentre il suo aiutante li faceva scendere, Gable e Hunter ricominciarono a discutere di affari.

Flynn li vide da lontano e non poté fare a meno di notare che Hunter sembrava trattare meglio Gable rispetto a quella mattina. La sensazione persistette anche quando Gable si allontanò da Hunter e dal suo aiutante per andare da lui.

«Pensi di poter venire con noi questo pomeriggio?» gli domandò Gable. «Se fossimo in quattro dovrebbe essere abbastanza facile circondare i cavalli che vuole Hunter e portarli nel recinto frontale. Da lì, poi, li caricheremo sul camion.»

«Certamente, capo» rispose Flynn, incapace di nascondere un sorriso. Se avesse immaginato che un bacio potesse portare così tanti cambiamenti, l'avrebbe baciato il primo giorno. Forse non avrebbe avuto il medesimo impatto, visto che era stato Gable stesso a prendere l'iniziativa. Flynn si strofinò la testa ricordandosi della botta, gli faceva ancora un po' male. «Vado a sellare Brenner e T.C.»

Nonostante il temporale che c'era stato, quel pomeriggio il tempo era splendido. Il cielo era blu fin dove l'occhio poteva vedere ed era presente solo qualche nuvola occasionale, ma nulla di tanto grande da coprire il sole. Faceva caldo, si poteva cavalcare in jeans e maglietta. Come Gable aveva predetto, ci volle meno di un'ora per radunare un gruppo di cavalli, ma Flynn sapeva che la parte più difficile stava solo cominciando. Hunter voleva vedere ogni cavallo singolarmente, in modo da poter giudicare quali fossero i più facili da governare, ma voleva anche valutare la struttura del corpo e la costituzione. Flynn sapeva che non c'era nulla di cui preoccuparsi. Conosceva la mandria a sufficienza per sapere che tutti i cavalli che avevano superato l'età minima per essere venduti erano animali robusti, e quelli che avevano circondato quel pomeriggio potevano diventare dei buoni cavalli da lavoro. Era sicuro che Hunter l'avrebbe notato.

Sulla via per le scuderie, dopo una cavalcata finale intorno alla mandria, Flynn condusse T.C. vicino a Brenner in modo da poter parlare con Gable senza che gli altri sentissero.

«Perché non parli di affari con Hunter mentre gli mostro i cavalli?» appena quelle parole uscirono dalla sua bocca si rese conto che suonassero un po' troppo audaci, si trattava però della scelta più logica. Forse avrebbe dovuto scegliere le parole con più attenzione. Gable non era un gran chiacchierone e Flynn preferiva sapere cosa avrebbe dovuto fare prima dell'arrivo. Con sua grande sorpresa, Gable gli sorrise poco prima di esortare Brenner ad aumentare la velocità.

Flynn restò dietro, cercando di controllare il suo corpo. Dannazione, si sentiva come una scolaretta a un primo appuntamento! Non c'era motivo di aspettarsi che quel giorno succedesse ancora qualcosa, ma il bacio che c'era stato gli faceva battere il cuore all'impazzata e si chiese come sarebbero andate le cose una volta soli. Aveva del lavoro da fare, ma sperava che il tempo passasse il più velocemente possibile.

Hunter fu soddisfatto dalle condizioni dei cavalli, come Flynn aveva previsto. Quando Gable e Hunter si sedettero sul recinto guardando il corral circolare che usavano per addestrare i cavalli, Flynn portò due cavalli l'uno vicino all'altro e li lasciò camminare, trottare e infine galoppare. Tim, l'aiutante di Hunter, qualche volta volle vedere quanto erano capricciosi, oppure volle piegar loro le zampe o controllare gli zoccoli, ma in linea generale i cavalli incontrarono l'approvazione di Hunter. Dopo che anche l'ultimo fu mostrato, Hunter e Tim tornarono al camion per caricare i loro animali, lasciando gli altri due da soli.

«È andata bene» fece notare Flynn nel tentativo di incominciare una conversazione. «Prenderà tutti i cavalli che abbiamo radunato?»

Gable si limitò ad annuire.

«Non ne sembri felice.»

L'uomo scrollò le spalle, così Flynn si impose nel suo campo visivo. «Non è andata male, in effetti» concesse Gable senza troppo entusiasmo. «Tornerà domani per caricare il resto, non può portarli tutti in una volta sola.» E poi, a voce più bassa aggiunse: «È andata bene.»

Flynn sorrise a nessuno in particolare. Era bello vedere Gable un po' più rilassato, sperava che durasse a lungo. Era stato un giorno intenso, però, ed era felice che fosse giunto al termine. Vedendo Gable scendere dal suo trespolo, attento a non caricare troppo peso sul piede malato, Flynn pensò che l'uomo fosse spossato.

«Potresti andare dentro e cominciare a cenare» gli suggerì. «È tutto sul forno, siamo in tre a occuparci dei cavalli, sono sicuro che ce la faremo.»

Gable lo guardò sospettoso e per un momento Flynn pensò di aver rovinato tutto per l'ennesima volta dicendogli cosa fare invece di lasciarlo decidere. Non poteva cancellare le parole dette, allora lo ignorò guardando il camion.

«Posso ancora esservi d'aiuto» disse Gable, ma appena cominciarono a camminare fu chiaro il contrario, così si diede per vinto. «Beh, ne sei proprio sicuro?»

Flynn annuì sperando di incoraggiarlo, poi gli toccò la spalla amichevolmente, per mandarlo a casa. Lo sforzo necessario a Gable per muoversi si vedeva anche mentre camminava, lui poteva solo immaginare che cosa ci fosse sotto le bende. L'aveva visto solamente per un istante, ma se gli faceva male così tanto e così a lungo doveva essere qualcosa di grave. Scosse la testa, ricordando a se stesso che Gable odiava parlare dell'argomento. L'aveva messo in chiaro più volte.

Dopo meno di un'ora, il camion con i cavalli si stava già dirigendo verso il ranch di Hunter; Flynn tornò dentro, il suo stomaco brontolava rumorosamente. Si tolse gli stivali e si lavò le mani nell'ingresso. Poi si diresse in cucina, dove trovò Gable vicino al forno con Bridget accanto, che lo guardava speranzosa. Si fermò per un attimo, osservandolo e scacciando i pensieri indecenti dalla testa, prima di camminare verso di lui. Doveva controllare il proprio corpo, appoggiò la mano sulla spalla di Gable avvertendolo della sua presenza.

«Che buon odorino!» Flynn non tolse la mano e Gable non diede segno di volergliela spostare.

Gable fece spallucce. «Il cuoco sei tu, sto solo dando una mano.»

Gable accarezzò Bridget e in questo modo si allontanò da Flynn, che sentì una stretta al cuore. Disse a se stesso che non significava nulla e che sbagliava a pensare che tutto sarebbe cambiato solo perché si erano baciati, ma non riuscì a convincersene, specialmente quando Gable prese una forchetta per fargli assaggiare le carote.

«Attento, scotta.»

Flynn soffiò e poi assaggiò il boccone, senza riuscire a nascondere il dolore alla lingua provocato dal cibo bollente.

«Sono tanto male?»

Flynn gesticolò un *no* con le mani e aprì la bocca per raffreddarla. «Erano solo... calde!» Aprì una credenza e prese il rosmarino che aveva comprato. «E c'è bisogno di un po' di questo, per il resto vanno bene.»

«Mangiamo, allora.»

La cena fu consumata perlopiù in silenzio. Erano entrambi stanchi e affamati, così non parlarono della giornata trascorsa fino a quando non furono arrivati nella veranda.

«Dimmi, hai ancora bisogno dell'asta o ti basteranno i soldi di Hunter per quest'anno?» domandò Flynn, con un po' di esitazione. Non gli piaceva molto parlare di soldi, aveva paura che Gable cominciasse a parlare del suo pagamento, e non lo voleva: non desiderava andarsene.

«Abbiamo ancora qualche cavallo pronto per essere venduto, quindi dovremmo andare» rispose Gable, guardando il paesaggio invece che Flynn.

«Un po' di soldi in più fanno sempre comodo. Non si può mai sapere cosa accadrà durante l'inverno.» Fece una pausa di qualche istante. Flynn avrebbe voluto sentirsi dire che vivere in due sarebbe stato più dispendioso, o anche che Gable aveva deciso di fare qualcosa per la gamba, ma rimase di nuovo in silenzio.

«Hai mai preso in considerazione l'idea di mettere su un allevamento invece di comprare le femmine già incinte?» domandò Flynn, cercando di scacciare il silenzio. «Brenner sarebbe uno stallone di qualità, e hai già qualche buona cavalla nella mandria.»

«È un rischio considerevole» replicò Gable come se ci avesse già pensato. «A volte le cose vanno male e ci vogliono anni per rifarsi dell'investimento. Inoltre, ci vorrebbero altre stalle e riesco a malapena a mantenere quelle che ho già.»

Flynn avrebbe voluto gridargli che sarebbe rimasto, se solo Gable avesse dato segno di volerlo. Cercò di restare calmo. «Sono cresciuto in una fattoria dove si allevavano cavalli. So come gestire quel genere di situazioni. Potremmo fare un esperimento con una o due femmine.»

Gable rimase zitto per quella che a Flynn parve un'eternità. Sembrò prendere in considerazione quello che l'altro gli aveva appena detto e il ragazzo non aveva alcuna intenzione di interromperlo. Aveva fatto la sua parte mettendo in chiaro che sarebbe rimasto più a lungo di quanto pattuito.

«Dovremmo pagare al veterinario una cifra astronomica, Flynn» disse Gable, calmo.

«Ma anche il ricavato sarà sostanzioso.»

Gable annuì appena e continuò a guardare i campi, che stavano diventando più scuri a causa del tramonto del sole. Stava cominciando a formarsi una leggera nebbia.

Flynn si alzò dal gradino della veranda dove si sedeva ogni volta. «Vuoi una tazza di caffè o qualcos'altro?»

«Meglio di no, andrò a controllare le scuderie e poi tornerò dentro.»

«Farò io i controlli» si offrì Flynn.

Un rarissimo sorriso comparve sul volto di Gable. «Grazie» disse, accompagnando quel gesto con un leggero tocco della mano sul braccio del ragazzo. Poi rientrò in casa.

Flynn rabbrividì come se fosse stato abbandonato. Non si aspettava di essere portato a letto quella notte stessa, ma aveva sperato che Gable avesse il coraggio di baciarlo di nuovo. Quel momento se ne era andato e lui sentiva ancora il tocco dell'uomo sul braccio, coprì la zona con la mano nel tentativo di non far scappare quella sensazione. Non funzionò, così trovò la consolazione dove l'aveva sempre trovata: nelle stalle con i cavalli.

Brenner e T.C. stavano masticando pigramente l'avena extra che era stata data loro prima. Alzarono lo sguardo non appena arrivò. «Ehi, ragazzi.» In quel posto, Flynn si sentiva a casa, anche se non era davvero così. Accarezzò i cavalli sul collo e scompigliò la loro criniera.

«Quindi che dovrei fare con il vostro padrone?» domandò come se gli stessero per rispondere. «Pensate che voglia che resti?»

Flynn sentì grattare fuori dalla porta e la aprì. Bridget entrò e si sedette accanto al ragazzo. «Bene, sono felice che abbia deciso di unirti a noi, ragazza» disse al cane. «Ora dovremmo esserci tutti.» Ridacchiò osservando la scena. «Stavamo parlando di come fare con Gable» disse a Bridget, che alzò le orecchie e inclinò la testa. Spesso assomigliava al suo padrone, pensò.

«Ragazza mia, tutto sembra a posto qui. Lasciamo dormire i cavalli, va bene?»

Flynn sorrise vedendo Bridget alzarsi e andare alla porta, proprio come se avesse capito ogni parola.

Camminarono verso casa in silenzio, l'uno accanto all'altra. Flynn si assicurò che il cane avesse abbastanza acqua per la notte e salì le scale dirigendosi verso camera sua. Non poté fare a meno di soffermarsi davanti alla porta di Gable per ascoltare. La porta era socchiusa, era sempre così perché il cane dormiva nella stanza di Gable. L'aveva vista spesso entrare e non aveva resistito alla tentazione di dare un'occhiata.

Gable era sul letto, il corpo nudo era coperto da un lenzuolo ma solo fino alla vita. Flynn sentì il proprio corpo reagire alla visione del petto ricoperto da una leggera peluria e delle spalle scolpite e muscolose. Valutò la possibilità di entrare, ma considerando la svolta interessante che aveva preso la giornata, aveva paura di perdere ciò che aveva guadagnato. Si appoggiò allo stipite della porta e guardò Bridget sistemarsi per la notte accanto al letto prima di andare in camera sua.

CAPITOLO
CINQUE

Come al solito, Gable si svegliò prima dell'alba. Bridget che stava ancora dormendo vicino al letto, alzò lo sguardo quando lui si mosse. Nel resto della casa regnava un inquietante silenzio.

Gable si alzò per urinare e si rese conto di sentire più dolore del solito. Anche se avevano avuto una giornata impegnativa, non aveva cavalcato più di altre volte, così le lamentele dei muscoli lo sorpresero. Forse stava per crollare, o stava solo diventando troppo vecchio per quel lavoro. Quando tornò dal bagno sospirò, si grattò la testa e decise di stendersi per qualche minuto ancora, prima di vestirsi.

Quando riaprì gli occhi c'era un rumore insolito che proveniva da fuori, così si infilò in fretta i jeans per andare a dare un'occhiata.

Sulla veranda venne accolto da una Bridget scodinzolante e da un brillante sole di metà mattina.

«Flynn?» chiamò Gable.

«Qui sopra!»

Gable alzò lo sguardo e sentì una stretta allo stomaco. Flynn era sul tetto, in pendenza, martello in mano, e cercava di mantenere il suo equilibrio precario.

«Dal tuo aspetto sembra che ti abbia svegliato» urlò Flynn, non senza un po' di sorpresa. «Mi dispiace, credevo fossi già fuori.»

Gable si guardò il petto scoperto e se lo massaggiò, come se si fosse trovato nudo all'improvviso. Non voleva lasciare Flynn da solo, così incrociò le braccia. «Hai intenzione di scendere? Potresti farti male.»

Flynn scoppiò a ridere. «Sto bene. Non è il primo tetto su cui mi arrampico, sai. Mi passi quella tavola?» il ragazzo indicò un pezzo di legno appoggiato al muro della casa, proprio accanto alla scala a pioli.

Gable lo afferrò. Avrebbe provato ad arrampicarsi sul tetto, ma sapeva che il suo piede non glielo avrebbe permesso. Il suo cuore stava ancora battendo forte, una vocina nella testa gli disse che non si sarebbe sentito bene fino a quando Flynn non si fosse trovato di nuovo a terra.

«Speravo che aspettassi» disse Gable a Flynn.

«Dai, Gabe» implorò Flynn, adottando il nomignolo che aveva sentito usare da Calley. «Ha finalmente smesso di piovere da un po', il tetto è asciutto e si dice che oggi, sul tardi, ricomincerà a piovere. Non so tu, ma io sono un po' stanco di togliermi gli stivali in un ingresso sempre bagnato.»

Gable dovette ammettere che il ragazzo aveva ragione. Il tetto sopra l'ingresso era rotto da più di un anno. Se Grant fosse stato ancora lì l'avrebbe riparato in un batter d'occhio, ma Gable non poteva farlo, perché non riusciva ad arrampicarsi su una scala.

«Potevi chiedere a Bill di darti una mano» suggerì Gable, anche se sapeva benissimo di parlare di un veterinario, non di un carpentiere.

Flynn scese la scala a pioli, dando a Gable un'interessante visuale del suo culo fasciato da un paio di jeans, prima di voltarsi. «Bill ha già il suo lavoro da fare. Sono qui ora, quindi posso farlo io. È tutto parte del mio lavoro.» Flynn scrollò le spalle e diede un rapido bacio sulle labbra di Gable.

Gable restò inchiodato al pavimento non appena realizzò cos'era appena successo, e tutto ciò che poté fare fu guardare Flynn scomparire dentro casa. Invece di sentirsi più calmo, ora che Flynn era sceso a terra, il cuore sembrò battergli tanto forte da essere sul punto di uscirgli dal petto. Seguì Flynn all'interno, un po' a disagio, si chiese se il ragazzo si aspettasse una reazione da parte sua. Ma non ce ne fu alcun bisogno.

Flynn gli sorrise. «Perché non finisci di vestirti? Ho notato che non hai ancora mangiato, così ti ho lasciato una fetta di prosciutto nel forno e posso strapazzare qualche uovo, se vuoi.»

Gable annuì in fretta e salì le scale. Quando tornò, l'aroma che aleggiava nella stanza gli fece venire l'acquolina in bocca, come ogni giorno dall'arrivo di Flynn. Sapeva che sarebbe stato difficile far tornare le cose com'erano prima, ma sapeva anche che Flynn se ne sarebbe potuto andare, proprio come aveva fatto Grant.

«Non so come fai, ma questa roba è molto meglio di quando lo faccio io» ammise Gable sedendosi al tavolo.

Flynn si accomodò al suo solito posto, quello che faceva angolo con Gable, con la schiena rivolta al forno. Aveva chiaramente già fatto colazione, il suo posto era vuoto. «Ho imparato dai migliori.»

«Da tutte quelle donne del vicinato di cui mi hai parlato?» chiese Gable, sperando che Flynn continuasse a parlare mentre lui mangiava.

Flynn annuì. «Saremmo morti di fame senza di loro. Manco a dirlo, i miei fratelli e mio padre non avevano idea di come occuparsi di un bambino, così venivo sbolognato a chiunque potesse occuparsi di me fino a quando non fossi cresciuto.»

«Infanzia interessante» disse Gable inghiottendo un grosso boccone di prosciutto.

Flynn scrollò le spalle. «Mi sento a casa in fretta ovunque mi trovi e spostarmi non è un problema. Quando una di quelle donne perse il marito e divenne la nostra governante, sono potuto tornare finalmente a casa» aggiunse Flynn, sovrappensiero.

Tutto ciò la diceva lunga riguardo al perché il ragazzo avesse deciso di vivere sulla strada. Forse era anche sbagliato pensare che un giorno si sarebbe potuto stabilire da qualche parte. Gli piaceva il fatto che Flynn fosse un cuoco così efficiente e versatile.

«Così, una volta a casa, da aiutante in cucina sei diventato un cowboy?» Gable svuotò la sua tazza di caffè, che fu riempita subito da Flynn. «Calmati, mi disorienti.»

Flynn sorrise e Gable pensò di averlo fatto sentire a disagio, sembrava fuggire dalla discussione.

«Ho dovuto lottare per essere autorizzato a stare con i cavalli. All'inizio, pensavo che mio padre volesse tenermi sotto una campana di vetro, poi ho capito che non poteva starmi vicino perché ero la ragione della morte di mia madre.»

«Te ne sei andato per questo?» domandò Gable, calmo. Sembrava che il dolore di Flynn non si fosse ancora placato.

Flynn si alzò, prese il piatto e le posate sporche di Gable e se ne andò per lavarle nel lavandino.

«Non farlo» disse Gable alzandosi per andare accanto al ragazzo. Prese il piatto e lo posò, poi afferrò la mano di Flynn e la tirò fuori dal lavandino. Dopo qualche momento di esitazione, Gable mise l'altra mano sulla schiena del ragazzo e continuò a parlare mantenendo la voce delicata e rassicurante. «Non sei il mio governante, posso farlo io.»

«Non mi dispiace.»

«Lo so» replicò Gable, «però mi stai viziando e potrei abituarmi facilmente.»

«E noi non lo vogliamo, vero?» All'improvviso, la voce di Flynn risuonò severa e impietosa. Si voltò per camminare verso l'ingresso, ma Gable lo fermò.

«So di non essere un gran chiacchierone, ma forse è il momento di parlare.» Quello che aveva detto era vero, senza dubbio, ma Gable si sentì comunque in dovere di chiarire le cose. Non poteva evitare che Flynn se ne andasse, ma poteva chiedere qualche rassicurazione riguardo al sapere in anticipo quando l'avrebbe fatto. Proprio in quel momento, Flynn stava scappando da qualcosa, qualcosa che aveva a che fare con la sua famiglia. Gable sapeva fin troppo bene quanto fosse facile fuggire da ciò che fa male invece di affrontare i problemi, ma temeva che Flynn si allontanasse da lui e non poteva permetterlo.

«La verità, onestamente, è che ho bisogno di te. Non posso più occuparmi del ranch da solo.» Fu strano per Gable pronunciare quelle parole. Anche se erano vere, risultavano anche difficili da ascoltare.

«Resterò» disse Flynn calmo, senza guardare l'altro negli occhi. «Se hai bisogno di me, resterò. Ora, c'è del lavoro da fare.» Flynn spinse Gable e se ne andò.

Gable lo vide dirigersi verso le stalle e sapeva che rincorrerlo non sarebbe servito a nulla. Conoscendo quanto il ragazzo odiasse la cucina sporca, Gable lavò piatti e posate prima di andare fuori.

Flynn non poté uscire dalla cucina abbastanza in fretta. Non pianse, non piangeva da quando suo padre l'aveva buttato fuori dalla proprietà di famiglia, ma ci andò molto vicino quel mattino. Sentire Gable dire di aver bisogno di lui aveva fatto impazzire il suo cuore, si era sentito al settimo cielo, la sensazione se ne era però andata in fretta, quando era stato messo in chiaro che aveva bisogno di lui per il ranch. Voleva restare, ma in quel modo sarebbe stata una tortura. Ogni volta che era vicino a Gable, ogni volta che l'uomo lo toccava, si sentiva ribollire di eccitazione, ma in qualche modo l'altro sembrava ignorare l'effetto che gli causava.

Flynn si procurò una briglia e una sella e andò nella stalla di T.C. Aveva bisogno di svuotare la testa, e farsi una cavalcata per controllare i recinti era una buona scusa. Sulla strada del ritorno avrebbe controllato una delle femmine più vecchie che sembrava zoppicare, e non sarebbe tornato prima di pranzo. L'ultima cosa che desiderava era passare del tempo in veranda con Gable. Avevano fraternizzato abbastanza, quel giorno.

Dopo aver cavalcato lungo le recinzioni per più di un'ora, Flynn raggiunse la mandria e vide che la femmina stava migliorando, così srotolò la corda e la usò come cavezza per uno dei puledri più giovani. Era uno di quelli che avrebbe voluto comprare Hunter, Gable però aveva detto che non era pronto per essere venduto. Il cavallo era abbastanza grande, ma gli mancava l'addestramento. Flynn era curioso di portarlo al corral per constatare di persona.

Dentro al corral circolare, il cavallo sembrava nervoso e si distraeva facilmente. Flynn lo fece correre per scaricare lo stress e quello parve calmarsi. Lanciò la corda verso di lui, abbastanza lontana da non fargliela toccare, ma abbastanza vicina per interrompere la sua corsa. Flynn fece schioccare la lingua per farsi notare dal cavallo, ma non ci si avvicinò. Si voltò rivolgendo la schiena all'animale, in modo che la curiosità prendesse il sopravvento. Pian piano, il cavallo gli andò vicino. Flynn poteva avvertirlo, ma non vederlo, sentì il naso dell'animale strofinarsi contro la schiena, vicino alla spalla.

Con cautela, Flynn portò la mano dietro la schiena, incitando il cavallo ad annusarla, e l'animale lo fece.

«Bravo» sussurrò.

Cercando di evitare mosse avventate, Flynn si voltò gradualmente per fronteggiare il cavallo. L'animale sembrava meno a disagio, così lui prese la briglia e la fece scivolare dalla testa del cavallo, che non si oppose. Pensò che non potesse essere la prima volta che il cavallo veniva trattato in quel modo, era abbastanza grande. Forse Gable non lo riteneva adatto?

Un suono sferragliante spinse sia Flynn che il cavallo a guardarsi intorno. Quando Flynn cercò di individuare il serpente a sonagli, il cavallo nitrì spaventato tirandosi su sulle zampe posteriori, pericolosamente vicino a dov'era Flynn. Prendendo una decisione sul momento, Flynn si buttò a terra, lontano dal suono e contemporaneamente schivando a malapena gli zoccoli del cavallo, che tornò a terra e poi si ritirò su.

Uno sparo risuonò forte nell'aria e con la coda dell'occhio, Flynn vide il cancello del corral aprirsi. Il cavallo schizzò fuori verso il cortile e prima che Flynn si potesse alzare, la pistola gli atterrò accanto nella sabbia e Gable gli fu addosso, mettendogli le mani ovunque.

CAPITOLO
SEI

A Flynn servì qualche istante per realizzare che Gable gli stava praticamente strappando i vestiti di dosso perché pensava fosse stato morso da un serpente a sonagli, quel gesto non aveva nulla a che fare con un impeto di lussuria. L'intensità dello sguardo di Gable e la minuziosità impiegata per toccarlo, combinate con la brutalità delle sue mani e il fatto che fosse a cavalcioni su di lui, fecero scorrere il sangue di Flynn verso la parte inferiore del corpo. Una volta capito cosa stava facendo l'altro, Flynn si limitò a lasciarlo continuare, sperando che non si soddisfacesse troppo in fretta. Gable era troppo impegnato, per capire quanto l'altro si stesse eccitando.

«Gable, sto bene» disse, senza troppa convinzione. «Gable, fermati. Sto bene» ripeté un po' più forte.

«Il serpente» si limitò a rispondere Gable.

«Ok. Era abbastanza lontano da me, ma ha spaventato il cavallo. Stavo cercando di allontanarmi dal cavallo, questo è tutto.»

Gable arrossì non appena smise di guardare Flynn in faccia.

Flynn era un po' confuso da quell'espressione, ma quando vide quegli occhi color ghiaccio diventare scuri, comprese. Gable aveva notato la sua erezione. Flynn raggelò, pensando con timore che se avesse seguito i propri istinti avrebbe solo peggiorato le cose. O migliorate, dipendeva dai punti di vista.

Ma poi Gable cominciò a muoversi.

Flynn deglutì a fatica. Non voleva abbassare lo sguardo per interrompere quel contatto visivo, ma era sicuro che Gable fosse eccitato quanto lui. Temette anche che uno sguardo gli sarebbe bastato per venirsi nelle mutande come uno scolaretto. L'aria era elettrica, Flynn stava per crollare sotto tutta quella pressione.

All'improvviso Gable si chinò e lo baciò. Era un bacio intenso, quasi aggressivo e Flynn non poté fare a meno di ricambiare. Questa volta voleva che fossero le sue azioni a dimostrare quanto lo volesse, non le sue parole. Gable era sempre su di lui, e con quel cambio di posizione Flynn poteva sentire la sua eccitazione premere accanto alla propria, separate da due strati di tessuto ruvido. Si sarebbe aspettato che Gable abbassasse le mani, ma non lo fece. Si alzò sui gomiti e tenne ferma la testa di Flynn, lasciando il ragazzo libero di muoversi, dandogli un'altra possibilità per fargli capire di volerne ancora.

Dopo che Flynn afferrò il culo di Gable per incoraggiarlo, l'uomo gemette nella bocca di Flynn. Flynn sapeva che prima o poi sarebbe finito, ma sperava di non fare nulla che spingesse Gable a interrompersi.

Essere all'aperto non era importante per Flynn. Nessuno arrivava al ranch senza avvisare, e, anche se l'avessero fatto, l'area era ben recintata e ci si sarebbe dovuti arrampicare per vedere qualcosa. Il terreno rigido e irregolare cominciò a infastidirlo. Era però eccitatissimo, e aveva un uomo altrettanto su di giri sopra di sé. Le loro lingue stavano combattendo per il dominio, nessuno dei due voleva interrompere il bacio, pur facendo fatica a respirare. I movimenti ritmici di

Gable stavano diventando più frettolosi e anche l'intensità dei gemiti stava cambiando. Flynn poteva sentire i glutei di Gable contrarsi e rilassarsi sotto il tocco delle sue mani fino a quando Gable spostò la testa, e con un solo movimento rapido tutto si interruppe.

Dopo appena qualche istante, Gable si tirò indietro completamente, lasciando Flynn insoddisfatto e si alzò prima che l'altro potesse reagire. La sua andatura era più incerta del solito, e dovette tenersi al recinto per andarsene alla svelta.

Flynn si sollevò e dopo essersi tolto un po' di sabbia dai vestiti, seguì Gable fuori dal recinto. Raggiungerlo fu facile, ma l'altro lo spinse via.

«Gable, fermati, per favore...»

«Cosa vuoi da me?» abbaiò Gable.

«Un po' meno di aggressività quando ci avviciniamo non sarebbe male» rispose Flynn, altrettanto tagliente.

Gable dovette tenersi alla porta per restare in piedi. «Cosa vorresti sentirti dire? Che sono venuto nei pantaloni? Che avrei preferito essere scopato rispetto a quella...» indicò un punto nella direzione del recinto, «quella cosa che abbiamo fatto lì? È questo ciò che vuoi sentire? O vuoi che ti supplichi di farlo? Non sono come i tuoi amici fighetti della città, che sanno sempre qual è la cosa giusta da dire. Io sono solo...» La voce di Gable cambiò: durante lo sfogo da aspra e dura era diventata calma e sconfitta, e Flynn non seppe cosa dire quando lo vide arrendersi in quel modo.

«Non c'è bisogno di corteggiarmi, Gable.»

«Temevo che ti fossi fatto male» ammise Gable, gli occhi ancorati al pavimento. «Ti avevo detto di non addestrare i cavalli da solo. Sarebbe potuta accadere qualsiasi cosa. Potevi cadere ed essere trascinato. Quel cavallo poteva procurarti danni gravi.»

«Sto bene, Gable» Flynn ripeté quelle parole muovendosi più vicino all'altro. Era ancora arrapato, ancora insoddisfatto, pur sapendo che probabilmente Gable non era più dell'umore per fare qualsiasi cosa. Con sua grande sorpresa, invece, Gable lo tirò vicino a sé, e questa volta il bacio fu più amorevole, meno aggressivo.

Gable continuò a baciarlo spingendo Flynn verso il fienile.

A Flynn piaceva la sfacciataggine del bacio di Gable, che sconfinava quasi nella violenza, nonostante gli fossero venuti dei dubbi, credeva che Gable potesse essere passivo. Forse Flynn stava traendo quella conclusione basandosi sul comportamento dei ragazzi di città, e Gable aveva messo in chiaro di non avere quasi nessuna esperienza con quel tipo di persone.

Gable smise di spostare Flynn quando i suoi polpacci andarono a colpire le balle di paglia nell'angolo. Con grande stupore di Flynn, Gable si voltò in modo da potersi sedere sulla paglia, poi tirò Flynn a sé prima di sbottonare i pantaloni del ragazzo, in modo da liberare il suo cazzo eretto. Flynn si lasciò sfuggire un gemito quando la bocca di Gable avvolse la sua erezione, a Gable tutto ciò piaceva ed era chiaro, non ci si poteva sbagliare.

«Oh, cazzo» sospirò Flynn. Avrebbe voluto afferrare la testa di Gable e accompagnare i suoi movimenti, ma si trattenne, poteva essere troppo e l'ultima cosa che voleva era fermare Gable. Alla fine, scelse di mettergli la mano sulla spalla. Questo lo aiutò a mantenere un ritmo costante e lo prevenne dal ficcarlo completamente nella bocca di Gable.

Solo quando Flynn fu sul punto di essere incapace di trattenersi dal venire, Gable si fermò e lasciò andare il suo cazzo. Non parlò, si limitò a guardare Flynn e spingere un'altra balla di paglia, in modo che ce ne fossero quattro a formare un quadrato. Prese un asciugamano che era appoggiato a un paletto, lo stese sulla paglia e cominciò a togliersi stivali e jeans.

Flynn non sapeva che cosa volesse Gable e si limitò a restare lì, incapace di levare gli occhi dal piede fasciato di Gable, dalle sue gambe muscolose, leggermente asimmetriche e dal suo membro semiduro.

«Vuoi che io...?»

Gable premette il dito contro la bocca di Flynn e lo sostituì poi con le sue labbra.

«Se me lo dirai, mi fermerò» sussurrò Gable dopo aver spostato Flynn in modo che avesse di nuovo la schiena rivolta verso la paglia.

Flynn scosse la testa e fu spinto indietro fino a cadere sul morbido. Tutto quello che poteva fare era restare lì e osservare Gable. Voleva tutto ciò, ma non era abituato a essere così passivo. In quel caso, però, era come con i puledri giocherelloni: bisognava lasciare che si avvicinassero e non fare mosse improvvise.

Gable si sputò sulla mano e bagnò il cazzo di Flynn, poi trovò un punto d'appoggio mentre si lasciava penetrare lentamente.

Solo per un momento, l'idea di essere usato da Gable attraversò la mente di Flynn, ma tutto scomparve quando sentì lo stretto calore di Gable circondarlo. Una parte di lui temeva che Gable potesse farsi male, lasciandosi penetrare senza alcuna sorta di lubrificante o preparato, ma quei pensieri si dissolsero quando Gable si lasciò sfuggire un selvaggio rantolo di piacere.

Flynn sapeva che non sarebbe durato a lungo ma provò a tenere duro, dando a Gable la possibilità di avere ciò che voleva, ciò di cui aveva bisogno, sperando che fosse abbastanza piacevole da spingerlo a volerne ancora. In quel momento il divertimento era tutto di Gable. Flynn decise di concentrarsi su altro, invece che sulla faccia soddisfatta dell'uomo che mostrava tuttavia un po' di dolore. Con suo grande dispiacere, la camicia di Gable era ancora allacciata e gli copriva l'inguine, togliendo a Flynn uno stimolo visivo. Non voleva strappargliela di dosso, visto che Gable aveva trovato un buon ritmo. Fu così fino a quando Gable non gli diede la possibilità di dare casualmente un'occhiata sotto alla camicia, quando si toccò lo stomaco dirigendosi verso il cazzo che si stava indurendo sempre di più. Flynn si rese conto di quanto quella vista lo eccitasse, così divenne più aggressivo, facendolo gemere.

Gli occhi di Gable erano ancora chiusi, la sua espressione era diventata più rilassata. Il dolore sembrava essere stato sostituito da puro godimento e un sorriso beffardo stava comparendo sul suo volto. Con la sua mano destra si stava contemporaneamente masturbando, a tempo con i suoi movimenti, la mano sinistra era invece sulla testa di Flynn, che realizzò di stare accarezzando le cosce di Gable.

L'intimità di quel gesto, quel legame che sembrava starsi creando, fu abbastanza per ridare a Flynn una carica di passione. Stava forse funzionando? Forse tutto ciò si sarebbe ripetuto?

Gable affrettò i suoi movimenti e Flynn sentì la sensazione familiare nell'inguine, segnale che presto non si sarebbe più potuto trattenere dal venire. Ciò che lo fece impazzire fu la faccia di Gable, totalmente concentrata e totalmente arresa a ciò che stava provando. In quel momento, Flynn capì quanto tutto ciò fosse mancato all'altro. Flynn affondò in lui ferocemente e sentì Gable rispondere con un grugnito profondo, prima che Flynn versasse il suo seme nello stretto canale di Gable. Anche se stava ansimando, Flynn era abbastanza lucido per notare il disperato tentativo dell'uomo di unirsi a lui, la sua mano si muoveva freneticamente sul suo membro cercando di continuare a muoversi con il bacino. Flynn osò a malapena toccare ancora Gable, muovendo le sue mani per accompagnare i fianchi dell'uomo. Quando Flynn capì di non averlo più abbastanza duro per dare all'altro il piacere che bramava, Gable grugnì rumorosamente e il suo corpo sembrò contrarsi, il suo cazzo sparò degli schizzi bianchi che andarono a finire sulla camicia di Flynn.

Gable si spostò su un fianco e si sistemò accanto a lui, restando fermo e ansimando per qualche istante. Poi un lampo squarciò il cielo illuminando la stalla. Gable prese jeans e stivali.

«Non andare ora» disse Flynn, sedutogli vicino. Aveva toccato con un po' di esitazione la schiena di Gable.

«Sta per piovere e la pistola è ancora là fuori» rispose l'altro, altrettanto calmo. «Inoltre, c'è un cavallo spaventato che si trascina dietro una briglia, è meglio riportarlo dalla mandria.»

Flynn sapeva di non essere in grado di fermare Gable. «Vado.» Si alzò e si infilò di nuovo i jeans. Era già fuori dalla porta quando cambiò idea e tornò indietro dove Gable era seduto. Si chinò, afferrò la nuca di Gable e lo attirò a sé in un bacio soffocante prima di andare di nuovo fuori.

CAPITOLO
SETTE

Mentre Flynn stava tornando al fienile, la pioggia aveva cominciato a picchiare forte, e lui era zuppo fino al midollo. Con sua sorpresa, Gable non era ancora ritornato a casa. Era a metà strada tra la casa e il resto del ranch, che guardava il cielo e lasciava che la pioggia gli cadesse addosso. La sua posa era un po' sbilenca e Flynn pensò che non stesse caricando molto peso sulla gamba malata, così gli corse incontro.

«Tutto bene?» urlò Flynn per farsi sentire sopra il rumore della pioggia. Si tolse l'acqua dalla faccia e gli mise la mano sulla spalla.

Gable scosse la testa. «Penso di aver esagerato un pochino.»

«Vuoi tornare nel fienile e sederti?»

Gable scosse la testa di nuovo. «Siamo a metà strada verso casa e preferisco andare lì. Si sta facendo più freddo e non voglio che tu possa ammalarti.»

Flynn sorrise, notando la preoccupazione e l'ovvio disinteresse di Gable nei confronti dei propri problemi. «Vieni qui» disse, afferrando la mano di Gable e mettendogli il braccio sulle sue spalle, in modo che lui potesse reggersi su Flynn. «Ora ti porto in un posto più caldo e asciutto.»

Quando zoppicarono all'interno, Gable dovette appoggiare molto peso su Flynn. Ciò preoccupò quest'ultimo, non l'aveva mai visto in quelle condizioni, così lo aiutò a salire le scale, fino al bagno, senza curarsi della scia bagnata che stavano lasciando per la casa.

«Di che altro hai bisogno?» domandò Flynn dopo averlo aiutato a sedersi sul water chiuso.

«Sto bene» rispose Gable.

Flynn si accucciò di fronte a lui. «Non è un problema, dimmi quello di cui hai bisogno e lo farò per te.»

Gable scosse la testa. «Non sono molto bravo in queste cose» mormorò.

Flynn gli mise la mano sul ginocchio. «Lo so, ma fidati di me. Andrò in camera mia a mettermi dei vestiti asciutti, poi andrò a prendere qualcosa anche per te. Dove li tieni?»

«In camera mia, primo armadio sulla sinistra» rispose Gable, un po' riluttante.

Nonostante Flynn preferisse restare lì con Gable, capì che lui non lo voleva in giro, così andò in camera sua per fare ciò che aveva promesso e togliersi quei vestiti fradici. Poi si diresse nella camera di Gable. Era la prima volta che ci metteva piede, nonostante non fosse stata la prima volta che ne aveva sentito il desiderio. Sperò di ritrovarsi a dormire lì quella notte, pur sapendo che non sarebbe stato così. Diede un'occhiata, prima di aprire l'armadio per prendere un paio di boxer e una maglietta da uno scaffale all'interno. Il letto era sfatto e c'era un grosso libro sul comodino, quella stanza gli diede un'impressione piacevolmente spartana. Flynn non vide nessun segno della presenza di qualcun altro nella vita di Gable, ma non voleva andare troppo oltre aprendo i cassetti e curiosando in giro, nonostante la forte tentazione.

Quando Flynn si incamminò verso il bagno, vide la porta semi-chiusa. Si avvicinò e guardò Gable, seduto e concentrato sul suo piede malato. L'uomo rimosse le bende bagnate e rivelò ciò che c'era sotto. Flynn rimase senza fiato. Non c'era da meravigliarsi se Gable stava così male. Il piede era rosso e sembrava dolorante, era chiaro che non fosse ancora guarito. Dava l'impressione che mancassero dei pezzi di pelle, alcune parti sembravano più fibrose, altre gonfie. Flynn non ne sapeva molto di ferite di quel tipo sugli esseri umani, ma aveva avuto a che fare con un sacco di cavalli e quello non era il tipo di dolore che andava via in una notte.

Quando Gable vide Flynn vicino alla porta, prese un asciugamano e se lo gettò sul piede. Non voleva che Flynn lo vedesse e sperò che non l'avesse guardato troppo attentamente, così porse la mano per ricevere i vestiti che il ragazzo gli aveva portato. «Grazie, sta facendo freddo. Puoi prendermi un altro asciugamano, per favore?»

Gable spinse Flynn ad andarsene di nuovo. Lo sguardo scrutatore e preoccupato che vide sulla faccia del ragazzo era troppo, soprattutto dopo quello che era successo nel fienile poco prima. Gable si tolse l'asciugamano dal piede e cominciò a pulirsi la ferita. Faceva ancora male, dopo tutto quel tempo, e correre fino al recinto ignorando i suoi problemi non aveva certo aiutato. Il dolore lo aiutò a deconcentrarsi su ciò che era accaduto, però. L'ultima cosa che avrebbe voluto era farselo venire di nuovo duro pensando a ciò che era successo con Flynn. Cazzo, ne aveva bisogno. La sua mano si era rivelata inadeguata dopo aver assaggiato Flynn, era da quando si erano baciati la prima volta che pensava a come sarebbe stato farsi scopare da lui.

53

Gable chiuse gli occhi e prese un respiro profondo, nel contempo Flynn ricomparve nel bagno. Colto alla sprovvista, Gable afferrò l'asciugamano che si era tolto prima e si coprì l'inguine. La speranza di essere stato abbastanza veloce a celare il rigonfiamento fu spazzata via dall'espressione di Flynn: un misto di sorpresa e disagio. Per un momento sembrò che Flynn stesse per dire qualcosa, ma non lo fece, e Gable ne fu felice. La situazione era già abbastanza difficile.

«Hai ancora i vestiti bagnati» fece notare Flynn. «Vuoi che ti aiuti a indossare quelli asciutti?»

Gable scosse la testa rapidamente. «Sto bene. Sono abituato a farcela da solo, posso cavarmela.»

«So che ce la puoi fare» replicò Flynn, calmo. «Ma il punto è che non ce n'è bisogno. Non è un crimine chiedere aiuto, Gable. Sono qui, se hai bisogno di me.»

Gable non voleva diventare dipendente da Flynn. Per tutto quel tempo ce l'aveva fatta da solo e sarebbe stato di nuovo così dopo che lui se ne sarebbe andato. «Lo so, ma devo farcela da solo» mormorò.

Flynn annuì e lo lasciò di malavoglia. Quando si chiuse la porta alle spalle, Gable si sentì abbandonato. Sì, aveva detto a Flynn di andarsene, ma a essere onesto con se stesso avrebbe preferito che fosse restato per prendersi cura di lui. Si sentì incapace di farcela.

Improvvisamente un brivido gli percorse la schiena ricordandogli che i vestiti bagnati lo stavano congelando. Gable scosse la testa e decise di cambiarsi prima di fasciarsi il piede, sperando che ciò lo aiutasse a scaldarsi. Si alzò e fece i due passi necessari a raggiungere l'armadietto dei medicinali dietro allo specchio, ma ciò gli causò altro dolore, Gable maledisse la sua testardaggine. Strinse i denti e perseverò, appoggiandosi al lavandino del bagno in modo da non caricare troppo la gamba malata. Quando aprì l'armadietto per tirar fuori tutto ciò di cui aveva bisogno per fasciarsi il piede, notò i preservativi nascosti dalla crema da barba. In quel momento si rese conto di aver fatto qualcosa ben lontano dal sesso sicuro. Flynn l'aveva scopato senza preservativo e poteva solo sperare che non ci fossero conseguenze spiacevoli. Gable cercò di scacciare quel disagio, temette che si fossero passati qualcosa a vicenda e avrebbe dovuto parlarne con Flynn. Dannazione, non era bravo in quel tipo di conversazione.

Dopo aver indossato i vestiti che gli aveva portato Flynn, e con il piede fasciato di nuovo, Gable tornò in camera sua. Quando aprì la porta, vide il letto fatto, ma con le lenzuola piegate in modo che potesse accomodarsi. Sospirò, il modo in cui Flynn si prendeva cura di lui era al tempo stesso una benedizione e una maledizione. Gable doveva ammettere di sentirsi bene. Durante le poche relazioni durate più di una notte, era sempre stato quello che si prendeva cura dell'altro, mai il contrario. Con Flynn era diverso e ciò gli faceva piacere.

Quando Gable si sedette sul letto, aprì il cassetto del comodino e fu sollevato nel vedere tutto come l'aveva lasciato. Almeno, Flynn non era un ficcanaso. Gable si sarebbe indispettito non poco se Flynn avesse curiosato tra le sue cose trovando Dio solo sapeva quali cose imbarazzanti. Sempre infreddolito, Gable si sistemò sotto le coperte e prese il suo libro, sperando di scaldarsi il prima possibile. Non ebbe la possibilità di leggere molto, qualcuno bussò alla porta facendolo trasalire. Prima che potesse rispondere, l'altro bussò di nuovo.

«Flynn?»

La porta si aprì e Flynn entrò portando un vassoio, così Gable si sedette, chiedendosi se dovesse scendere dal letto. Flynn non gliene diede il tempo, si sedette dall'altro lato e mise il vassoio tra di loro.

«Non ho avuto il tempo per cucinare, oggi.» Un sorriso timido e vagamente malizioso comparve sul suo volto. «Ma c'era della zuppa rimasta da ieri e l'ho riscaldata, così ho pensato di portartene un po'.»

«Non ti merito» disse Gable senza guardare Flynn, seduto sul suo letto e vestito a puntino.

«Certo che mi meriti» rispose Flynn con lo stesso sorriso canzonatorio. Porse a Gable un piatto di zuppa vegetale e un cucchiaio, che l'altro posò subito per prendere un tozzo di pane da inzuppare.

«Forse dovresti spiegarmi perché dovrei meritare un così bravo aiutante, nonché cuoco eccezionale, quando non ti ho manco pagato» suggerì Gable, addentando il pezzo di pane.

«Perché mi ospiti?» tentò Flynn, mettendosi un cucchiaio pieno di zuppa in bocca e scottandosi la lingua.

«Non è un peso» considerò Gable. Una parte di lui aveva paura di aprirsi con Flynn, ma quel giorno erano successe un sacco di cose. Non voleva che se ne andasse troppo presto. «Mi fa piacere averti qui.»

Flynn annuì continuando a mangiare la zuppa e lasciando che un silenzio fastidioso piombasse fra di loro. Gable avrebbe voluto essere di nuovo in veranda. In quel posto sembrava che potessero godere della compagnia reciproca senza il bisogno di fare conversazione.

In seguito, Flynn si alzò e mise i piatti vuoti sul vassoio. Sembrava non volersene andare, ma non c'era molto da fare. Appena prima che sollevasse il vassoio dal letto, Gable coprì la mano del ragazzo con la propria.

«Hai ancora fame? Posso fare dei panini caldi al formaggio, se vuoi. Fino a quando Calley non verrà, non c'è nient'altro, temo.»

«Sono a posto, la zuppa era fantastica.» Gable esitò. Poteva chiedere apertamente a Flynn di dormire con lui quella notte? Voleva sentire quel corpo caldo di nuovo vicino al suo. «Tornerai di nuovo, dopo che avrai finito giù?» domandò Gable con un po' di impaccio, infastidito dalla propria voce incerta. «Voglio dire, qui» chiarì. Avrebbe voluto aggiungere: «se lo vuoi» ma temeva che Flynn non lo volesse, così restò zitto.

Flynn sorrise appena e annuì. «Ok, non ci starò molto.»

Quando Gable lo vide lasciare camera sua, capì di non essersi mai sentito così nervoso in tutta la sua vita. Quando sentì un *Sì!* soffocato fuori dal pianerottolo, ridacchiò. Quel riso, poi, si trasformò in un'incontrollabile risata di gioia.

CAPITOLO
OTTO

Gable dovette cercare di non stare sulle spine, non riusciva a stare fermo per il nervosismo. Cristo, si sentiva come se stesse per perdere di nuovo la verginità. Non era abituato ad attendere che un amante salisse le scale, per sdraiarsi accanto a lui, nel suo letto. Poteva sforzarsi e restare fermo, ma non poteva fermare il battito del suo cuore, che correva un miglio al minuto. Flynn impiegò un'eternità per salire le scale. Gable si chiese se avesse cambiato idea, forse era rimasto in cucina ad aspettare che lui si addormentasse. No, non poteva essere. Flynn sarebbe arrivato e poi... Gable non poteva immaginare che cosa sarebbe potuto succedere. Si sentiva peggio della prima volta che aveva davvero fatto sesso, andando oltre il fare gli stupidi. Questa volta, però, non era un tizio qualsiasi, era Flynn: provava dei sentimenti per lui, sentimenti che non aveva mai provato prima. Era così che ci si sentiva quando ci si innamorava?

Gable sentì bussare e alzò lo sguardo. «Entra» disse quasi immediatamente, la sua aspettativa diede più intensità a quella parola.

Flynn sbirciò dentro e aprì la porta prima di entrare e chiuderla accuratamente, come se ci fosse un motivo per far piano. Per un momento restò davanti alla porta, guardando Gable, poi ripercorse i suoi passi precedenti e andò a dall'altro lato del letto.

«Va bene se mi metto sotto le coperte?» domandò Flynn con un po' di esitazione.

«Sì, fa freddo» disse Gable annuendo. Aveva notato la pelle d'oca sulle braccia di Flynn, che aveva indossato boxer e maglietta. «Certamente.» Il libro che Gable stava leggendo giaceva a faccia in giù sul suo petto, ci si appoggiava come se fosse uno scaffale. All'improvviso si rese conto di quanto sembrasse sciocco e lo mise sul comodino.

Flynn si era accomodato sotto le coperte, mettendosi comodo sul suo lato. Era su un fianco, in modo da essere rivolto verso Gable. Sembrava molto meno nervoso di lui e questo in qualche modo calmò il più vecchio dei due. Forse Gable doveva solo lasciare che Flynn prendesse l'iniziativa. Sentirsi lo sguardo di Flynn puntato addosso non aiutava, però.

«Che ne dici se spengo la luce?» suggerì Gable nervosamente.

«Faccio io» si offrì il ragazzo, spostando le coperte.

«No, non devi uscire dal letto» lo fermò l'altro, trattenendolo con una mano. Una lunga corda penzolava sopra la testiera del letto, Gable la tirò e il buio avvolse la stanza.

«Bel congegno» approvò Flynn sorridendogli.

«L'ha installato Bill quando non potevo muovermi molto. È una bella comodità.»

Il lampo che ci fu all'esterno illuminò l'intera stanza per un istante. Gable si voltò verso Flynn, si sentiva protetto dall'oscurità.

«Ci sono un sacco di temporali e fulmini da queste parti» constatò Flynn con un sospiro.

«Le nuvole restano bloccate dalle montagne» replicò Gable. «I cavalli non vanno matti per tuoni e fulmini, ma amano la pioggia, perché significa tanta erba fresca da mangiare. A me nuvole e pioggia non danno fastidio.»

«Oh, certo, ne ero sicuro» Flynn ridacchiò.

«Cosa?» Gable non aveva capito cosa intendesse il ragazzo.

«*Nuvole e pioggia* sono un eufemismo cinese per indicare il sesso. La portatrice delle nuvole e della pioggia è una lavoratrice notturna, una prostituta.» Spiegò Flynn. «Le nuvole dovrebbero significare l'unione tra uomo e donna. La pioggia, invece, il culmine della loro unione. C'è una vecchia storia cinese riguardante la creazione, in cui il cielo, detto Grande Padre, e la terra, la Grande Madre, erano una coppia di coniugi impegnati in un rapporto senza fine.»

«Ne sai un sacco, eh?» notò Gable, cercando di tenere Flynn impegnato a parlare, in modo da non far sprofondare la stanza nel silenzio.

«Sul sesso?»

Gable rise. «Su queste leggende cinesi.»

Questa volta, fu Flynn a sorridere. «Quando stavo in città, ho vissuto a Chinatown per un po' e ho cercato di studiare il cinese. L'ho vista come una via di fuga, un modo per scappare da mio padre, ma non ha funzionato. Era affascinante leggere certe cose, ma la loro cultura non è molto aperta, così mi dedicai ad altri studi.»

«Animali e cucina?» suggerì Gable.

«Sapevo già cucinare, è un'abilità che ho affinato nel tempo. A volte fare il cuoco mi faceva guadagnare più soldi di quanti non ne avrei presi facendo il bracciante o lavorando in un supermercato.»

«Mi fa piacere che tu sia venuto a lavorare qui» disse Gable con dolcezza. I suoi occhi si stavano lentamente abituando all'oscurità, ma fu momentaneamente accecato da un lampo quando sentì le labbra di Flynn premute contro le sue.

«Anche a me fa piacere.»

«Io...» esitò Gable «Io non sono molto bravo in queste... queste...»

«Allora non dirlo» tagliò corto Flynn. «Non è un problema.» Si avvicinò a Gable, che sentì il calore proveniente dalla sua pelle, i loro corpi si toccavano a malapena. La mano di Flynn accarezzò la mascella di Gable.

Flynn lo baciò di nuovo. Era un bacio dolce, privo di aggressività. «Potremmo abituarci a tutto ciò... a meno che tu non voglia che mi fermi, in quel caso dovresti solo dirmelo» continuò Flynn, parafrasando le parole che Gable aveva detto quel pomeriggio.

«Io e Grant... noi...» Gable non sapeva come dire a Flynn – non sapeva nemmeno se volesse davvero dirglielo – qualcosa riguardo la relazione che aveva avuto con Grant.

Flynn era sollevato nel vedere l'insicurezza e i timori di Gable. Ora aveva idea di come si sentiva l'altro, si sentivano allo stesso modo ed era bello saperlo. Significava che potevano funzionare, come coppia.

Anche ascoltarlo parlare di Grant fu piacevole. Gable non parlava mai di se stesso, tanto meno del suo passato. Dopo la visita di Hunter, Flynn era curioso di saperne di più sull'ex dell'uomo.

«Mi dici qualcosa di Grant?» domandò Flynn con dolcezza.

Gable rabbrividì.

Il ragazzo lo notò. «Perché non ti giri? Potrei scaldarti un po'.»

«Intendi che dovrei darti la schiena? Mentre parliamo?»

Flynn annuì. «A volte, in questo modo è più facile.»

Gable si girò con un po' di esitazione e Flynn gli diede il tempo per mettersi comodo, era a conoscenza delle condizioni della gamba e ci si doveva stare attenti. Mise una mano sulla schiena dell'uomo e cominciò ad accarezzargli la spalla.

«Stai calmo, va bene?» chiese Flynn, prima di muoversi in modo da avere più contatto con l'altro. Posò una mano sul ventre di Gable e lo attirò più vicino a sé, provocandogli un brivido di tensione. «Rilassati, Gable. A meno che tu non voglia il contrario, non succederà nulla.»

«Non sono preoccupato per le tue reazioni, sono le mie che potrei non essere in grado di controllare» ammise Gable, schiarendosi la gola a metà frase.

Lentamente, Flynn mise la mano sullo stomaco dell'altro. La maglietta di Gable stava evitando il contatto diretto con la sua pelle, quindi le carezze erano intime ma non troppo sensuali. «Mi prenderò cura di te» sussurrò Flynn all'orecchio di Gable.

Dopo qualche istante, Flynn sentì il corpo dell'altro rilassarsi tra le sue braccia. In qualche modo, il silenzio tra loro era meno fastidioso, così quando Gable parlò, Flynn ne rimase sorpreso.

«Grant non ha mai dormito qui.»

Flynn si sentì un po' confuso, ma voleva evitare di bombardare l'altro con mille domande. Sperava che parlasse senza bisogno di stimoli.

«Facevamo sesso. Tanto sesso. Ovunque possa venirti in mente, ma mai in un letto. Grant era... beh, credo che se avessimo dovuto dormire insieme lui si sarebbe sentito parte di una coppia troppo stabile per i suoi gusti.»

«*Dovuto*? Non credo che fosse costretto. Vorrei capire, non mi sembra un lavoro.»

Gable rise. «Grant era una sorta di macho. Se avessi un centesimo per ogni volta che si è vantato di tutte le donne avute in città, sarei ricco. Quando eravamo con altri, lo faceva anche davanti a me. Non voleva che gli altri lo considerassero un finocchio, ma gli piaceva il cazzo, non le donne.»

Flynn fu un po' sorpreso dal linguaggio colorito di Gable, ma voleva saperne di più, quindi lo spronò a continuare.

«Ti tradiva?»

Gable annuì. «Non lo nascondeva neppure! Diceva di averne bisogno. Aveva bisogno di più di quello che potevo dargli io, così diceva.»

«Maledizione Gable, non dovevi neppure ospitarlo!» Flynn aveva quasi urlato. La sua voce era risuonata troppo forte, così continuò con un tono più basso. «Meriti di meglio.» Baciò il collo di Gable e si rannicchiò più vicino, tenendo la guancia appoggiata alla spalla dell'uomo.

«A Grant non piacevano le coccole e i baci, figurati dormire insieme. La tua stanza era la sua stanza, quando dormiva a casa dormiva nel tuo letto. Ma sai, più il tempo passava e più lui scompariva. Sgattaiolava fuori a notte tarda, a volte rientrava al mattino, altre volte se ne andava per tre o quattro giorni e poi tornava con l'aspetto di chi non aveva chiuso occhio.»

«Quindi è andata così quando ti sei fatto male? Grant non c'era e non ti ha potuto portare dal dottore?»

La risposta di Gable non arrivò subito. Deglutì, Flynn pensò che stesse trattenendo le lacrime, ma poi rispose.

«Ero con i cavalli, nel corral. Se ne era andato la notte prima e non mi aspettavo che tornasse, ma avevo bisogno di preparare i cavalli prima dell'asta, così continuai a lavorare. Uno degli adulti mi scagliò via cercando di saltare fuori dal corral e il mio piede rimase impigliato nella staffa. Mi trascinò per un bel po' prima che la staffa si rompesse, ma avevo perso coscienza. Quando mi svegliai, non potevo muovermi. Mi faceva male dappertutto e non avevo idea di cosa fosse successo. In seguito mi sentii leggermente meglio, ma mi ci vollero comunque tre giorni per strisciare fino al fienile.»

«Tre giorni? Dio mio. Gable, quel bastardo non si era fatto vedere?»

«Non l'ho più visto dopo quella volta. Calley mi trovò e chiamò un'ambulanza. Sai, penso che abbia scoperto come furono andate le cose e che abbia deciso di scomparire definitivamente. Non è il tipo di uomo che si prenderebbe cura di uno storpio.»

Flynn strinse Gable, sperando di riuscire a mostrargli le differenze tra lui e Grant. «Non sei uno storpio.»

«Sì, lo sono. Posso a malapena camminare, non posso più prendermi cura del ranch, e...» Gable si fermò a metà frase e si sciolse dalla stretta di Flynn.

«Sono ancora qui» disse Flynn con dolcezza. «Non andrò da nessuna parte a meno che non sia tu a dirmelo.»

«Beh, forse dovresti andartene. Qui non c'è niente per te.»

Flynn sospirò. Non sapeva come convincere Gable del fatto che invece avesse una ragione per restare, quella ragione era lì nel letto davanti a lui. «C'è un sacco di roba, invece. È un bel ranch, e in due possiamo gestirlo senza troppe difficoltà. Sono sicuro che i soldi di Hunter basteranno per un anno, giusto?»

In risposta, Gable annuì.

«Inoltre, ho ciò che non avevo mai avuto. Una casa, qualcuno che si prende cura di me pur con qualche difficoltà ad ammetterlo anche con se stesso. È molto meglio così, piuttosto che avere qualcuno che *dice* di amarti anche se non gliene può fregar di meno.»

«Come puoi dirlo?» domandò Gable, la sua voce era carica di emozione, Flynn era sicuro che stesse piangendo.

«Come posso dire che ti prendi cura di me?» Flynn sorrise e si riavvicinò all'altro. «La tua faccia. La faccia che hai fatto quando credevi che il serpente mi avesse morso, ma anche altre cose. I momenti in cui sembri incapace di guardarmi per via di qualche timore, ma anche quando mi guardi come cercando di spogliarmi con gli occhi. Non hai idea di quante volte avrei voluto venire da te per baciarti o toccarti, non hai idea di quante volte io abbia dovuto nascondere le mie reazioni.»

Gable tirò su col naso e il suo umore sembrò essere migliorato un po'. «Sai, c'era una ragione se spesso non riuscivo a guardarti: dovevo andare in giro tutto il giorno con un'erezione. Lavorare al tuo fianco non è sempre stato facile, hai idea di quante volte abbia dovuto trovare delle scuse per distendermi un po'?»

«Come nella doccia?» tentò Flynn.

«Non potevo credere ai miei occhi quando ti ho visto guardarmi. A quel punto ho capito che ti eri eccitato.» Gable fece una pausa, richiamando alla memoria ciò che era accaduto. «Prima di allora credevo che fossi etero, mi dicevo che non c'era ragione di correrti dietro, ma vedendo quell'imbarazzo, come se ti avessi beccato con la mano nelle mutande...»

«L'hai fatto» ammise Flynn. Erano così vicini, quel ricordo fece reagire di nuovo il suo corpo. Sperava che i vestiti evitassero quell'effetto, ma le immagini erano troppo vivide nella sua mente. «Vederti nudo mi bastava per eccitarmi. Vederti mentre ti masturbavi e guardarti schizzare davanti ai miei occhi... un sogno che diventava realtà.»

«Dai...» disse Gable con calma, con un'impercettibile alzata di spalle. Sembrava che non credesse a ciò che sentiva.

«Che?» sospirò Flynn. Premette il rigonfiamento contro il culo di Gable, sia per soddisfare un suo bisogno che per far sentire all'altro la propria reazione. Flynn sentì i muscoli dell'altro contrarsi sotto la sua mano. «Perché ti è così difficile capire quanto mi ecciti?»

Gable sospirò. «Sono talmente vecchio che potrei essere tuo padre.»

Flynn si mosse e trascinò Gable con sé in modo che fossero distesi a pancia in su. «Guardami» ordinò serio. «Non posso scegliere chiunque voglia. Se potessi farlo, mi troverei qualcuno un po' meno scontroso di te. E lascia mio padre fuori da questa faccenda.» Flynn non aspettò la replica, si spostò sopra di lui e lo baciò. La sua mano era ancora sulla pancia di Gable, sentì i muscoli del suo amante diventare più rilassati, così approfondì il bacio. Quando si allontanarono, la mano di Flynn si spostò sul fianco di Gable.

«Ora mi piacerebbe amarti, nel modo in cui un uomo dovrebbe davvero amarti. Voglio che sia bello per entrambi.»

Gable spostò lo sguardo. «Lo so, questo pomeriggio per te non è stato granché, mi dispiace.»

«La smetti di buttarti giù? Quello che è successo è successo. Non è stato il miglior sesso della mia vita, ma neppure il peggiore. Inoltre, credo che sia il caso di parlare, ok?»

Gable annuì, sul volto aveva stampata un'espressione dubbiosa.

«Gabe, sono stato sulla strada per la maggior parte della mia vita da adulto. Non è un problema viaggiare. Se me ne fossi voluto andare, l'avrei fatto tempo fa.»

Un sorriso timido fece capolino sul volto di Gable e Flynn non poté resistere alla tentazione di coccolarlo ancora. «Ora posso trattarti come si deve?»

«Mi pareva che fino adesso non avessi fatto altro» rispose Gable, talmente piano da risultare quasi impossibile da sentire. Spostò la testa in modo da chiedere un altro bacio a Flynn senza il bisogno di parlare. Il ragazzo strofinò il suo volto su quello dell'amato. Non c'era fretta, ci si doveva godere il sapore dell'altro.

Gable era a pancia in su, la testa voltata verso Flynn in modo da poterlo baciare, i fianchi sistemati in modo tale da essere accessibili alle carezze dell'altro. Le loro labbra non si separarono quando si abbassarono i boxer, ma furono costretti a farlo quando si dovettero sfilare le magliette.

«Ci sono dei preservativi in bagno, se vuoi» sospirò Gable a un centimetro dalla faccia del ragazzo, non appena lui ebbe finito di prepararlo.

«Non facevo sesso non protetto da un sacco di tempo prima di oggi» replicò Flynn. «Suppongo che in ospedale ti abbiano fatto tutti i test necessari, giusto?» Gable annuì. «Quindi direi che possiamo procedere senza» concluse il giovane, risoluto. «Questo pomeriggio, per quanto frettoloso, è stato fantastico.»

Flynn si era spalmato sul membro eretto del lubrificante che Gable gli aveva passato. Poi scivolò dentro il corpo stretto dell'amante. Era una posizione comoda e rilassante, Flynn poteva muoversi senza difficoltà, ma anche vedere l'espressione sul volto di Gable. Continuarono a baciarsi per tutto il tempo. La mano di Flynn scivolò sul membro dell'altro, che si stava indurendo rapidamente. L'accarezzò amorevolmente, quell'erezione gli causò un certo orgoglio visto che era stato lui a provocarla.

«Dio, sei fantastico» sospirò Gable. La sua voce era leggermente alterata da ciò che Flynn gli stava facendo. Posò la mano sul fianco di Flynn in modo da guidarlo.

Flynn spostò la mano sul ventre di Gable e andò più a fondo. Il suo corpo gli chiedeva di aumentare la velocità, ma se così avesse fatto sarebbe venuto subito. Voleva far venire prima Gable, i loro movimenti erano fluidi e coordinati. Era fantastico per Flynn sentire la cavità di Gable stretta intorno al proprio membro. Si chiese quanto ancora sarebbe durato l'altro.

Gable smise di baciarlo perché aveva bisogno di respirare. I suoi occhi semichiusi apparivano pieni di piacere.

«Mi stai facendo venire, bravo» Gable stava per schizzare. «Più veloce» disse, aumentando il ritmo dei suoi movimenti per affrettare l'atto. «Oh, cazzo... vieni con me... voglio sentirti... vieni.»

Flynn si voleva trattenere, in modo da godersi la faccia dell'altro durante l'orgasmo, ma diventava più difficile a ogni spinta. All'improvviso, Gable inarcò la schiena e gemette. I suoi spasmi erano forti ma ciò che fece impazzire Flynn fu altro: Gable si schizzò sulla pancia e bagnò anche la mano di Flynn. Non c'era nessun preservativo tra loro e la sensazione di venire nel corpo rilassato dell'amante fu semplicemente fantastica.

Continuarono a baciarsi fino a quando non bastò il fiato, questa volta con gli occhi aperti: non volevano perdersi la reazione l'uno dell'altro.

«Dobbiamo pulirci un po'» sussurrò Flynn.

«Non mi importa. Puoi restare qui?»

Flynn si alzò comunque, senza nascondere un sorriso. «Oh, tornerò, non preoccuparti.» Sul pianerottolo e in bagno faceva freddo, il ragazzo tornò con un asciugamano.

«Il temporale è finito» disse Flynn risistemandosi sul letto.

«Sai, io e te abbiamo portato abbastanza nuvole e pioggia anche da soli.» Gable rabbrividì quando Flynn gli pulì la pancia e lo attirò a sé per baciarlo di nuovo. «Cazzo, non ne ho mai abbastanza.»

Flynn gettò l'asciugamano sul pavimento e si infilò sotto le coperte. «Ottimo» rispose. «Perché voglio dormire qui, stanotte.»

«Ci speravo.» Gable lo strinse tra le sue braccia e rimasero così, pelle contro pelle.

«Devi solo provare a tenermi lontano.»

Contenti e soddisfatti com'erano, non ci volle molto per addormentarsi. Flynn si svegliò sentendo i lamenti di Gable.

«Tutto ok, amore?»

Gable scosse la testa. «È solo quel dannato piede. Passerà, non preoccuparti.»

Flynn annuì ma la preoccupazione rimase. Avrebbe convinto Gable a vedere un dottore, ma non sarebbe stato facile.

CAPITOLO
NOVE

Quando Flynn si svegliò, il sole si stava già infiltrando nella stanza attraverso le tende che coprivano la finestra.

Per un momento volle saltare fuori dal letto, temendo di aver dormito troppo, ma poi Gable emise un gemito e Flynn decise di restare ancora un po' nel letto, il loro letto. Suonava bene. Svegliarsi accanto all'uomo che amava era fantastico, sapere che quei sentimenti erano ricambiati rendeva il tutto ancora più magnifico.

«Dovremmo alzarci, sono le otto passate» mormorò Gable, senza muoversi di un millimetro. Sembrava stringersi sempre di più a Flynn, così quest'ultimo lo baciò. Quando si separarono e Gable scosse la testa, Flynn ricominciò a temere che si stesse allontanando. Quei timori vennero spazzati via dall'abbraccio in cui l'uomo lo strinse.

«Non so...» Gable si fermò a metà della frase, poi cambiò idea. «Grazie» finì.

«Non c'è niente per cui tu debba ringraziarmi» disse Flynn, tirandosi leggermente indietro per poter guardare meglio il volto dell'altro. Sperava di dissolvere ogni dubbio, forse però non ci stava riuscendo.

«Oh, ci sono un sacco di cose per cui ringraziarti» replicò lui. «Comunque dovremmo alzarci, i cavalli ci aspettano.»

Flynn fu felice vedendo il sorriso sul volto di Gable, ma capì che l'altro non aveva ancora smesso di buttarsi giù. Lasciò perdere, però. Dopo tutto ciò che era accaduto con Grant, era comprensibile che gli servisse del tempo per fidarsi ancora di qualcuno, Flynn poteva aiutare questo processo mostrandogli quanto lo amasse.

Flynn si sciolse da quell'abbraccio di malavoglia e strisciò fuori dal letto. Dopo una pulizia veloce e una breve visita a quella che si poteva ormai definire la sua vecchia stanza dove recuperò qualche vestito, Flynn si portò Bridget al piano di sotto per preparare la colazione, lasciando a Gable il tempo per prepararsi. Era accanto al vecchio forno e preparava uova strapazzate quando si sentì stringere in un abbraccio da dietro.

«Volevo farlo da quando mi hai preparato la colazione per la prima volta» gli sussurrò Gable all'orecchio.

«Dovevi provarci prima!» replicò Flynn, voltandosi in modo da poterlo baciare.

Le uova erano un po' bruciacchiate quella mattina, tuttavia nessuno sembrò badarci.

Calley arrivò dopo colazione: portò i rifornimenti alimentari presi dal suo negozio e a giudicare dallo sguardo che lanciò a Flynn sembrò notare un cambiamento in Gable. Flynn gradì molto la sua scelta di non dire nulla, almeno fino a quando Gable non fu fuori portata.

«Cos'hai fatto al mio Gable?» domandò la donna con un ampio sorriso sul volto, mentre Flynn l'aiutava a portare le scatole vuote fino al camion.

«Oh, niente» le rispose. Avrebbe voluto condividere con qualcuno ciò che era successo, tuttavia supponeva che Gable non ne sarebbe stato molto contento, almeno non così presto. Flynn non era ancora riuscito a capire fino in fondo la relazione tra i due.

«Col cazzo che non hai fatto niente» provocò lei. «Sembra uno che è stato appena colpito da Cupido. Non lo vedevo così felice da quando... no, a pensarci bene non l'ho mai visto così felice. Qualsiasi cosa tu stia facendo, sembra funzionare.» Gli diede una gomitata in modo davvero poco femminile, poi posò la mano sul braccio di Flynn in modo da spingerlo a guardarla. «Lo stai rendendo davvero felice, Flynn. Non solo ne ha bisogno, se lo merita.»

Il ragazzo si limitò a sorriderle, morendo dalla voglia di dirle tutto. Allo stesso tempo, però, preferiva che almeno per il momento ogni cosa restasse tra lui e il suo amato. Era abbastanza sicuro che lei sapesse già cosa stava succedendo, per ora bastava.

Calley gli toccò il volto in modo molto materno, poi salì sul camion e se ne andò.

Flynn la salutò e si voltò verso Bridget: «Coraggio bellezza, c'è del lavoro da fare!»

Cominciarono come avevano sempre fatto, ognuno svolgeva i propri compiti al ranch, ma Flynn percepì il cambiamento quasi subito. Prima di allora avevano sempre lavorato individualmente, a malapena si vedevano prima dell'ora di pranzo, adesso invece sembrava che Gable cercava di far cose che gli permettessero di stare con Flynn. In più occasioni gli chiese addirittura aiuto per cose che normalmente faceva da solo e Flynn lo ricompensava sempre con un bacio e una carezza. Al ragazzo non dispiaceva che

Gable cercasse delle scuse per stargli accanto, sperava
però che si rendesse conto di non averne bisogno per
stargli vicino. Inoltre, come squadra funzionavano bene
e a Flynn piaceva sentirsi corteggiato.

Il giorno trascorse rapido, a parte un breve
intermezzo dopo pranzo: Gable si tirò indietro durante
un bacio appassionato sostenendo che non potessero far
sesso a metà giornata. Flynn dovette mordersi la lingua
per non ricordare a Gable certe confessioni riguardanti
il far sesso con Grant, ovunque e a ogni ora del giorno,
ma non voleva correre il rischio di peggiorare le cose.
Rimase affamato, avrebbe voluto avere ben di più.
Flynn credeva che valesse la pena di attendere per certe
cose, avrebbe ottenuto più tardi ciò che bramava.

Il momento arrivò quando Flynn stava condendo
il mangiare una casseruola.

«Mi faccio una doccia rapida» annunciò Gable
con un sorriso seducente sul volto.

Flynn aveva scelto con attenzione il piatto
principale di quella sera. Richiedeva un lavoro minimo
e c'erano circa tre quarti d'ora di cottura durante la
quale non si doveva fare nulla a parte aspettare. Dopo
circa cinque minuti da quando Gable se ne era andato,
Flynn lo stava osservando dalla porta sul retro.

Gable aveva la gamba ricoperta da uno strato di
plastica e si lasciava bagnare dal getto d'acqua fredda,
come quando Flynn l'aveva spiato la prima volta.
Stavolta, però, le cose sarebbero andate diversamente.

«Posso unirmi a te, o preferisci che ti osservi?»

Gable si tolse l'acqua dal viso e aprì gli occhi.
«Dipende da te, ma devo ammettere che non mi
dispiacerebbe un pochino di... aiuto.»

Flynn si tolse i vestiti il più in fretta possibile, aveva potuto godere della vista del corpo di Gable e aveva ammirato il cazzo del suo amante mentre si ingrossava davanti ai suoi occhi.

«Dannazione, è gelida!» urlò Flynn.

Gable rise e lo strinse tra le braccia. «Quindi credi che sia una buona idea il sesso sotto la doccia?»

«Farei sesso con te dappertutto, ma dubito che mi si possa alzare in questo momento» considerò Flynn, infreddolito.

Gable chiuse il getto d'acqua e prese un asciugamano, usandolo per avvolgere le spalle di Flynn e strofinando forte. Pian piano il ragazzo cominciò a riscaldarsi, notò la persistente erezione di Gable, sopravvissuta all'acqua fredda.

«Sei un bastardo arrapato, tu» lo provocò Flynn.

Gable annuì con un sorriso malizioso. «Non è difficile, con te.» trascinò Flynn fino alla panchina in modo da potersi sedere.

Dopo un rapido sguardo, Gable prese il cazzo di Flynn in bocca e cominciò a succhiare. Flynn sentiva l'eccitazione crescere, così appoggiò la mano sulla testa di Gable per evitare di perdere l'equilibrio. La bocca di Gable era fantastica, in un batter d'occhio gli era diventato durissimo. Il vedere Gable che si toccava lo eccitò ancora di più.

«Gable, fermati. Per favore Gable, fermati.»

L'uomo si tirò indietro, riluttante. «Che c'è?»

Flynn gli prese il volto tra le proprie mani e lo baciò. «Troppo veloce» spiegò dopo aver ripreso fiato. Cambiarono posizione fino a ritrovarsi entrambi a cavalcioni della panca, ma, siccome erano troppo lontani, Gable si avvicinò e si mise a cavalcioni su di lui.

«Cazzo, se ti desidero» mormorò Gable a un centimetro dalla bocca dell'amato mentre si massaggiavano a vicenda.

«Vacci piano però, ok?» Flynn non voleva ripetere ciò che era accaduto nel fienile. Non perché fosse egoista e volesse solo il proprio piacere, ma perché sperava che quella volta si comportassero come amanti e non come due che scopavano. Gable sembrò non afferrare il concetto.

Prima che il ragazzo potesse obiettare, Gable si sedette sull'erezione di Flynn per cavalcarlo, l'altro si sentì usato, un'altra volta. Come la volta precedente, non riusciva a controllare le reazioni del suo corpo. Gable era stretto e l'attrito era intenso usando solo la saliva come lubrificante. Lo sguardo di Gable lasciava tradire un profondo godimento, sembrava in uno stato di estasi, si capiva che quello era esattamente ciò che voleva il suo corpo. Tutto ciò causò una reazione anche in Flynn, che capì di essere la diretta ragione del membro così duro dell'amante. Non poteva negarlo, nonostante si sentisse usato, ne restava comunque la causa. Gocce di liquido seminale fuoriuscivano dalla fessura a ogni movimento. Era la ragione di quell'arrossamento sul petto, era la causa di tutto. Gable si alzava lentamente, Flynn spingeva dentro quel calore e Gable gemeva. Si stava toccando, si stringeva l'erezione mentre lasciava che Flynn entrasse a fondo nel suo corpo.

«Cazzo, va bene, molto bene!» annunciò Gable. Aprì gli occhi prima di guardare Flynn e di baciarlo senza impegno.

Flynn ricambiò il bacio, travolto da emozioni contrastanti. Fisicamente parlando, tutto ciò era piacevole, ma sentiva la mancanza del lato amoroso, sapeva già che il suo orgasmo non sarebbe stato uno dei migliori. Era vicino a Gable, sentire il proprio petto strofinarsi su quello dell'amante gli fece indurire i capezzoli.

Gable si tenne alla panchina e in quel modo poté aumentare il ritmo dei movimenti. Gemette quando Flynn gli prese il membro duro in mano e lo masturbò rapidamente, fino a quando questo non ricoprì di seme la pancia e la mano del ragazzo.

Fu proprio la vista dell'orgasmo di Gable, unita alla sensazione del canale pulsante stretto intorno al proprio cazzo, a far impazzire Flynn. Chiuse gli occhi, evitando di guardare Gable e allontanandosi quando l'uomo provò a baciarlo. Non fu sorpreso nel sentire un peso sollevarsi dai fianchi. Flynn si sedette e con la coda dell'occhio vide Gable bagnare un asciugamano sotto la doccia.

Flynn glielo strappò di mano, prima che Gable potesse cominciare a pulirlo.

«Che c'è che non va?» domandò Gable innocentemente.

«Devo controllare la cena» fu tutto ciò che Flynn riuscì a dire. Si prese i vestiti e li indossò prima di andare in cucina, lasciandosi Gable alle spalle. Non poteva sfogare la sua rabbia su l'altro ma era comunque molto infastidito. Si aspettava così tanto dopo l'ultima notte, evidentemente però Gable non era disposto a lasciare che quell'intimità riempisse la loro vita quotidiana. Forse le cose non sarebbero mai cambiate.

Mangiarono in silenzio, Flynn era troppo furioso per parlare, Gable era troppo confuso per cominciare a farlo.

«La cena era buona» osò dire Gable mentre stavano lavando i piatti.

Flynn si limitò ad annuire, pensava che in quella situazione si sarebbe sentito dire tutto ciò anche dopo una cena immangiabile. Era combattuto tra lo scappare via e il prendersela con Gable. Non gli piaceva fuggire davanti ai problemi, ma allo stesso tempo non se la sentiva di accusare Gable per qualcosa di cui forse non era colpevole. Doveva esserci un modo per discutere la questione, ma in quel momento non sapeva come fare, ne avevano parlato il giorno prima, così lasciò momentaneamente perdere. Andò fuori non appena ebbe finito di lavare la casseruola.

Gable lo raggiunse in veranda pochi minuti dopo. C'era silenzio, il tipo di silenzio che si poteva tagliare con un coltello.

«L'ho fatto di nuovo, vero?» domandò Gable con calma, dopo svariati minuti di silenzio passati guardando il paesaggio.

Fynn deglutì. Il fatto che Gable se ne fosse reso conto lo rendeva quasi più difficile. «Sì» ammise stringendo i denti.

«Mi dispiace» replicò l'altro, ancora più calmo.

«Questo non mi aiuta molto» ribatté Flynn. La rabbia gli ribolliva dentro, sotto la superficie, e lui stava cercando di non esplodere. «Non sono il tuo giocattolo sessuale, Gable. Pensavo che avessimo raggiunto dei traguardi dopo la scorsa notte. Sono a conoscenza dei tuoi problemi, ma non posso farlo. Non posso vivere una relazione dove non si sa mai quello che accadrà. Ho bisogno di un partner, non... non...» era talmente furioso da non riuscire a trovare le parole.

«Forse dovrei darti un po' di spazio» disse Gable, seduto al suo solito posto.

«Dobbiamo parlare, Gable. Comunicare. Chiarire le cose prima di arrivare alle conclusioni sbagliate.» Il tono di voce di Flynn era duro, era talmente furioso ed esasperato da non riuscire a nascondere quanto gli importasse.

Gable zoppicò giù per i gradini, nell'oscurità. Flynn pensò che Gable volesse passare del tempo nelle stalle con i cavalli, ma non volle corrergli dietro, così restò sulla veranda. Poco prima che si accendesse la luce nella stalla, Flynn sentì un gran numero di imprecazioni, poi scese la calma. Flynn non poteva risolvere il problema. Nonostante la discussione, la sua mente pensava al peggio. Aspettò più a lungo che riuscì, infine si diresse verso la luce.

Gable era seduto su una balla di paglia e si massaggiava il piede. Gli faceva un male cane, quando aveva camminato era stato anche peggio, sperava che il dolore si calmasse. Sentiva la caviglia diventare più gonfia all'interno dello stivale e sperava che non ci fosse nulla di rotto. Aveva appena deciso di togliersi lo stivale quando apparve Flynn.

Gable alzò lo sguardo, Flynn non parlò subito, i suoi occhi vagavano dal piede al volto di Gable.

«Stai sanguinando.»

«Lo so. Sono inciampato in una balla di fieno e temo di aver strappato qualcosa» replicò Gable senza guardare l'altro, ma felice di vederlo più calmo.

«Sembra doloroso. Chiamo un dottore?»

Gable scosse la testa. «Niente dottori.»

«Gabe, dovresti farti vedere. Non è normale, da come stai male sembra che tu abbia appena trasportato del ferro.»

Per un istante, Gable guardò Flynn in volto e notò quanto era preoccupato. «Mi fa sempre male, Flynn. Nessun dottore può far qualcosa.»

Flynn si appoggiò sul ginocchio di Gable e si accucciò. «Puoi almeno permettermi di aiutarti a tornare a casa?»

Gable alzò le spalle. «Sto bene qui. Dammi qualche ora di tranquillità e starò bene.»

«Gabe?» Flynn si era bloccato e gli teneva la mano.

Gable scosse la testa. «Torna a casa.»

Gable vide Flynn pensarci, poi il ragazzo rinunciò e lo lasciò da solo. Non era la prima volta che Gable restava nella stalla, era il suo posto preferito per riflettere un po', c'erano solo i rumori dei cavalli e gli uccelli che arrivavano ogni tanto. Il suo piede pulsava, così lo alzò un po' e appoggiò la schiena alla porta. Si era messo un cappotto caldo prima di andare in veranda, quindi non aveva freddo.

Non appena si sentì a suo agio, ripensò quanto era successo quella sera. Aveva chiaramente frainteso i segnali di Flynn. Basandosi sul cibo che stava preparando, aveva dedotto che Flynn volesse una scopata veloce prima di cena. Doveva ammettere con se stesso che era l'unica cosa di cui avrebbe avuto voglia. L'idea di dormire di nuovo insieme lo intimoriva, non sapeva cosa si aspettasse Flynn. Il ragazzo gli piaceva, ma la velocità con cui si era evoluto il loro rapporto lo spaventava. Quanto avrebbe impiegato Flynn per lasciarlo in cerca di qualcuno più giovane e in salute?

Gable si strinse nel cappotto. Era stanchissimo, sperò che l'indomani tutto sarebbe stato migliore.

CAPITOLO
DIECI

Flynn non riusciva a dormire.

Era stato difficile lasciare Gable nel fienile, Flynn pensava di non riuscire a convincerlo a prendersi cura di se stesso per via della sua ostinazione.

Era passata la mezzanotte e si stava ancora preoccupando.

Dopo aver guardato l'orologio sul comodino per due ore, Flynn si decise a rivestirsi per tornare da Gable, nel tentativo di persuaderlo ad andare a casa.

Fuori, la temperatura era calata significativamente, nonostante Flynn pensasse che la stalla fosse un posto piuttosto caldo, non era comunque sicuro lasciare che Gable dormisse lì.

Quando entrò, la luce era ancora accesa. Gable era coperto dal suo parka e dormiva su una balla di fieno, la schiena appoggiata a un lato della porta. Flynn vide le macchie di sangue secco sulle bende che gli fasciavano il piede e gli toccò le dita dei piedi, erano gelide e di un color grigio-blu.

«Gable, svegliati. Devi tornare dentro e scaldarti un po'.»

Flynn lo scosse con maggiore forza, quando lo vide cadere su un lato provò a fermarlo e si rese conto di quanto la sua pelle fosse bollente.

«Dannazione, Gable! Devi svegliarti!» La sua voce era piena di panico, provò a svegliare il suo amante ma non ci riuscì.

Sorprendentemente, Flynn era rimasto calmo. Era rientrato dentro di corsa e aveva chiamato Calley e un'ambulanza. Sapeva che ci sarebbe voluto un po' prima che arrivassero, così aveva preso una coperta ed era tornato alle stalle, dove aveva trovato Bridget accanto al corpo raggomitolato di Gable.

Il respiro dell'uomo era diventato affannoso, Flynn si mise a controllargli le funzioni vitali come gli aveva detto il ragazzo dell'ambulanza. L'aveva fatto un sacco di volte con i cavalli malati, ma era diverso farlo sull'uomo che amava. In quel modo aveva qualcosa da fare per passare il tempo dell'attesa. Si poté rassicurare nel sentir battere il cuore di Gable.

«Non mi morire ora, Gable» insistette Flynn con il suo amante incosciente, dopo che l'uomo aveva smesso di respirare per un momento, non appena Flynn l'aveva stretto tra le braccia. Flynn esalò il respiro che stava trattenendo quando Gable sospirò. «L'ambulanza sta arrivando, anche Calley sarà qui presto. Ti porteremo all'ospedale, amore.»

Flynn rimase seduto lì, al freddo, per quella che gli parve un'eternità, scuotendo Gable non appena il respiro dell'uomo sembrava affievolirsi.

Calley giunse al ranch con una frenata rumorosa che lasciò intendere quanto avesse corso per arrivare il prima possibile. Era visibilmente molto preoccupata.

«Che è successo?» domandò a Flynn dopo aver dato una rapida occhiata a Gable e al suo piede.

«È inciampato in una balla di fieno» le disse Flynn. «Non vedendolo tornare a casa, sono venuto a dare un'occhiata e l'ho trovato qui.»

«Suppongo che sia un miracolo che ci abbia messo così tanto tempo.»

Flynn non era sicuro di aver capito. «Te lo aspettavi?»

Calley annuì. «Quando si era fatto male la prima volta, temevamo che il piede non si potesse salvare. Le ossa erano fracassate e sembrava esserci qualche problema con il flusso del sangue. Non sono un dottore, non so dirti i dettagli. A ogni modo, quando sembrò migliorare, Gable non volle farci nient'altro. Quando lo lasciammo da solo la prima volta, diede un colpo con il piede a un tavolo e si gonfiò di nuovo, gli dissero che avrebbe potuto perderlo, ma non volle sentirne parlare. È per questo che rifiuta di farsi vedere da un dottore.»

Flynn strinse Gable ancora più forte. «Cosa stai dicendo?»

«Ciò di cui tutti i dottori parlano è l'amputazione, Flynn. Gable si rifiuta anche solo di considerare quella possibilità. Ha avuto terzi e quarti parer ed erano tutti concordanti, dicevano che prima o poi non avrebbe avuto altre scelte.»

Flynn osservò il volto addormentato di Gable. «In questo momento non ha neppure il lusso della scelta.»

«Era proprio quello che temevo» replicò Calley.

Entrambi alzarono lo sguardo quando sentirono il rumore di una macchina che si fermava di fronte al fienile. Lo sfarfallio delle luci fece identificare subito il veicolo, Calley si alzò in modo da poter dare un'occhiata. Dovette anche evitare che Bridget cominciasse ad abbaiare rumorosamente per fare la guardia al suo padrone quando la squadra dell'ambulanza arrivò con una barella e una borsa con l'occorrente per il primo soccorso.

«L'ho trovato incosciente» spiegò loro Flynn. «Si era fatto male al piede oggi. Ora ha dei problemi a respirare e a volte il respiro si ferma, ma ricomincia quando lo scuoto.»

Uno degli uomini guardò Flynn con compassione. «Lo portiamo via» comunicò.

Per Flynn non fu semplice lasciare che portassero via Gable, ma sembravano persone competenti. Il cuore cominciò a battergli all'impazzata.

«Vieni Flynn, andiamo nella mia macchina. Li seguiremo all'ospedale» disse Calley passando un braccio sulle spalle del ragazzo, per confortarlo.

Flynn scosse la testa e vide che lo stavano spostando sulla barella. «Preferirei andare sull'ambulanza con Gable» disse indicando l'ambulanza.

«Mi dispiace, ha ragione lei. Non c'è spazio per altri, è meglio se ci seguite.»

A quella risposta, Flynn scosse la testa con più convinzione. «No! Ho bisogno di stare con lui, se morisse lì, vorrei esserci.» Sentirsi dire quelle parole lo sciocco ma non c'era nulla da fare. Lo temeva con tutto il suo cuore e sperava di sbagliarsi.

Calley lo strinse forte, poi gli prese il volto tra le mani per costringerlo a guardarla. «Flynn, ascoltami, starà bene! È in mani capaci!»

«Ci prenderemo cura di lui, signore» disse uno dei volontari dopo che ebbero caricato Gable sul retro dell'ambulanza. «Seguiteci.»

Il viaggio verso l'ospedale in quelle strade di campagna dalle tinte scure, fu qualcosa che Flynn non aveva preso in considerazione, ma Calley era una guidatrice molto capace e nonostante le apprensioni riuscirono ad arrivare in città senza problemi. Il medico locale che avevano chiamato ordinò di portare Gable in una struttura più grande, così si ritrovarono a seguire di nuovo l'ambulanza. Le strade erano sconosciute ma meno problematiche.

Il reparto del pronto soccorso nell'ospedale cittadino era più largo e meno vuoto di quello improvvisato che c'era in paese. Dovettero aspettare e riempire un po' di moduli, Flynn si rese conto di non sapere poi tanto sul conto di Gable, per fortuna non si poteva dire lo stesso di Calley.

«Non è mica la prima volta che lo faccio, Flynn. Dopo l'incidente si ritrovò a uscire e entrare spesso negli ospedali e mai una volta che non fosse veramente necessario, così conosco bene queste procedure.» Calley gli mise una mano sul braccio per cercare di consolarlo.

«Non so nemmeno se ha una famiglia» borbottò Flynn. «Non so nulla di lui.»

Calley gli strizzò il braccio. «Non è un gran chiacchierone, eh?»

Flynn scosse la testa.

«Gable ha qualche lontano parente a est, ma nessuno è in contatto con lui regolarmente.»

Flynn sospirò. «Quindi non ha nessuno.» Era più un'affermazione che una domanda.

«Ha te, Flynn.»

«Dici?» Flynn guardò il volto pieno di compassione della donna. Lanciò un'occhiata verso la direzione in cui avevano portato via Gable e sospirò di nuovo. «Avevamo litigato. Era per questo che mi è stato così difficile trovarlo.» Flynn non sapeva quanto dirle. Ciò che era successo tra loro era qualcosa di molto personale, ma aveva bisogno di parlarne con qualcuno e sperava che Calley potesse capire la situazione. «Un momento prima è dolce e amorevole, un momento dopo non mi vuole neanche intorno se non per...» Flynn si fermò. Non conosceva Calley abbastanza da raccontarle quel genere di dettagli.

Calley sorrise con indulgenza. «Credo che in questo voi uomini siate tutti uguali.»

Flynn non poté trattenersi dal sorridere leggermente. I modi alla mano di Calley e la sua compassione lo fecero sentire accettato come mai si era sentito in tutta la sua vita. Era stato un po' troppo apprensivo, visto che lui non aveva mai capito bene la natura della loro relazione, ma sembrava che lei riuscisse a comprendere. In ogni caso, lei era a conoscenza dell'omosessualità di Gable visto che sapeva tutto ciò che era successo con Grant, era chiaro che l'uomo si fidasse della donna.

«Ho sempre pensato che tu fossi diverso» disse Calley, rompendo il silenzio che era calato fra loro. Sembrava seria, il tono provocatorio nella sua voce era sparito. Sorrise di nuovo quando Flynn la guardò, ma non era un sorriso divertito. «Era ferito, Flynn. Credevo che non si sarebbe mai più ripreso, e non parlo dell'aspetto fisico dell'incidente. Per qualche ragione incomprensibile era innamorato di quell'uomo, gli servirono mesi per accettare di essere stato lasciato. Se tutto ciò dovesse essere troppo per te, lo capirei, ma almeno se devi lasciarlo fallo con un po' di delicatezza. Diglielo, non farlo vivere con una falsa speranza.»

«Non lo voglio abbandonare» replicò Flynn con determinazione, poi il suo coraggio venne meno. «A meno che non sia lui a volerlo.»

«Probabilmente andrà così, lo farà per proteggere se stesso» disse Calley, dicendo a voce alta ciò che Flynn stava solo pensando.

Il coraggio di Flynn crebbe di nuovo nel sentire quelle parole. «Non sono Grant, sai. Qualsiasi cosa accada, posso farcela.»

«Grazie a Dio, non sei Grant!» Gli strinse di nuovo la mano e lo fissò per un attimo, poi tornò a concentrarsi sul corridoio che stavano guardando da quando erano arrivati e la conversazione si interruppe.

Quel silenzio fastidioso, unito al disagio di stare seduto così a lungo, spinse Flynn ad alzarsi dal rigido sedile dove era accomodato. «Ho bisogno di sgranchirmi le gambe, vuoi del caffè?»

Calley annuì. «Per me nero, grazie.»

Flynn si mise in marcia, sperando di riuscire ad avere qualche informazione su Gable mentre cercava qualcosa per mantenersi sveglio e caldo. La ragazza dietro al banco della reception gli diede la risposta standard, dicendogli che stavano ancora lavorando e che il dottore sarebbe arrivato presto, così Flynn tornò da Calley, con in mano un bicchiere tiepido di carta contenente qualcosa che si poteva a malapena chiamare caffè. Bevvero in silenzio, dopo un po' Calley si appoggiò al ragazzo per dormire un poco. Il ragazzo non riuscì a chiudere occhio, neanche se non lo faceva da almeno ventiquattr'ore. Voleva sapere come stava Gable e nonostante sembrasse calmo, i suoi organi interni parevano impegnati in una partita di hockey. Era certo che qualcosa stesse andando storto e temeva il momento in cui il dottore sarebbe comparso da ovunque si stesse nascondendo, per dire quanto le cose andassero male.

«Mmh» mormorò Calley quando si svegliò. Si mise a sedere, strofinandosi l'angolo della bocca e aprendo gli occhi assonnati. «Ancora nessuna novità?»

«No, continua pure a dormire» rispose Flynn, cercando di risuonare rassicurante. Un uomo sulla quarantina, dall'aria seria, camminò verso di loro a passo deciso.

«Siete parenti del signor Sutton?» strinse prima la mano di Flynn, poi quella di Calley. «Sono il dottor Isaacs, lavoro nel reparto di Terapia Intensiva.»

«Come sta?» domandò Flynn, lo stomaco talmente in subbuglio da provare una sensazione di nausea.

«È stabile, ma è stata dura e non siamo ancora fuori dai pasticci» rispose il dottore, rivolgendosi direttamente a Flynn. «Per fortuna l'ha trovato quando è successo.»

«Possiamo vederlo?» domandò Calley.

«Non credo che sia una buona idea.» Il dottor Isaacs sembrò esitare nel cercare le parole giuste. «È circondato da un sacco di macchinari.»

«Voglio vederlo» disse Flynn con un tono di voce appena udibile.

«Ha bisogno di vederlo» aggiunse Calley. Io posso anche aspettare qui, lui però ha bisogno di vederlo.»

Il dottore annuì. «Per prima cosa, ho bisogno che qualcuno firmi il permesso per l'intervento chirurgico» disse il dottore, posto tra Flynn, Calley, e il corridoio.

«Non potete amputargli il piede» disse Flynn per opporsi. «Non vuole perderlo!»

Il dottore mise in avanti la mano come per calmare il ragazzo. «Non abbiamo altra scelta, signore. Ha un'infezione e con il trauma subito, il piede non sta ricevendo abbastanza sangue. Il tessuto sta morendo e manda tossine nel flusso sanguigno. Era in uno stato di shock, abbiamo dovuto intubarlo e dargli dei farmaci per migliorare la pressione e per aiutare il cuore. Aveva la febbre alta, temo che se non rimuovessimo il piede le probabilità di sopravvivenza sarebbero prossime allo zero.»

«Ma... potete ripristinare il flusso sanguigno! Potete risistemarlo. Non si è fatto poi tanto male!» Flynn si rendeva conto di contraddire il dottore, ma non poteva nemmeno immaginare di dire a Gable che aveva perso il piede.

Il dottore guardò Calley sperando di ricevere qualche genere di aiuto, ma tutto quello che fece la donna fu mettere una mano sulla schiena di Flynn. «Calmati, Flynn. Dobbiamo pensarci. Dottore, per favore, ce lo lasci vedere. Prometto che dopo le comunicheremo la nostra decisione.»

Il dottore annuì, poi si fece da parte per liberare la strada verso il corridoio. Li condusse lungo una serie di svolte e oltre una porta chiusa che aprì con un tesserino magnetico. Superarono numerosi letti prima di arrivare di fronte a un letto in particolare.

Inizialmente, Flynn non riconobbe quell'uomo dalla carnagione grigia, collegato al numero più grande di macchinari che avesse mai visto, anche nei film. Fu solo quando il dottor Isaacs suggerì di avvicinarsi, che Flynn capì che si trattava di Gable. C'erano tubi che uscivano da bocca e dal naso e una macchina che emetteva un rumore quasi ipnotico, in sincronia con l'alzarsi e l'abbassarsi del petto di Gable.

«È come se i macchinari respirassero per lui» spiegò il dottore con un tono pacato. «In effetti, svolgono per lui un po' di funzioni.»

Calley annuì e Flynn non poté smettere di fissare Gable, provando a identificare l'uomo che era stato il suo amante, cercava di riconoscerlo sotto tutti quei tubi e cavi. Con un po' di incertezza, raggiunse la mano di Gable e si allontanò quando vide che le mani erano legate al letto.

«Può toccarlo, se vuole» intervenne il dottore. «Dicono che il tocco delle persone amate faccia bene ai pazienti, anche quando sono sedati.»

«Perché le sue mani sono legate?» domandò Flynn.

«È una precauzione» rispose Calley. «Non è la prima volta che lo vedo in questo stato.»

La donna guardò il dottore, lui annuì e fece un passo indietro. «Vi lascio soli per qualche istante. Per favore, ricordatevi del permesso da firmare.»

Non appena l'uomo fu lontano, Flynn si voltò verso Calley. «Non posso firmare, Calley! Non me lo perdonerebbe mai!»

Lei sospirò. «Tu non puoi firmare, io posso. Ne ho il potere legale. Dobbiamo prendere questa decisione insieme, però. Flynn, se dicessimo di no lui morirebbe, non possiamo permettere che accada!»

«Non lo sappiamo! Hai detto di essere stata qui altre volte. Hai detto che l'hai visto in queste condizioni eppure ce l'ha fatta. Non possiamo fargli amputare la gamba, Calley!»

Calley strinse Flynn tra le braccia. «Non era mai stato così male, Flynn. L'ultima volta che l'ho visto in condizioni simili si era fatto operare al piede. Era sedato anche quella volta perché si era rotto un sacco di costole, ma non stava così male.» Lo lasciò andare e lo guardò in faccia. «Gli dovremo spiegare che era questione di vita o di morte. Gli diremo che sarebbe morto senza il nostro permesso firmato. Capirà.»

Fynn conosceva Gable abbastanza da sapere che non avrebbe capito. A giudicare dall'espressione di Calley, lo sapeva bene anche lei. Flynn si voltò verso l'uomo steso nel letto e gli prese la mano. Era fredda e umida, non sembrava nemmeno la sua. «Dobbiamo farlo, amore. Non posso perdere un altro uomo, non posso sedermi qui a guardarti morire senza sapere di aver fatto tutto il possibile per salvarti. Anche se forse non ci perdonerai mai, almeno ti avremo dato la possibilità di vivere.»

Flynn si girò verso Calley, asciugandosi il volto con il dorso della mano. «Facciamolo.»

CAPITOLO
UNDICI

Flynn trascorse i giorni successivi andando avanti e indietro tra ranch e ospedale, gli permettevano di sederglisi vicino solo durante il pomeriggio e la sera.

Di notte, Flynn dormiva nel letto di Gable, cercando di sentire il suo profumo e la sua presenza, ma la sensazione svaniva in fretta, così dopo le notti passate a rigirarsi nel letto, si svegliava per cominciare il giorno di lavoro al ranch. Lavorare intensamente l'aveva sempre aiutato ad affrettare lo scorrere del tempo, e assicurarsi che Gable ritrovasse il ranch in buone condizioni era un ulteriore incentivo. Nel tardo pomeriggio, Flynn si dirigeva in città per andare a sedersi accanto al letto di Gable.

Nonostante l'amputazione, per la quale avevano dato il consenso non senza una certa dose di riluttanza, le condizioni di Gable non stavano migliorando come aveva previsto il dottor Isaacs. Era ancora sedato, continuava ad avere attacchi di febbre altissima, a volte era così instabile che chiedevano a Flynn di lasciare la stanza, in modo che si potessero prendere cura di lui. Stava diventando sempre più irriconoscibile anche per i suoi cari. Quando invece le sue condizioni erano stabili e sembrava non provare dolore, Flynn gli slegava la mano e se la premeva sulla faccia, parlandogli dolcemente, sperando che le chiacchiere riguardo Bridget e i cavalli riuscissero a raggiungere in qualche modo il cervello dell'uomo. Presto Flynn si fu abituato all'andirivieni del reparto. A volte, Flynn puliva il viso e il petto di Gable, entrambi umidi di sudore, oltre alle piccole zone di pelle non coperte dai sensori adesivi collegati ai monitor o da bende. Si sentiva meglio sapendo di prendersi cura di lui in qualche modo, nonostante gli infermieri svolgessero la maggior parte del lavoro. Flynn percepiva il deterioramento dei muscoli dell'uomo sotto il tocco delle sue mani, Gable diventava più pallido e gonfio ogni giorno. Non abbandonare le speranze richiedeva un grande sforzo per Flynn.

Non gettare la spugna fu ancora più difficile quando un giorno al suo arrivo trovò ancora più macchinari intorno al letto di Gable. Con il cuore in gola, andò a cercare il dottor Isaacs.

«Non credo che ci sia bisogno di spiegare che le cose non stanno andando bene» gli disse l'uomo, compassionevole. «I suoi reni stanno facendo molta fatica per espellere le tossine messe in circolo dall'infezione, ora è come se fossero spenti, quindi dobbiamo aiutarli un po'.»

Flynn annuì, cercando di metabolizzare l'informazione ricevuta. «Quindi l'operazione non gli ha fatto bene? Sta morendo comunque?»

«Non perda la speranza, signor Tomlinson. Dobbiamo dare al suo corpo il tempo per guarire se stesso, nel frattempo gli daremo tutto l'aiuto possibile.»

Nonostante il dottore si fosse dimostrato una persona piuttosto sensibile e competente, Flynn non era ancora convinto che stessero facendo la cosa giusta, specialmente in quel momento, visto che si era presentato un altro ostacolo. «Quindi cosa succederà?»

Il dottore intrecciò le dita e inspirò profondamente. «L'abbiamo messo sotto dialisi per aiutare il suo corpo a espellere le tossine che stanno causando problemi ai suoi organi. Speriamo che in questo modo si abbia la possibilità di ridurre la dose dei farmaci che necessita per sopravvivere, vorremmo disabituarlo lentamente.»

Flynn non finse di capire, voleva conoscere almeno i dettagli basilari. «Quindi è ancora possibile che non ce la faccia?»

Isaacs annuì.

«Quanto è possibile?»

Il dottore si morse l'interno del labbro. «Non mi piace definirlo con un numero.»

«Ho bisogno di sapere» insistette Flynn, calmo. Aveva bisogno di sapere. Per giorni aveva aspettato di sentirsi dire da un momento all'altro che Gable era morto. Aveva bisogno di conoscere cosa aspettarsi.

«Credo che ci sia un cinquanta e cinquanta.»

Flynn annuì. Non era il tipo di risposta che avrebbe voluto ascoltare, ma almeno sapeva che c'erano incertezze anche per il dottore che si prendeva cura di lui ogni singolo giorno.

«Grazie, credo che ora andrò a vederlo.» Annunciò Flynn a voce bassa. Si alzò dalla sedia dell'ufficio e se ne andò senza stringere la mano del dottore. Aveva bisogno di stare con Gable, voleva passare con lui più tempo possibile, nonostante non avesse idea se l'altro se ne rendesse conto o meno. Non importava, non lo faceva per Gable, o almeno non solo per lui. Aveva bisogno di esserci per se stesso, non si sarebbe mai più rimproverato di non essere stato vicino ai suoi cari durante le loro ultime ore.

Flynn cominciò a stare con Gable al di fuori dell'orario di visita, il dottore stesso gli aveva dato il permesso ufficiale.

Nei giorni seguenti, spostarono Gable dall'enorme reparto a una stanza singola nel reparto di

Terapia Intensiva, e nonostante i macchinari suonassero ogni cinque minuti e lo facessero impazzire, Flynn non voleva andarsene. Si ritrovò a fare solo il lavoro strettamente necessario al ranch, in questo modo poteva correre all'ospedale per vegliare sul proprio amato per un tempo che pareva infinito. All'inizio contava le ore, cercando di godersi ogni momento della sopravvivenza di Gable, ma non appena la febbre iniziò a scendere e le condizioni dell'uomo divennero più stabili, la noia iniziò a farsi sentire. Flynn cominciò a portarsi dietro un giornale e un libro da leggere a voce alta. Fece amicizia con gli infermieri e li aiutò mentre lavavano Gable, rigirandolo da ogni lato.

Un pomeriggio, dopo tre settimane durante le quali aveva mangiato poco e dormito ancora meno, Flynn si addormentò seduto accanto al letto. Fu svegliato dalla mano di Gable che si muoveva sul suo volto. Quando Flynn alzò lo sguardo, inizialmente pensò di aver sognato. Gable sembrava addormentato, poi le sue dita si mossero di nuovo.

«Gable, amore, potresti aprire gli occhi per me?» chiese Flynn con gentilezza. All'inizio, Gable non rispose, ma poi il suo respiratore artificiale cominciò a suonare. Tre settimane prima, quel rumore avrebbe mandato Flynn nel panico. In quel momento, invece, restò calmo: il suono non era inusuale, l'aveva sentito altre volte. Gable, però, iniziò a tossire e a tirare le mani legate, cercando di liberarle.

«Gable, calmati. Sei all'ospedale» Flynn si ritrovò a dire le stesse cose che avevano detto le infermiere più di una volta. «Lascia che sia la macchina a respirare per te.»

Quelle parole sembrarono non avere alcun effetto su Gable, e la macchina cominciò a emettere suoni ancora più rumorosi, due infermiere si precipitarono dentro la stanza. Sistemarono qualche impostazione sul respiratore e ripeterono le stesse parole di Flynn, che fece un passo indietro. Si sentì impotente nel guardare Gable mentre combatteva contro ciò che lo teneva legato e contro il respiratore, voleva solo che quella tortura cessasse. Quando gli allarmi continuarono a suonare, il dottor Isaacs arrivò nella stanza.

«Penso che sia meglio se aspetta fuori, Flynn. Le prometto che ci prenderemo cura di lui.» Il dottore fece un cenno in direzione dell'uscita, ma Flynn non voleva andarsene. Era preoccupato seriamente, temeva che Gable avesse qualcosa di grave e che le cose stessero andando per il peggio. «Sta bene. Verrò da lei non appena si sarà calmato.»

Flynn non ebbe altra scelta se non quella di uscire dalla stanza. Voleva stringere la mano di Gable e dirgli che tutto sarebbe andato bene, ma sapeva che ciò sarebbe potuto succedere soltanto se lui se ne fosse andato. Si diresse verso la sala d'aspetto, all'entrata del reparto, e si trovò davanti a Calley.

«Sembra che tu abbia appena visto un fantasma, Flynn, è tutto ok?»

Flynn annuì. «Credo che si stia svegliando, ma sta cercando di liberarsi sentendosi bloccato.»

«È a questo che servono quei blocchi. Si farebbe molto male se lo lasciassero libero.»

«Lo so» mormorò Flynn. Era felice nel vedere lì Calley, così come ogni giorno. La donna cercava di evitare che smettesse di mangiare e nutriva le sue speranze, anche nei momenti più bui. Era bello non dover stare lì ad aspettare novità da solo. Mentre lei stava prendendo un paio di caffè nella macchinetta in sala d'aspetto, Flynn realizzò che nonostante tutto il tempo passato insieme nelle ultime tre settimane, non aveva ancora capito se ci fosse qualcosa di più nel rapporto tra Calley e Gable, qualcosa oltre alle provviste che lei portava dal negozio. Si rese conto di essere stato egoista, aveva parlato sempre e solo di Gable e non si era mai interessato a Calley.

«Conosci Gable piuttosto bene, vero?» domandò Flynn alla donna mentre lei gli porgeva la tazza di caffè.

«Oh, le storie che potrei raccontare!» disse con una risata. «Ma non lo farò. Non vado in giro a raccontare i segreti altrui, un giorno sarà lui stesso a dirteli.»

«Non è un gran chiacchierone» le ricordò Flynn.

«Lo so» concordò lei. «Ma un giorno ti dirà di più, ne sono sicura. Ha solo bisogno di molto tempo per aprirsi con qualcuno. Ti ha detto di Grant, vero?»

Flynn annuì silenziosamente.

«Ti dirà dell'altro. Forse anche qualcosa riguardo a ciò che abbiamo fatto quando eravamo più giovani.»

Flynn sospettò che ci fosse della malizia in quelle parole e moriva dalla voglia di saperne di più, ma pensava che a lei piacesse essere misteriosa e che non avrebbe detto altro. Sperava di avere la possibilità di sentir Gable stesso dire qualcosa in più su di sé.

Il dottor Isaacs entrò in sala d'attesa con il camice bianco che gli svolazzava dietro. «Credo che possiate entrare di nuovo, ma non troppo a lungo. Temo che dovrò chiedervi di accorciare le visite da ora in poi. Gable è ancora molto debole e ha bisogno di riposo, ma credo che morirebbe pur di vedervi. O di parlarvi.»

Flynn guardò Calley, poi il dottore. «Intende dire che è sveglio?»

Isaacs sorrise. «Sì, lo è. Stiamo ancora cercando di disabituarlo al respiratore, potrebbe volerci un po' di tempo, visto che è da tre settimane che vive attaccato ai macchinari, ma sì, è sveglio. Gli abbiamo dato qualcosa per il dolore, ma non è più sedato. Non può ancora parlare, sarebbe frustrante, ma cercate di mantenerlo il più calmo possibile, va bene? È ancora semi addormentato e potrebbe riaddormentarsi da un momento all'altro. Stateci poco, ha bisogno di riposare. Forse sarebbe meglio se andasse una persona sola.»

Il dottore sembrò sollevato per la piega che avevano preso gli eventi, Flynn si sentì meglio.

«Vai, Flynn, è te che vuole vedere» lo incitò Calley.

Flynn non era del tutto sicuro, anche se desiderava andare lì di corsa. «Non saprei, Calley. Abbiamo avuto un dannato litigio proprio prima che...»

La donna scosse la testa. «Quello è passato. Vai.»

Flynn seguì il dottor Isaacs lungo i corridoi e lo sorpassò poco prima della stanza di Gable. Vide Gable giacere su un fianco, entrambe le mani legate allo stesso lato del letto. Sembrava comodo, aveva gli occhi chiusi. Flynn sospirò, il suo stomaco era ancora in subbuglio, nonostante le parole del dottore avessero contribuito a calmarlo. Si ricordò ciò che gli aveva detto Isaacs e non provò a svegliarlo.

A quel punto, Gable aprì gli occhi. Sembrava ancora confuso e parve prendersi un po' di tempo per riconoscere la persona che stava guardando, ma poi reagì provando a parlare e il respiratore cominciò a suonare rumorosamente.

«Shhh» Flynn provò a tranquillizzarlo. Prese le sue mani tra le proprie. «Non puoi ancora parlare. Hai un tubo in gola che ti aiuta a respirare e un sacco di cavi collegati al corpo, ma mi hanno detto che se stai calmo e provi a riposarti potranno toglierti il tubo, presto.»

Gable tentò ancora di parlare, la macchina emise un suono ancora più forte quando provò a forzare i blocchi che lo tenevano ancorato al letto.

Flynn prese il volto dell'amato tra le mani in modo che lo guardasse. «Calmati. Respira. Dentro, fuori. Dentro, fuori.» L'attenzione di Flynn fu temporaneamente attirata dall'infermiera, che si stava mantenendo a distanza, quel comportamento fece pensare a Flynn di avere il permesso di provare a calmarlo. In altre parole, non stava facendo danni, ciò fu dimostrato quando la macchina smise di emettere quel suono irritante, Gable stava cercando di fare quello che gli veniva suggerito dal ragazzo.

Gable si rilassò e si addormentò di nuovo quando Flynn gli accarezzò la guancia, l'infermiera lasciò il posto all'entrata della stanza. Fu una serata stancante per entrambi, Gable combatteva con l'ambiente intorno a sé e Flynn scattava non appena l'altro si svegliava. Pian piano Gable si abituò, Flynn doveva solo prendergli le mani e fargli un cenno, per ricordagli che cosa avrebbe dovuto fare. Calley comparve brevemente per un saluto e promise di tornare l'indomani. Flynn restò sul letto accanto a Gable fino a quando non gli chiesero gentilmente di andarsene.

Flynn tornò la mattina seguente, sul presto, dopo essersi assicurato che i cavalli nei recinti stessero bene. Con suo grande disappunto vide che Gable aveva ancora il tubo in gola e nulla sembrava essere cambiato più di tanto, ma gli parve di essere riconosciuto dai suoi occhi e ciò lo rese felice. Flynn notò che avevano sostituito l'arco che c'era stato fin da dopo l'operazione, oggetto che evitava che le coperte facessero pressione sulla gamba di Gable. Sapeva che sarebbe stato già abbastanza difficile per Gable accettare l'idea dell'amputazione, quindi decise di dirglielo non appena lui fosse stato in grado di parlare e fare domande. Per ora, potevano solo ignorare ciò che era successo. A Flynn fece piacere sedersi accanto a lui per leggere, mentre Gable riposava.

La stanza di Gable era proprio di fronte alla postazione degli infermieri e non appena Calley comparve per una breve visita, Flynn si mise a leggere un libro mentre Gable dormiva. Quando Flynn alzò lo sguardo, vide un uomo alto con dei riccioli scuri che stava parlando con un infermiere. Non prestò molta attenzione, finché non vide lo sconosciuto fissare Gable mentre l'infermiere gli diceva qualcosa. Flynn si alzò dalla sedia con l'intenzione di chiudere la porta per evitare che quell'uomo così insolente fissasse il suo amante, quando il respiratore smise di suonare e vide il panico negli occhi di Gable. L'infermiere entrò per controllare l'aggeggio, ma a quel punto Gable riuscì a espellere il tubo del respiratore, nonostante sembrasse piuttosto calmo.

Malgrado tutte le persone intorno a lui avessero un'aria molto professionale, Flynn sentì il cuore battere all'impazzata. Voleva stare accanto a Gable, ma era parecchio curioso riguardo all'identità dello sconosciuto, visto l'effetto che sembrava avere sul suo amato.

«Gli daremo la possibilità di respirare da solo per un po'» disse Isaacs per informare Flynn. «Speriamo che ci riesca, in modo da evitarci di rimettergli il tubo.»

Flynn annuì, prima di voltarsi verso Gable, che era visibilmente stanco. Gli tolse i capelli dalla fronte e lo baciò. «Chi era quell'uomo, Gable?»

«Grant» rispose lui, muovendo la bocca ma senza emettere alcun suono.

Flynn sentì una furia cieca crescergli in corpo e scattò fuori dalla stanza sperando di poter raggiungere l'ex di Gable. Con sua sorpresa, Grant era ancora nella sala d'aspetto e Calley gli stava parlando.

«Grant, dico bene?» esordì Flynn per farlo voltare.

Quando Grant annuì, Flynn fece un passo indietro e diede un pugno in faccia all'uomo.

CAPITOLO
DODICI

Flynn non era una persona violenta, ma non poteva credere che dopo tutto quello che era successo tra Gable e Grant, quest'ultimo avesse osato farsi vedere al letto d'ospedale dell'ex. Per di più, guardare Calley mentre parlava amichevolmente con l'uomo gli fece vedere rosso.

«Come osi stare qui?» urlò Flynn. Si voltò verso Calley, indicandola. «E tu non sei migliore di lui!»

«Flynn, per favore» supplicò Calley, cercando di trattenere Grant dal rispondere al colpo e Flynn dall'attaccarlo di nuovo. «Fermati!»

«Sai esattamente quanti danni ha fatto quest'uomo a Gable» continuò Flynn. «Ci fidavamo di te, ma suppongo che sia stata tu a dirgli dov'era Gable.»

Calley scosse la testa.

«Non me l'ha detto» replicò Grant, strofinandosi la mascella nel punto dove Flynn l'aveva colpita. Non era ancora del tutto calmo, ma stava visibilmente cercando di controllarsi.

«Quindi sei tornato qui dopo più di un anno?»

«Sono venuto in città per cercare un altro lavoro e qualcuno mi ha detto che avevano portato Gable in ospedale, in ambulanza. Pensavo che fosse qualcosa di grave, così sono venuto a vedere.»

Quella risposta fece infuriare Flynn ancora di più. «Non ti credo. L'ultima volta che si è fatto male non eri lì per chiamare l'ambulanza, e non ti sei neanche preso la briga di salutare, sei scappato come un codardo. Come potrei credere che tutto d'un tratto ti sia spuntata una coscienza?»

Grant sospirò, appariva sconfitto. «Non puoi sapere come mi sono sentito.»

Flynn gli lanciò un'occhiata severa.

«La gente sparlava di noi. Non avrei trovato nessun altro lavoro se tutto fosse continuato.»

Flynn si morse l'interno della guancia per cercare di trattenersi dall'agire di nuovo impulsivamente. «Un macho come te?» lo canzonò. «Sono sicuro che avresti potuto provare la tua mascolinità in un modo o nell'altro.» Lanciò un'occhiata velenosa a Calley e si voltò. «Ora tornerò dove c'è bisogno di me.»

Flynn respirò profondamente qualche volta, cercando di calmarsi, mentre si dirigeva verso la stanza di Gable, ma era preoccupato riguardo all'impatto che rivedere Grant gli avrebbe potuto causare. Lui, invece, non era un codardo. Non sarebbe mai scappato, non avrebbe mai lasciato Gable fino a quando quest'ultimo non avesse più avuto bisogno di lui. A essere onesto, era felice d'aver finalmente conosciuto Grant. In questo modo, aveva dato un volto all'uomo nella sua testa; poteva comprendere l'attrazione fisica per lui, ma non poteva pensare a una relazione tra i due, visto che Gable aveva dimostrato di avere altre preferenze.

Per esempio, non poteva immaginare Gable dominare Grant come aveva dominato lui nel fienile, e poi ancora nella doccia esterna. Grant era una sorta di non plus ultra di maschio alfa, alto e prepotente con muscoli ben sviluppati visibili da sopra i vestiti.

Questo, combinato con ciò che aveva detto Gable riguardo alla riluttanza ad accettare la propria omosessualità, rese Flynn piuttosto confuso riguardo a quella relazione. Forse era una buona cosa che Grant se ne fosse andato. Flynn sperò che l'uomo continuasse a viaggiare.

Quando arrivò da Gable, lui dormiva. Stava respirando con tranquillità e si era visibilmente messo comodo dopo le forti emozioni avute prima.

«Sta molto meglio» disse l'infermiere, comparendo dietro Flynn mentre lui guardava il suo amato. «Pare che presto potrà respirare senza il tubo.»

«Lo spero» replicò Flynn. «Abbiamo un sacco di cose di cui parlare.»

Parlare con Gable non era all'ordine del giorno per i primi tempi. Nonostante gli infermieri e il dottor Isaacs fossero d'accordo nel dire che stava migliorando e che avrebbe potuto lasciare presto la terapia intensiva, Gable dormiva quasi tutto il giorno e quando si svegliava, Flynn doveva dirgli ogni volta dove si trovasse e come ci fosse finito. Anche se l'infermiere che si occupava maggiormente di Gable aveva rivelato a Flynn che Gable aveva visto ciò che era rimasto della sua gamba nel momento in cui si era sporto verso la ferita, non ne avevano discusso davvero.

Quando Gable fu trasferito in un reparto ordinario dell'ospedale, Flynn sapeva che prima o poi avrebbe dovuto affrontare l'argomento. Non aveva idea di come farlo, però. Gable si stancava molto facilmente e spesso si stendeva chiudendo gli occhi mentre stavano parlando, addormentandosi quasi subito. Le loro relazioni erano diventate unilaterali e Flynn si sentì molto solo, specialmente da quando non parlava con Calley.

«Voglio andare a casa» disse Gable di punto in bianco.

Flynn non si era neanche accorto che si fosse svegliato, così posò il libro e si spostò un po' più vicino al suo letto. «Non puoi. Non stai ancora abbastanza bene.»

«Ma tutto quello che faccio è stare in questo letto a dormire. Posso farlo anche a casa.»

Flynn sospirò. «Hai ancora bisogno della dialisi. I dottori sostengono che i tuoi reni stiano guarendo, ma fino ad allora devi comunque essere in ospedale tre giorni a settimana.» Avevano sostenuto discussioni simili già altre volte, ma quel giorno Gable non si lasciò dissuadere facilmente.

«Potrei stare a casa durante il resto del tempo. Voglio andare a casa, Flynn.»

Flynn si morse le labbra cercando di raccogliere un po' di coraggio. «Devi avere pazienza, Gable. Stavi davvero molto male.»

Gable scosse la testa. «È come se i muri mi stessero schiacciando.»

«Dovrai imparare di nuovo a camminare.» Nel pronunciare quelle parole, Flynn non guardò Gable, e l'unica risposta che ricevette fu il silenzio. Per un momento pensò che Gable si fosse addormentato di nuovo, ma quando osò alzare lo sguardo lo vide sorridere.

«Mi sto facendo più forte.» A dimostrazione, Gable alzò le braccia e mostrò ciò che era rimasto dei suoi bicipiti. «Lo so che sono sempre stanco, ma mi sentirò molto meglio quando potrò stare a casa, passare del tempo con i cavalli e dormire di nuovo nel mio letto.»

Flynn deglutì. «Hai bisogno di fisioterapia per la gamba, Gable.»

«Non mi fa più male. Tutto questo riposo pare aver fatto bene.»

«Gabe...» la voce di Flynn era incerta. Gable sembrava rifiutare la realtà, nonostante chiunque camminasse in quella stanza potesse vedere che c'era un solo piede sotto le lenzuola. Era come se l'altra gamba finisse nel nulla. Flynn aveva guardato il moncone qualche volta, quando Gable era ancora sedato. Si era costretto a guardarlo, sapendo che prima o poi ci si sarebbe dovuto abituare, visto che se lo sarebbe trovato davanti molto a lungo. Le prime volte quella vista gli toglieva il fiato, soprattutto quando provava a immaginare la reazione di Gable. Ormai poteva guardarlo senza lasciar trasparire troppo; d'altra parte, però, il fatto che Gable non l'avesse ancora capito lo rendeva apprensivo. «Gable» ripeté appoggiandogli la mano sulla gamba, appena sopra il ginocchio, lontana dal moncone bendato.

Quando Flynn lo guardò, gli occhi di Gable erano pieni di lacrime. L'uomo scosse la testa quasi impercettibilmente, Flynn lo notò appena.

«Non posso restare qui» mormorò. «Questo ospedale mi sta facendo impazzire.»

«Parlerò con il dottore e vedremo cosa si può fare, ok?» lo rassicurò Flynn, avvicinandosi in modo da potergli passare un braccio intorno alle spalle. Flynn non osò andare oltre. Voleva toccare il suo uomo, farlo sentire amato e desiderato, ma non si erano neanche più baciati dopo quell'orribile notte. Quando Flynn fece per spostarsi, Gable gli prese la mano e lo tirò verso di lui. Non disse nulla, ma c'era uno sguardo di supplica negli occhi dell'uomo al quale Flynn non poté resistere.

«Spostati un po'» disse gentilmente a Gable, poi si sistemò sul letto stretto, accanto a lui, rannicchiandosi contro il suo corpo. Doveva ammettere che era piacevole avere Gable tra le braccia, nonostante fosse chiaro che l'uomo fosse pelle e ossa e che il letto fosse davvero troppo stretto per entrambi. «Devi mettere su qualche chilo» gli disse, posandogli la mano sullo stomaco scavato.

«Mi manca la tua cucina» replicò Gable prima di addormentarsi tra le braccia di Flynn.

Flynn parlò con il dottore di Gable e l'uomo fu sufficientemente gentile da non ridergli in faccia. Invece, gli spiegò i motivi per cui sarebbe stato difficile prendersi cura di Gable a casa. Nessuna delle argomentazioni giunse inaspettata. Gable era a malapena stato fuori dal letto, gli infermieri lo spostavano su una comoda sedia ogni giorno, ma dopo neanche un'ora era già esausto. Non poteva stare in piedi neppure sulla gamba buona, avrebbe dovuto imparare a muoversi in casa con le stampelle o con una sedia a rotelle. Inoltre, c'erano la dialisi e la fisioterapia necessaria per diventare più forte, poi avrebbero potuto mettergli una protesi. Tutte quelle cure potevano essere fornite dall'ospedale più facilmente, a meno che, ovviamente, Flynn non potesse prendersi cura di lui ventiquattr'ore al giorno.

Preoccupato per la situazione finanziaria di Gable, Flynn sapeva che le ventiquattr'ore al giorno di cure sarebbero ricadute sulle sue spalle, non aveva né l'esperienza né le energie per mantenere sia il ranch che aiutare Gable. I conti degli ospedali stavano cominciando ad accumularsi, e nonostante Flynn avesse qualche idea su come racimolare qualche soldo, avrebbe avuto bisogno dell'aiuto di Calley, considerato che aveva il potere legale di agire per Gable.

Legalmente, Flynn non era niente di più che un aiutante al ranch, e nonostante Calley avesse assicurato che sarebbe stato pagato per il lavoro, non poteva vendere cavalli o comprare provviste senza il suo consenso.

Questo voleva dire che Flynn doveva andare al negozio di Calley per parlarle. Non si erano più tenuti in contatto da quando l'aveva vista parlare con Grant. Sapeva però, che prima o poi avrebbe dovuto superare quel fastidio, il benessere di Gable doveva venire prima di tutto. Ciò non significava comunque che lui l'avesse superato.

Con Gable fuori pericolo, Flynn guidò in città fino al negozio di Calley, prima di andare in ospedale.

«Bene, guarda cosa ci ha portato il gatto» lo canzonò Calley in una sorta di benvenuto. «Cosa ti porta qui dopo tutto questo tempo?»

«Credo che dovremmo parlare del ranch» disse Flynn, troppo nervoso per perdersi in chiacchiere. «E di soldi.»

«C'è abbastanza per pagare il tuo salario» constatò Calley continuando a sistemare le mele.

Flynn scosse la testa, combattendo contro l'impulso di uscire dal negozio. Non poteva credere che dopo tutto quel tempo, Calley potesse ancora pensare che lui lo facesse per soldi. «Ho lavorato per nulla per settimane prima che i cavalli venissero venduti, Calley. Mi fido abbastanza di te e di Gable per sapere che sarò pagato.»

Calley sorrise e spostò lo sguardo. «Lo so, Flynn.» Disse con dolcezza. «È solo che... non mi sarei aspettata che venissi qui per altro oltre al tuo compenso. È quello che ho pensato in questi giorni.»

«Abbiamo bisogno di parlare del ranch» cominciò Flynn, pur volendo discutere di altre cose, per esempio di come l'avrebbe potuto aiutare nel far funzionare il ranch e che cosa le fosse passato per la testa parlando con Grant come se fosse un amico di famiglia... ma non osò. Cominciò invece a porgerle le arance che trovò in una cassetta accanto ai suoi piedi.

«Quindi, quale sarebbe il tuo piano?» domandò Calley, ridendo quando vide Flynn alzare le sopracciglia. «Stai cercando un lavoro qui al mio negozio?»

«No, grazie. Tra Gable e il ranch, non ho un attimo libero.»

Calley rise di nuovo. «Vorrei ben dire! Come sta il nostro Gable?»

«Si rifiuta di accettare la cosa» rispose Flynn, triste. Alzò le spalle. «Sta migliorando. I suoi reni stanno guarendo e si dice che sia quasi pronto per la riabilitazione, ma non vuole ammettere di essere stato operato. Quando ne parlo, cambia argomento o finge di dormire.»

Calley smise di sistemare le arance. «È sempre stato testardo come un mulo.»

«Continua a dirmi che vorrebbe andare a casa, ma nessuno pensa che sia pronto.» Flynn spostò il peso da un piede all'altro. Avrebbe voluto chiedere a Calley un aiuto per convincerlo, ma non sapeva come fare.

«Penso che Gable nella sua testa stia calcolando il costo di tutto ciò» suggerì Calley prendendo le ultime due arance dalle mani di Flynn e sistemandole in cima al mucchio, poi afferrò la cassa vuota. «Sa benissimo che il ranch sopravvive a malapena e penso che si sia fatto un'idea di quanto possa influire il soggiorno all'ospedale sulle sue finanze già ridotte, quindi penso che sia per questo che vuole tornare a casa. Anche dopo l'incidente era così. Bill riusciva a malapena a vedermi per le prime settimane dopo le dimissioni di Gable. Tra il negozio e l'aiutare Gable...»

Non finì la frase, ma Flynn capì cosa intendesse dire. «Non è che non voglia prendermi cura di Gable, Calley, è solo...»

«Lo so» replicò lei, guardandolo con occhi pieni di compassione. «Sei l'esatto opposto di Grant, e nulla potrebbe farmi più felice.»

«Non hai avuto problemi nell'essere carina con lui quando si è fatto vivo, nonostante tutto il dolore che aveva causato a Gable» le fece notare lui.

Calley prese un respiro profondo prima di rispondere. «Quello che è successo tra Gable e Grant non è affar mio, Flynn. So che Grant l'ha ferito, ma non posso prendere le parti di nessuno, devi capire.»

«So che Grant l'ha lasciato senza neanche dirgli ciao, come un codardo, e tu sei altrettanto codarda perché rimani neutrale!» Flynn sentì crescere in corpo la stessa rabbia che aveva provato dopo aver visto Grant.

«Forse Grant non era l'uomo giusto per Gable e lui lo sapeva. Flynn, non è colpa di Grant se Gable si è fatto male. Non so cosa ti abbia detto Gable, ma la loro relazione non era nulla di simile alla vostra, e Grant è un macho man. Ha limitato i danni, ciò non vuol dire che dovrei smettere di parlargli!»

Flynn ribolliva di rabbia. Non aveva neanche finito di ascoltare Calley che era scappato fuori sbattendo la porta. Come poteva proteggere Grant in quel modo? Come poteva difenderlo dopo tutto ciò che aveva fatto a Gable? Flynn camminò nel parcheggio, cercando di calmarsi. Aveva bisogno di Calley. Ogni volta che diceva di aver bisogno di un po' di soldi per le provviste, Gable gli diceva che doveva parlarne con Calley, cosicché non potesse affrontare la questione senza il suo aiuto. Eppure, lei continuava a rendergli difficili le cose.

«So che lo ami, Flynn.»

Flynn sentì la voce di Calley alle proprie spalle ma non si voltò. Sembrava calma e amichevole, ma temeva di dire cose di cui si sarebbe potuto pentire, così continuò a guardare la strada.

«Probabilmente lo ami più di quanto non l'abbia mai amato nessun altro, quindi è difficile per te capire che qualcun altro potrebbe provare qualcosa di diverso per lui. Grant non amava Gable come lo ami tu, Flynn.»

Flynn sospirò, Calley aveva ragione. Conosceva fin troppo bene gli uomini tipo Grant, per loro girava tutto intorno al sesso, se si cominciava a sentire odore di impegno scappavano. Flynn era fatto di un'altra pasta. Certo, non diceva di no al divertimento occasionale, ma voleva comunque di più. Voleva tutto. Flynn voleva la casetta con la staccionata bianca e una relazione su cui poter contare.

Si voltò e la guardò. «Hai ragione. Forse è anche questo che lo infastidisce. Forse sono un po' troppo sentimentale per lui.»

Calley gli si avvicinò. «È molto coinvolto e sente di potersi fidare, ma allo stesso tempo non sa come comportarsi.»

Flynn annuì. «Ti ha...?»

«... Parlato di te?» terminò lei. «Non ha detto molto, ma mi ha lasciato abbastanza indizi per capire quanto tu sia importante per lui.»

Flynn la trovò piuttosto enigmatica, ma lei era sempre così.

«Gli si illuminano gli occhi quando parla di te» aggiunse Calley. «Sembra tornare un ragazzino ogni volta che si pronuncia il tuo nome... è davvero carino!»

Flynn non seppe più come sentirsi quando Calley definì Gable 'carino'. Di sicuro, però, non era più arrabbiato. «Quindi Grant potrebbe tornare in qualsiasi momento?»

Lei scosse la testa. «Ha un lavoro non lontano da qui, ma gli ho detto che sarebbe una scelta saggia non farsi più vedere quando ci sei tu. Ha detto di essere felice, visto che Gable ha trovato qualcuno che lo difenda. Dice che è fortunato.»

«Sì, lo è» rispose lui ironicamente. Ebbe l'istinto incontrollabile e improvviso di tornare in macchina e andare da Gable.

Con grande sorpresa di Flynn, Gable non era nella sua stanza quando arrivò. Dopo un breve dialogo con l'infermiere non riuscì a ottenere risposta, così tornò nella stanza e trovò un uomo dall'uniforme bianca accanto alla porta.

«Craig» disse quest'ultimo, porgendogli la mano. «Gable è sulla via del ritorno. È determinato ad andare a casa il prima possibile, così sta andando verso l'ascensore.»

«Camminando?» domandò Flynn alzando le sopracciglia.

Craig ridacchiò. «Certo che no. Stiamo cercando di dargli un po' di mobilità con una sedia a rotelle, ma mi ha detto che a casa sua c'è una rampa di scale.»

Flynn annuì. «Per non parlare dei quattro gradini della veranda e della strada non molto semplice per arrivare qui. Gli ho detto che non è ancora pronto per tornare a casa.»

Craig sorrise con compassione. «È piuttosto testardo.»

Flynn rise. «Non me lo dica.»

Quando Flynn guardò oltre la porta, notò Gable seduto su una sedia a rotelle che avanzava nel corridoio, con i gomiti appoggiati ai braccioli e la testa ciondolante. Voleva andare ad aiutarlo, ma Craig lo fermò. «Lasci stare. Voglio che senta esattamente lo sforzo che gli causa ogni minima cosa. È l'unico modo per convincerlo a restare qui.»

Nonostante Flynn conoscesse bene l'ostinazione di Gable e dubitasse che Craig l'avesse vinta, quello che diceva l'uomo aveva un senso. Quel senso, però, non rendeva più semplice la visione di Gable che faticava per ogni passo avanti nel corridoio. Flynn entrò in camera per aspettarlo lì e fu felice di vederlo entrare. Rimase a guardare mentre Craig lo aiutava a reggersi sulla gamba buona, trasferendolo poi sul letto. Era stanco morto.

«C'è un sacco di lavoro da fare, ragazzo» disse Craig dando una pacca sul ginocchio di Gable. «Riposati, ora.»

Gable annuì e lo osservò mentre se ne andava, poi guardò Flynn. «Sei in ritardo. Speravo che venissi a vedermi durante la terapia per vedere i miei progressi.»

Flynn si avvicinò al letto e gli prese la mano. «Mi dispiace, non volevo perdermelo. Stavo sistemando le cose con Calley.» Gable non disse niente, quel silenzio non era molto confortante.

«Craig dice che presto potrò andare a casa.»

Flynn scosse la testa. «Craig dice che devi essere paziente. C'è ancora un sacco di lavoro da fare, per esempio il metterti una protesi.»

Gable chiuse gli occhi e Flynn lo vide soffrire. Gable non rispose, ignorando l'argomento. «Non posso stare qui ancora a lungo, Flynn. Ho bisogno di andare a casa per vedere i cavalli, poi tutto sarà ok, te lo prometto.»

«Ma sei esausto dopo aver spinto la sedia a rotelle per trecento metri di corridoio» gli fece notare Flynn.

Gable lo attirò a sé. «Ma a casa so esattamente dove si trova ogni cosa. È casa *mia*. Per favore, Flynn.» Si scostò leggermente, facendo spazio al ragazzo.

Flynn strisciò sul letto di Gable come aveva fatto spesso nelle ultime settimane, e si strinse nelle sue braccia. Sapeva che Gable si sarebbe addormentato una volta trovatosi in una posizione comoda, ma gli piaceva il vederlo stare bene, quei gesti rendevano più forte il loro legame. Temeva che Gable si arrabbiasse per la storia del permesso per l'operazione, anche se era stata Calley a firmare i fogli, ma Gable si era dimostrato straordinariamente affettuoso, Flynn adorava quelle attenzioni. Doveva dargli un po' di tempo. «Sei ancora sveglio?»

«Mmmh» bofonchiò Gable.

«Dammi qualche giorno e ti riporto a casa.»

CAPITOLO
TREDICI

Flynn andò a prendere Gable all'ospedale e lo riportò al ranch. Gable era nervoso. Voleva rivedere casa sua, sedersi di nuovo sotto la veranda, controllare i recinti e inalare aria pura e fresca, ma non sarebbe stato facile. Lui, però, lo voleva disperatamente. Certo, l'idea di doversi arrampicare su per le scale non lo entusiasmava, ed era infastidito al pensiero di Flynn che lavorava al ranch mentre lui se ne restava seduto, ma tutto ciò era comunque meglio di quella stanza d'ospedale così bianca e fredda. Fu sorpreso nel vedere la neve, e dovette ricordare a se stesso d'aver perso qualche settimana all'ospedale, tempo che non avrebbe mai potuto recuperare.

Gable si rendeva conto di aver messo un peso considerevole sulle spalle di Flynn, supplicandolo di farlo tornare a casa con lui, ma non aveva scelta. Non era il tipo di persona a cui piaceva stare ingabbiato tra quattro mura, non era mai stato così e mai lo sarebbe stato, quindi l'unico posto in cui poteva vivere era il ranch. Avrebbe solo voluto sapere come fare senza Flynn. Gable si rendeva conto d'aver bisogno di Flynn che si prendeva cura di lui e faceva mille altre cose, per non parlare della cura che si era preso del ranch, ma non gli piaceva l'idea di incatenare il ragazzo a quel posto. Quando l'aveva assunto, Flynn gli aveva detto di essere un viaggiatore e prima o poi se ne sarebbe

114

andato di nuovo. Cosa c'era, lì, di sufficiente a trattenerlo?

Nonostante fosse stato stancante anche solo salire sul camion, a Gable piacque andare in macchina per le strade di campagna e vedere alberi e curve familiari lungo la strada. Gli sembrava che anche Flynn fosse nervoso, stava guidando pianissimo e non parlava. Non c'era molto da dire, a ogni modo. Flynn gli aveva imposto di non calcolare i giorni che lo separavano dal ritorno a casa, tanto c'era lui a prendersi cura del ranch. Non poteva chiedere a Flynn di andarsene perché non era ancora indipendente, ma non poteva neanche chiedergli di restare perché non aveva nulla da offrirgli.

«Dobbiamo fermarci da Calley per la spesa e poi torniamo a casa» annunciò Flynn.

Gable grugnì. Non era pronto a sentire le preoccupazioni esagerate di Calley e Bill, e voleva tornare a casa il prima possibile.

«Ha già preparato tutto quello che ci serve» rispose Flynn. «Dobbiamo solo caricarlo nel furgone, ovviamente lei vuole vederti. L'alternativa sarebbe stata chiederle di portarci tutto, ma sarebbe rimasta per chissà quanto. In questo modo, possiamo andarcene quando vogliamo.»

Gable fece un mezzo sorriso al ragazzo. Aveva ragione. Per quanto adorasse Calley, in questo modo avrebbero solo dovuto fare un po' più di strada e tutto si sarebbe concluso prima. Sospirò mentre entravano nel piccolo parcheggio di fronte al negozio, abbondantemente decorato con luci natalizie. Calley uscì prima ancora che il furgone si fermasse. Non aveva neanche indossato il cappotto.

«Vieni qui e fatti guardare!» la donna salutò Gable dopo aver aspettato pazientemente che abbassasse il finestrino. «Stai bene? Flynn mi ha tenuta al corrente, ma tra il negozio e il tuo riposo non ti ho visto abbastanza negli ultimi tempi.» Gli prese amorevolmente il volto tra le mani, sfregandogli le guance con i pollici.

Gable annuì. «Sto bene. Sarà bello tornare a casa.»

Calley lanciò uno sguardo preoccupato a Flynn, poi tornò a guardare Gable. «Lascia che Flynn si prenda cura di te, ok? E... Flynn? Se ti dovesse creare problemi, ricordati che me la so cavare piuttosto bene con questo qui, quando è malato.» Diede una lieve pacca a Gable e lo lasciò andare quando Flynn scese dal furgone per prendere le loro cose.

Gable si sentì meglio quando furono entrati entrambi nel negozio, lasciandolo solo. Appoggiò la testa allo schienale e chiuse gli occhi, fino a che non sentì il tonfo della scatola che veniva sistemata nel retro del furgone.

«Ok, ora ce ne andiamo» annunciò Flynn avviando il motore. «Cosa ne pensi di arrosto con patate e carote?»

Lo stomaco di Gable brontolò. «Fantastico» rispose, calmo.

«Ottimo» constatò Flynn mettendo la mano sul ginocchio di Gable e strizzandolo. «Non stavo scherzando quando ti ho detto che dovresti mettere su qualche chilo.»

Quando Flynn lo guardò, Gable non riuscì a sostenerne lo sguardo. Temeva di vedere le speranze del ragazzo in quei grandi occhi scuri, così volse lo sguardo in basso e poi fuori dal finestrino, fino a quando Flynn non prese la curva stretta prima del ranch.

Malgrado il suo nervosismo crescesse man mano che si avvicinavano alla casa, il cuore di Gable parve quasi balzargli fuori dal petto quando vide di nuovo la sua abitazione, con tanto di Bridget che veniva a salutarli. Quella era casa sua, l'unico posto dove si sentiva davvero al sicuro, dove poteva essere se stesso: il posto dove nessuno gli faceva domande riguardo al suo stile di vita. In cuor suo pensò a quanto fosse bello poter condividere tutto ciò con Flynn, ma la sua mente continuava a dirgli che tutto sarebbe stato diverso. Gable pensava che Flynn se ne sarebbe andato non appena lui fosse stato in grado di badare a se stesso e lui si sarebbe ritrovato da solo in quella grande casa. Quella consapevolezza lo colpì ferocemente al petto, ma dopotutto era rimasto da solo per la maggior parte della sua vita, se la sarebbe potuta cavare.

Flynn fermò la macchina in modo che il lato passeggero fosse il più vicino possibile alla veranda, poi scese dal furgone. Gable stava ancora cercando di farsi coraggio. Bridget si era appoggiata sulla porta e, euforica, leccò la finestra. Flynn la fece restare dentro, assicurandole che presto sarebbe potuta andare da Gable.

«Ok, proviamoci» disse Flynn, aprendo la portiera di Gable e porgendogli le stampelle che Craig gli aveva insegnato a usare. Le braccia di Gable non erano ancora tornate in piene forze, sembravano troppo fragili per quei supporti di metallo da sistemare sotto i gomiti.

Gable fece dondolare le gambe fuori dalla macchina e prese le stampelle, caricando la gamba del suo peso pian piano, cercando di trovare un equilibrio, mentre Flynn gli era accanto. Gable notò la strada e la veranda privi di neve, Flynn doveva averla spazzata per evitare che potesse scivolare, gli fu riconoscente.

«Sto bene» disse al ragazzo senza incertezza. «Lasciami per un momento.»

«Ma...» protestò Flynn.

Gable scosse la testa. «Porta la mia roba in casa, apri la porta, prendi la spesa. Fai qualsiasi cosa, ma non starmi davanti» lo interruppe con un tono irritato. Flynn non lo meritava, ma lo stava facendo sentire oppresso e sarebbe stato abbastanza difficile fallire anche senza Flynn che lo guardava. Gable si sistemò sul sedile della macchina e aspettò che Flynn se ne andasse.

La frustrazione ricominciò a crescere non appena si rese conto dello sforzo che gli costava ogni minima azione. In quel momento avrebbe voluto fare un sonnellino, ma camera sua era in cima alle scale e aveva paura di non riuscire nemmeno a superare i quattro gradini della veranda, figurarsi arrivare al piano di sopra. Il divano era un obbiettivo più ragionevole, si ricordò le parole di Craig: un passo alla volta. Non aveva altra scelta. Cominciando a salire i gradini della veranda, vide Flynn fingersi impegnato davanti alla porta, in realtà lo stava comunque controllando. Era sia rassicurante che fastidioso, ma se non altro le parole di Gable erano state recepite.

I gradini non erano un ostacolo facile da superare, ma Gable riuscì ad arrivare in cima senza cadere. Dovette riprendere fiato. Quando guardò la porta, scoprì Flynn che lo guardava. Gable spostò lo sguardo e cercò di distrarsi raddrizzando la schiena e facendo un altro passo. Quando guardò di nuovo la porta, Flynn se ne era andato, ma non appena ebbe varcato la soglia se lo trovò accanto che gli chiuse la porta alle spalle.

«Devi essere esausto. Abbiamo...» Flynn si fermò a metà della frase vedendo Gable esitare di fronte al letto nel salotto. Era un letto singolo dall'aspetto spartano e dall'aria poco familiare, con tanto di lenzuola ben sistemate, era appoggiato al muro, sotto la finestra che dava sui recinti e sul fienile. Bridget sedeva accanto al letto, se non fosse stato per la coda sarebbe stata talmente immobile da sembrare parte di un quadro di Norman Rockwell.

«Temevo che salire le scale per i primi giorni potesse essere stancante, se così non fosse, potresti usarlo per fare un pisolino durante il giorno o anche solo per riposare» spiegò Flynn. «Ce l'ha prestato Calley, lo possiamo tenere fino a quando ne avremo bisogno... ne avrai bisogno.» Si corresse Flynn.

Gable annuì. Era fastidioso trovarsi di fronte ai propri problemi, ma d'altra parte il letto sembrava molto invitante, così andò a gettarcisi sopra con un sospiro. Flynn afferrò le stampelle e le appoggiò al muro, poi prese qualche cuscino in più e li sistemò sul letto.

«Flynn, per favore» lo pregò stringendogli la mano per interromperlo. «Sto bene. Il letto va bene. Dammi un po' di tempo per riposare, non hai del lavoro da fare?» Gable indicò l'esterno con un gesto della mano.

«Ho fatto tutto stamattina» rispose l'altro senza stare fermo un attimo, poi decise di togliere la scarpa a Gable.

«Devi esserti svegliato all'alba!»

Flynn sorrise. «Era ancora buio, in realtà.»

Gable non aveva mollato il polso di Flynn, lo tirò a sé in modo da costringerlo a sedersi accanto a lui. «Penso che un po' di riposo farebbe bene anche a te.»

Flynn esitò, poi si accoccolò vicino a Gable, che gli mise un braccio intorno al corpo. «Voglio che tu ti senta bene.»

«È così» sospirò Gable, il volto nascosto per metà tra i riccioli di Flynn – riccioli che, notò, erano cresciuti parecchio, visto che non li tagliava da mesi. Poteva sentire il dolce odore di Flynn e chiuse gli occhi, godendosi quel contatto, privo del rischio di essere beccati da infermieri o dottori che si aggiravano nell'ospedale. Era stanco morto e pian piano scivolò nel sonno.

«Forse è meglio cenare, così poi potrai riposarti» disse Flynn, interrompendo il riposo di Gable.

«Non mi dispiace sentirti accanto a me» disse Gable, ma Flynn si era già sciolto da quell'abbraccio e si stava alzando.

«Non ti dispiace? Solo?» domandò Flynn per prenderlo in giro. Camminò nella stanza, poi si voltò. «Ti addormenterai non appena avrò lasciato la stanza, stai comodo e riposati.»

Gable si limitò ad annuire, Flynn aveva ragione. Spostò le gambe sul letto e Bridget andò a riposargli vicino. Accarezzando il pelo soffice del cane, sentì le palpebre diventare pesanti.

Quando si svegliò, aveva una coperta addosso e la testa appoggiata a un cuscino. Era pieno di crampi e dolorante, ma non era nulla di insolito. Dalla cucina proveniva un profumino delizioso. «Flynn?»

«Son qui» rispose il ragazzo da lontano.

Gable lasciò ricadere la testa sul cuscino e sorrise. Era a casa. «Sono a casa» sussurrò a se stesso, ascoltando Flynn che trafficava in cucina. Si rese conto di essere diventato un po' troppo emotivo. Scosse la testa e si stiracchiò un po', poi si sedette sul letto spostando le gambe oltre il bordo. A quel punto, si rese conto di non poter raggiungere le stampelle, Flynn le aveva posizionate troppo lontano. Tenendosi alla sponda del letto, si trascinò su e usando il piede buono per restare in equilibrio, si voltò. Tutto ciò aveva qualcosa di familiare: gli era già capitato di ritrovarsi a casa sua senza poter usare una gamba, il suo corpo sembrava ricordarselo. Tenendosi al letto, saltò vicino a dove erano appoggiate le stampelle, ma fece un errore di valutazione e sentì il ginocchio cedere. Fu abbastanza per perdere l'equilibrio, urlò non appena il fianco andò a sbattere sul pavimento.

Dopo appena qualche istante, Flynn fu subito da lui. «Gable! Stai bene? Riesci a muoverti? Ti ho detto che ci voleva solo un minuto! La cena era quasi pronta e non volevo che bruciasse. Pensavo che...»

«Cosa pensavi?» sibilò Gable. Gli faceva male il fianco e aveva a malapena la forza per muoversi, rimase a terra senza riuscire ad alzarsi. «Pensavi di dover viziare il malato? Pensavi di doverlo far sentire ancora più inutile e incapace di quanto già non fosse? Ma sì, mettiamo le stampelle dall'altra parte della stanza, così non potrà muoversi di un centimetro fino a quando non sarò lì!»

Flynn accorse per soccorrerlo, ma Gable gli allontanò le mani. «Devi... andartene.»

«Ma hai bisogno di aiuto...»

«Sì» rispose lui con un tono litigioso. «Grazie per avermi sbattuto in faccia la realtà. Ti senti un macho vedendo che ho bisogno di te per qualsiasi cosa? Pensi che non possa fare nulla senza il tuo aiuto? Ti senti un vero uomo ora che ti devi occupare di me?»

Gable sentiva una rabbia cieca esplodergli dentro. Flynn era di fronte a lui e Gable non poteva alzarsi. Flynn gli stava ancora porgendo la mano e lui avrebbe solo dovuto prenderla per essere aiutato, ma preferiva giacere lì, sul pavimento, per le ore seguenti piuttosto che dimostrarsi ancora una volta incapace. «*Lasciami in pace!*» urlò a Flynn, con un tono di voce talmente alto da sentirsi prosciugare la linfa vitale, poi si lasciò andare sul pavimento.

Flynn esitò, respirando profondamente, fece un passo indietro e raddrizzò la schiena, poi si voltò e andò fuori.

CAPITOLO
QUATTORDICI

Flynn raggiunse la veranda, non osando andare più lontano.

Aveva gli occhi pieni di lacrime e lo stomaco in subbuglio, dieci volte peggio di quando aveva portato Gable a casa quella mattina. Sapeva che non sarebbe stato facile, ma non si sarebbe mai aspettato una reazione del genere. Non così presto. Tutto quello che voleva fare era aiutare Gable e farlo sentire felice di essere a casa, e sì, oltre a quello voleva anche che si riprendesse il prima possibile, in modo che potessero cominciare a vivere insieme il resto della loro vita.

L'infermiere capo, al reparto dove era stato Gable, aveva avvertito Flynn riguardo a certi comportamenti, però. Non stava andando male a tal punto da spingere Flynn a sentirsi colpevole per aver preso parte alla decisione di firmare il consenso per l'operazione; era solo questione di tempo prima che Gable glielo rinfacciasse, e forse quel momento era arrivato. Si aspettava che sarebbe stato più facile? Aveva forse sottovalutato il muro che Gable si era costruito intorno durante quegli anni? Il muro era stato senza dubbio rinforzato dall'incidente e da ciò che gli aveva fatto Grant. Flynn non sapeva cosa pensare, la sua voglia di rimanere stava vacillando. Non poteva ancora andarsene, comunque. Non si sarebbe mai perdonato se avesse lasciato Gable da solo nelle condizioni in cui era.

Flynn non riusciva a capire quel tira e molla. Un momento prima, Gable era amorevole e bisognoso di attenzioni. Si erano coccolati, stretti l'uno all'altro, senza andare più in là di così. Non si erano più baciati dopo la nottata del litigio, almeno non come facevano due amanti, sulle labbra. Si erano scambiati una sorta di bacio che un genitore dà a un figlio – sulle guance, sulle tempie, sui capelli – ma era qualcosa di più affettuoso che passionale. A Flynn mancavano i baci che si davano prima, ma sperava pazientemente che un giorno le cose tornassero come una volta, forse quando Gable si sarebbe rimesso in forze. Per il momento, la tenerezza che c'era fra loro era abbastanza.

Non riusciva però a capire come mai Gable gli si rivoltasse contro subito dopo. In ospedale, Gable fingeva di dormire allontanandosi da Flynn, ma non gli aveva mai urlato in faccia.

Dopo essersi calmato un po', Flynn si sedette sul gradino più alto della veranda, dove era solito sedersi quando passava il tempo lì con Gable. Si guardò alle spalle, verso la sedia e lo sgabello dove Gable era sempre stato, ma ora non c'era nessuno. Durante i lunghi giorni passati all'ospedale, quando l'altro lottava quotidianamente per restare in vita e Flynn doveva tornare a casa nel bel mezzo della notte, si sedeva lì per qualche minuto, dicendo a se stesso di prendere la decisione giusta. Vedere la sedia vuota gli aveva sempre fatto aprire gli occhi. Non poteva perdere un altro compagno, quella era stata la sua motivazione, il pensiero di Gable morente, anche ora che sembrava essere sulla buona strada per una completa guarigione, riusciva a procurare a Flynn una stretta al cuore.

Separarsi era un conto, ma non poteva sopportare il pensiero di Gable morente.

Ciò che Flynn voleva davvero era tornare in casa, aiutare Gable ad alzarsi dal pavimento e dirgli quanto lo amava. Se aveva imparato una cosa, però, era che quando quell'amore veniva mostrato, Gable si sentiva soffocare. Calley l'aveva messo ben in chiaro; Gable non si era mai sentito davvero amato e non sapeva come affrontare la cosa, quindi Flynn doveva continuare a comportarsi come stava facendo, mostrando il suo amore invece di dichiararlo apertamente. Doveva mantenere le distanze, visto che avrebbe passato ventiquattr'ore al giorno con lui. Si sarebbe dovuto occupare del ranch e della casa, avrebbe dovuto cucinare e pulire e doveva assicurarsi che l'altro avesse tutto ciò di cui aveva bisogno. Cristo, sembrava una casalinga. Era forse così che doveva considerarsi?

Flynn si alzò di scatto sentendo dei cigolii sul pavimento e vide apparire Gable con le stampelle, davanti alla porta. «Hai bisogno di qualcosa?» domandò Flynn. Gable alzò le sopracciglia, lui si diede un leggero schiaffo sulla faccia e si sentì la mano umida. «Scusa, ero sovrappensiero.»

«Il cibo sta diventando freddo ed è un peccato» replicò Gable. «Dall'odore che si sentiva mentre cucinavi, sembrava buono.»

Flynn annuì e riandò in cucina. Forse, con un po' di impegno, avrebbero potuto comunque mangiare una cena decente.

Gable lo seguì lentamente e a fatica, Flynn dovette trattenersi per non dargli aiuto. Non fu facile, ma riuscì a dissuadersi dall'aiutare Gable a sedersi o dal fermare Bridget mentre gli correva incontro, e lo guardò a malapena.

Mangiarono in silenzio fino a quando Gable non si appoggiò allo schienale della sedia e spinse avanti il piatto. «Era buonissimo, Flynn. Non avevo mai mangiato niente di così squisito.»

Flynn annuì accettando il complimento in silenzio, poi si alzò da tavola per andare a lavare i piatti. Bridget, con i suoi soliti modi educati, si sedette accanto a lui sperando di ricevere qualche avanzo, ma Flynn non le diede nulla. «Vai da Gable» le disse, lei parve intristita.

Flynn non sapeva cosa fare, era preoccupato riguardo ai problemi che sarebbero potuti saltar fuori durante la notte. Odiava quella tensione, era come camminare sulle uova, non sapeva quale fosse il confine tra dare a Gable le cure e l'affetto di cui aveva bisogno e farlo sentire soffocato. Avrebbe dovuto parlargli e sperò che Gable collaborasse.

Dopo aver pulito il tavolo, Flynn si unì a Gable nel soggiorno, che nel frattempo sonnecchiava sulla poltrona. Forse non era il momento giusto per complicare le cose e farlo infuriare di nuovo. Erano entrambi stanchi e non avevano ancora deciso dove avrebbe dormito Gable. Flynn avvicinò la sedia e gli toccò la mano.

«È tempo di dormire, amore.»

Gable aprì lentamente gli occhi e, con gran sollievo di Flynn, sorrise un pochino. «Ti volevo ringraziare per avermi portato a casa e per esserci sempre stato, per me... all'ospedale. E per esserti preso cura del ranch.»

Flynn alzò le spalle. «Non è niente. È solo quello che fai tu quando...»

«È quello che fai *tu*, sì» lo interruppe Gable. Spostò la mano e strinse quella di Flynn. «Non sono molto bravo a...»

Flynn scosse la testa, più in un gesto rassicurante che in un modo per negare ciò che stava per dire Gable.

«Rimandiamo le conversazioni pesanti a domani, va bene? È stata una giornata stancante.»

Gable annuì. «Mi piacerebbe dormire in camera mia, anche se so che ci vorrà un po' per salire.»

«Posso...» Flynn avrebbe voluto dire che avrebbe potuto aiutarlo, ma l'altro gli lanciò un'occhiataccia, così chiuse le labbra e sorrise in segno di scusa. «Vado per primo al piano di sopra, così vedo se è tutto pronto.» Fu ricompensato da un sorriso.

Non fu facile per Flynn sedersi e aspettare che Gable salisse le scale. Craig gli aveva detto che fino a quando le sue braccia non fossero state forti abbastanza per le stampelle corte, il modo più facile per fare le scale sarebbe stato sedersi e fare un gradino per volta. A Flynn sembrò che ci mettesse un'eternità. Aveva già dato due sbirciate ai progressi di Gable, dopo essersi lavato e dopo aver indossato il pigiama. Aveva portato le stampelle al piano di sopra, in modo che le potesse usare anche lì, le stava osservando, seduto tra il comodino e il letto, quando Gable comparve, in equilibrio su un piede solo.

«Potrebbero essere utili, non credi?»

Flynn gliele portò subito e si fece indietro per lasciarlo passare. «Il tuo pigiama è bello caldo. L'ho messo sul calorifero quando sono salito.»

Gable si limitò ad annuire con un'ombra di sorriso divertito, Flynn fu felice che non sbottasse di nuovo, ci aveva pensato, si stava comportando troppo come una chioccia. Quando Gable si fu seduto sano e salvo sul letto, si scusò e abbandonò la stanza, in modo da lasciargli la libertà di cambiarsi da solo.

Quando tornò, Gable era sotto le coperte.

«Pensavo fossi andato a letto!»

Flynn annuì. «Penso che dovrei dormire qui, così se mai avessi bisogno di qualcosa durante la notte...»

Gable gli scoccò un'altra occhiata d'avvertimento, così Flynn continuò. «Gable, per favore. Non riuscirei a dormire preoccupandomi per te tutta la notte. Se cadessi e non riuscissi ad alzarti?»

«Mi metterei a urlare.»

«Potrei non sentirti. Concedimi almeno questo, ok? Ti prometto che ti lascerò fare quello che vuoi.»

Gable sospirò e acconsentì, così Flynn si sistemò nel letto.

«Resterò sul mio lato del letto, tu sul tuo» scherzò Flynn, disegnando una linea immaginaria tra di loro, gesto che fece ridacchiare Gable. Flynn si sistemò dalla sua parte e Gable spense la luce. Entrambi erano stanchi e Flynn lo sapeva, ma non pensò di riuscire ad addormentarsi finché non avesse udito il respiro di Gable rallentare a tal punto da fargli capire che l'uomo stesse dormendo, così restarono svegli per un po'. Flynn sentì la mano di Gable che si muoveva, fino a quando non si strinse intorno alla sua. Lui ricambiò la stretta, e soddisfatto da quel contatto si addormentò.

Flynn si svegliò più tardi quando avvertì qualcosa muoversi. Aprì gli occhi e, dopo un istante per abituarsi, sentì Gable alzarsi, uscire dalla stanza e tornare. «Tutto ok?» domandò.

Gable annuì, poi rispose. «Dovevo pisciare. Non riuscivo a dormire.»

Flynn aspettò che Gable si mettesse sotto le coperte e poi si avvicinò un po'. «Possiamo stare come stavamo in ospedale? Se lo vuoi... ti facevo addormentare ogni volta, ricordi?»

Dopo un po' di esitazione, Gable si avvicinò e Flynn lo strinse fino a quando non si addormentò tra le sue braccia. Entrambi si svegliarono qualche volta durante la notte, ma nonostante non si sentissero del tutto riposati, Flynn percepì quella prima notte a casa come un successo.

Il mattino seguente scesero le scale e consumarono la colazione in silenzio, non molto diversamente da prima dell'operazione di Gable. Flynn uscì per occuparsi dei cavalli, e anche se pensasse che lasciar da solo Gable per un po' fosse una buona cosa, la sua mente non riusciva a funzionare come avrebbe dovuto. Troppe cose non erano state dette tra loro e questo rendeva Flynn irrequieto e insicuro. Il fatto che Gable non lo volesse con sé nel letto gli faceva ancora male al cuore. Capiva che far l'amore fosse fuori questione per un po', almeno fino a quando Gable non avesse recuperato un po' di forze, Flynn non pensava però che Gable si rifiutasse di dormire con lui anche senza il sesso di mezzo. Dov'erano finiti i sentimenti che Gable provava per lui? Dove li aveva lasciati?

Tornando a casa, Flynn era determinatissimo ad affrontare il discorso con Gable, non aveva però idea di dove cominciare. Quando entrò dentro, Gable era accanto alla finestra con un sorriso vago sul volto. «La mattinata è lunga, stando bloccato qui da solo.»

Flynn chiuse la porta. «Sarò tuo tutto il pomeriggio, se lo vuoi. Devo solo preparare la cena, ma posso farlo dopo pranzo.» Pensò che Gable fosse di buon umore. «Perché non ti siedi? Faccio qualche panino. Ti direi di andare in veranda, ma fa un po' freddo per mangiare fuori.» Sorrise, ripensando alle settimane che avevano passato quell'estate, divorando silenziosamente il pranzo prima di tornare al lavoro.

Quando tornò, Flynn non fu sorpreso di dover svegliare di nuovo Gable. «Ehi, dormiglione» disse, toccandogli la mano.

Gable gli sorrise e fece spostare Bridget dall'altra parte, in modo che Flynn potesse sedersi. Prese il piatto che gli porse il ragazzo.

Flynn sperò che quel buon umore potesse aiutare ad affrontare una conversazione difficile. «Dobbiamo parlare, Gable.»

«Ok» rispose Gable, staccando un grosso morso dal panino. «Che buono!»

Come poteva spiegare a Gable il modo in cui si sentiva, senza però ferire i suoi sentimenti? Sospirò e poi prese un respiro profondo. «Voglio essere onesto con te, Gable.»

Il sorriso di Gable scomparve e guardò il piatto. «So che te ne vuoi andare, e va bene.»

Flynn non poteva credere alle sue orecchie. *Voleva* davvero che se ne andasse?

Prima che Flynn potesse formulare una risposta, Gable posò il piatto e cominciò ad alzarsi. «Scusa, devo pisciare» disse, ma suonò come una sorta di balla. Flynn gli passò le stampelle in modo da dargli la possibilità di trovare l'equilibrio su una gamba sola. Gable gliele strappò dalle mani con una forza che lo fece quasi vacillare. Riuscì a mantenersi comunque in piedi e si diresse velocemente verso il retro della casa. Flynn lo sentì imprecare e colpire degli oggetti, ma non si avvicinò fino a quando non vide una stampella volare nella stanza.

«Gable?»

Nessuna risposta, solo un forte rumore, come se una porta fosse stata chiusa con violenza. Bridget andò a rifugiarsi sotto il letto degli ospiti.

Flynn si diresse timidamente verso le scale che portavano al bagno, un corridoio lungo e stretto con un gabinetto nel retro e un lavandino all'entrata, la porta era ancora aperta. La spinse per spalancarla.

«VATTENE! Devi... ESCI DA QUI!»

Flynn fu sorpreso da quel tono così esplosivo e autoritario, era diverso rispetto alla voce calma e raffinata di Gable.

«Gable, non voglio andarmene, sono qui per te.» Flynn cercò di mantenere un tono di voce regolare, ma non ci riuscì completamente.

La porta fu tirata via dalla portata di Flynn e apparve Gable, si teneva su una stampella sola ed era appoggiato alla porta per restare in equilibrio. Il suo sguardo sembrava furioso, era rosso in volto e il respiro era pesante. «Perché non te ne vai ora? Sono sicuro che Calley ti ospiterebbe per la notte. Per te non è mai stato un problema trovare un posto dove riposarti, giusto?»

«Gable, io...»

«Tu cosa?» lo aggredì Gable, impiegando poi qualche istante per riprendere fiato. «Ti senti ancora in colpa? Non era abbastanza il mio piede scadente, vero? Beh, ora è anche peggio. Tu e Calley l'avete avuta vinta e avete fatto di me quello che volevate. Non mi farò prendere in giro da entrambi. Tutti gli uomini le pendono dalle labbra, dubito che le servisse anche il tuo aiuto.»

Flynn non riusciva a seguire il filo dei pensieri di Gable. Non sapeva nemmeno se tutto ciò avesse un senso. «Gable, per favore, calmati.»

«Vattene» insistette l'uomo. «Fai il bravo ragazzo, sali le scale, prenditi quel catorcio di zaino con cui sei venuto e sbatti la porta mentre te ne vai. Puoi prenderti il mio vecchio furgone, visto che pare che non riuscirò più a guidare.» Provò a chiudere la porta, avrebbe dovuto fare marcia indietro e non ci riuscì. «Cazzo!» Nella sua frustrazione, Gable diede un pugno al muro, che era adornato con uno specchio. I pezzi caddero a terra infrangendosi. Flynn avrebbe voluto spostare Gable da quel pavimento ricoperto di schegge, ma lui chiuse la porta rumorosamente, chiudendo Flynn fuori.

«Gable, ti farai male.»

«*Vattene*. Non voglio vederti mai più.»

Quelle parole ferirono Flynn. Anche se avesse voluto non se ne poteva andare, non poteva. «Gable...»

«*Vattene!*»

Flynn si lasciò cadere sul pavimento senza osare ripetere il nome dell'altro. Gable doveva calmarsi e riflettere su quanto accaduto, Flynn poteva solo sperare che nel frattempo non si facesse male.

CAPITOLO
QUINDICI

Flynn non avrebbe saputo dire quanto a lungo rimase sul pavimento, fuori dal bagno, ascoltando i suoni provenienti dall'interno. Sentì Gable imprecare, colpire qualcosa e borbottare. Nel momento in cui i suoni cessarono, diventò ancora più preoccupato.

Decise di bussare alla porta.

Quando Gable non rispose, Flynn la aprì lentamente e guardò dentro. Era semibuio, la stanza era illuminata solo dalla luce del corridoio. Flynn vide Gable che lo guardava, in fondo alla stanza del bagno. I frammenti per terra si infransero sotto i passi di Flynn e fu contento di non esser passato dall'ingresso nel tornare in casa, altrimenti si sarebbe tolto gli stivali.

«Posso entrare?»

Gable sembrava confuso, non rispose.

Mentre si avvicinava, Flynn vide del sangue sulla mano dell'altro. Provò ad accendere la luce ma anche la lampadina era rotta. Velocemente, Flynn bagnò un asciugamano e si avvicinò a Gable. Non vedendolo reagire, si sedette accanto a lui mantenendo un po' di distanza per evitare che i loro corpi si toccassero.

«Posso pulirti la mano?» domandò Flynn, incerto. «Posso controllare che sia tutto ok?»

Gable non annuì, si limitò a porgere la mano ferita, lasciando che Flynn la pulisse dal sangue rappreso. A parte per i tagli superficiali, agli occhi di

Flynn la situazione non parve tragica, mantenne la presa sulla mano e notò la posizione scomoda di Gable. La gamba malata era sotto il suo corpo, era appoggiato di lato al muro. Flynn avrebbe voluto convincerlo ad alzarsi per tornare in soggiorno, lì avrebbero trovato una sistemazione migliore.

«Ti senti un po' meglio, ora?»

«Perché sei ancora qui?» chiese Gable. Nonostante la violenza di quella domanda, non stava incolpando Flynn, voleva solo una risposta a quell'interrogativo.

«Perché non potevo abbandonarti... non quando stai male e di certo non ora» rispose Flynn con sincerità. «Vorrei che restassimo insieme, Gable, e penso che tu sappia che potrebbe funzionare. In fondo, lo sai.» Flynn non fu sicuro d'averlo detto nel modo giusto, ma voleva assicurarsi che Gable capisse. Era da tanto che lo pensava.

«Avresti dovuto lasciarmi morire.»

Flynn chiuse gli occhi per un istante, cercando di non lasciarsi vincere dalle emozioni provocate da quelle parole pronunciate così alla leggera. «Non potevo farlo.» Strofinò il pollice sul palmo di Gable. «Non sarei più riuscito a convivere con me stesso.»

«Beh, io non posso vivere così.»

Non appena Gable ebbe detto quella frase, Flynn capì che per la prima volta aveva preso coscienza dell'amputazione. «So che è difficile, ma le cose miglioreranno. Una volta che sarai più forte e avrai imparato a camminare con la protesi, non ci sarà più ragione per cui non dovresti poter cavalcare di nuovo e lavorare al ranch. Potresti anche guidare il furgone per fare la spesa e tutto il resto. Non sarà semplice, ma non sei mai stato fifone, vedila come una sfida. Una battaglia da vincere, solo un altro ostacolo.»

Gable era ancora impassibile, ma almeno stavano parlando. Flynn mise la mano sulla coscia dell'uomo e non fu spinto via. «Togliamoci dal pavimento e andiamo in soggiorno, così posso sistemare questo caos, ok?»

Ci volle un po' di impegno, ma Flynn riuscì a portare Gable sul letto degli ospiti nel soggiorno. Gable si teneva in equilibrio con una stampella sola e, dall'altro lato, si appoggiava a Flynn. Bridget spuntò fuori dal suo nascondiglio e si unì a loro, accanto al letto.

«Cosa ne pensi, bellezza?» domando Flynn a Bridget, che rizzò le orecchie istantaneamente. «Tieni compagnia a Gable mentre pulisco il bagno?»

Dopo non molto Flynn tornò e, con sua sorpresa, trovò Gable ancora sveglio, così andò a sdraiarsi accanto a lui.

«Sai, ti preferisco vivo piuttosto che morto. Posso raccontarti una storia?»

Gable annuì appena.

«Ti ho detto di aver lasciato casa mia quando ero abbastanza piccolo, giusto? Ho fatto un sacco di lavori in vari ranch, ma mio padre diceva ai miei datori di lavoro di non assumermi, così mi sono dovuto spostare più lontano e sono finito in città. Ho trovato un lavoro come cuoco in una bettola, era bello stare per conto mio, lontano dalla famiglia. È così che ho conosciuto Lee. Era cinese, la sua famiglia era una di quelle molto conservatrici...»

«Nuvole e pioggia» lo interruppe Gable.

Flynn annuì. «Sì, Lee mi aveva parlato delle nuvole e della pioggia.»

«Te le aveva anche mostrate?»

«Sì, me le aveva mostrate» ammise Flynn con un sorriso. «I suoi genitori avrebbero voluto vederlo sistemato con una ragazza cinese, ma non ci importava. Eravamo felici ed era questo che contava. Così pensavamo.»

Fynn si sedette accanto a Gable cercando di trovare una posizione che non lo facesse sentire oppresso. Su un letto singolo, non era facile.

«Quindi, che è successo? I suoi genitori l'hanno scoperto?»

«Oh, loro lo sapevano. Lee aveva detto loro di vivere con me.»

«Non è la stessa cosa, vero?»

Flynn si voltò leggermente, in modo da poter vedere l'espressione di Gable. «No, non è la stessa cosa. Cercavano ancora di sistemarlo con ragazze cinesi.»

Gable mise la mano sul fianco di Flynn e lo attirò più vicino a sé, Flynn si lasciò stringere in quel caldo abbraccio. «Era malato. Leucemia. È stato tutto molto improvviso e non c'è stato molto tempo per parlarsi. Aveva bisogno di una chemioterapia piuttosto pesante, doveva stare in ospedale per un po' e sua madre riuscì ad avere la meglio. Non lasciava che lo visitassi, e poi accadde. Pensavo che avessimo tempo, pensavo che sarebbe tornato a casa una volta migliorato, pensavo che saremmo stati di nuovo insieme. Le cose però peggiorarono.» Flynn guardò Gable. «Scoprii che era morto solo quando suo padre mi buttò fuori dall'appartamento.»

Gable lo strinse in un abbraccio, cullandolo.

«Quindi, sai, devo stare con te, Gable. Non posso lasciare che accada di nuovo. Devo lottare per te, per Lee non ho lottato.»

Gable strofinò il naso sulla sua testa, quando Flynn alzò lo sguardo le labbra di Gable sfiorarono dolcemente le sue. Flynn lo voleva moltissimo, voleva sentirsi di nuovo amato. Ricambiò il bacio, dapprima leggero e gentile, poi divenne più appassionato, Flynn gli stava mettendo le mani ovunque, poi Gable lo spinse via.

«Non posso, mi spiace.»

Flynn gli accarezzò il volto. «Va bene, se è troppo presto lo capisco. Devi rimetterti in forze.»

Gable cambiò posizione con un po' di difficoltà, mettendosi a pancia in giù, il letto era molto stretto, poi si coprì gli occhi con la mano. Flynn cercò di rimanere calmo ma quel silenzio lo preoccupava, temeva che Gable si stesse chiudendo di nuovo nel suo guscio.

«Non è solo per la mia forza» disse Gable.

«Non vuoi più far nulla con me?» domandò Flynn schiarendosi la voce e sentendola un po' troppo roca.

Gable prese un respiro profondo. «Non voglio altro che amore, Flynn. Ci penso tutte le notti, ma... penso che non conti molto per un passivo...» disse alzando le spalle.

Era un sollievo che Gable lo desiderasse ancora ma quell'esitazione lasciava Flynn piuttosto confuso. Saper parlare delle cose importanti non era mai stato un pregio dell'uomo.

A quel punto, Flynn realizzò ciò che l'altro aveva detto e pensò che fosse un argomento piuttosto delicato. «Intendi dire che non riesci...?» indicò vagamente l'inguine di Gable.

«Non ci riesco» rispose lui, calmo. «Non funziona più.»

«Gable...» Flynn non sapeva come reagire, Gable sembrava triste ma non disperato, lo sarebbe stato se avesse perso la gamba sana. «Non so cosa dire.»

Gable rispose con un'alzata di spalle, Flynn pensò che stesse cercando di nascondere quanto gli facesse male.

«Non mi importa, Gable.»

«Ma importa a me, Flynn» replicò lui. «Se non avessi bisogno di te, ti manderei via.»

«Prima l'hai fatto, e mi sono rifiutato di andarmene.» Flynn rispose senza pensarci. Era vero, certo, ma ricordare a Gable quella crisi non era una buona idea. «Riformulo», provò ad alzare la testa di Gable in modo da farsi guardare, ma l'uomo rifiutò. «Mi importa perché mi dispiace vederti in questo stato e, sì, non posso nemmeno pensare di vivere una vita priva di sesso, ma c'è più di questo, Gabe. Sei stato male, il tuo corpo ha bisogno di tempo per guarire e il sesso non è esattamente una priorità in questo momento.»

Gable scosse le spalle ancora una volta e Flynn si sentì male nel vederlo così sconfitto.

«Concentriamoci sulla tua guarigione, come prima cosa. Sforzati per tornare in forma e per camminare, così potrai di nuovo cavalcare e sai che in questo modo starai meglio.»

Gable annuì e Flynn lo strinse a sé.

«Sarò qui per te. Devi saperlo» sussurrò Flynn, baciandogli la tempia.

«Ma se non si potesse mai...»

«Se dovesse accadere, ci penseremo» rispose Flynn con sicurezza. Quell'eventualità lo spaventava, non era sicuro di poter vivere con un uomo senza l'intimità di una relazione, era impaurito. «Se c'è una cosa che la vita mi ha insegnato, è che non puoi vedere il futuro e non si può mai sapere cosa accadrà. Concentriamoci sull'oggi, ok?»

Gable annuì, ma Flynn non lo vide del tutto convinto. Se non altro, non lo stava più mandando via.

«Non voglio trattenerti qui.»

Flynn lo guardò pieno di compassione. «Sono un uomo adulto, posso andarmene quando voglio.»

Gable era esausto, così restarono un po' lì, poi Gable si addormentò. Furono necessarie alcune manovre, ma Flynn riuscì ad alzarsi dal letto senza svegliare Gable, poi gli mise una coperta addosso per tenerlo al caldo. Preparò la cena e andò alle stalle.

Pulì la stalla di T.C. come aveva fatto per quella di Brenner quella mattina, portò il cavallo pezzato fuori per una corsa lungo il perimetro per controllare i recinti, compito che aveva trascurato nell'ultimo periodo. Arrivato circa a tre quarti del tragitto, Flynn controllò una parte di recinto che sembrava essere stata riparata da poco, poi suppose che fosse stato Gable a sistemarla, poco prima di star male. Scacciò quei pensieri. Si ricordava solo di non averla riparata di persona, ma sembrava un lavoro piuttosto ben fatto, quindi non importava. Poco prima della fine del tragitto, condusse T.C. verso il recinto dove i cavalli erano soliti ripararsi durante le tempeste, c'era un punto chiuso da delle assi di legno e qualche chiodo. Non c'era molto da guardare, rendeva il recinto più solido e meno penetrabile dal vento, serviva allo scopo. L'ultima cosa che vide fu un lucchetto nuovo fiammante su un cancello tra il ranch di Gable e quello di Hunter.

Sulla strada del ritorno, Flynn considerò l'idea di andare sul furgone per fare un salto da Calley, per chiederle se Bill fosse venuto a dare una mano, ma anche se fosse stato così lei avrebbe negato, perciò tornò dritto a casa.

Con grande sorpresa di Flynn, Gable era ancora sveglio, disteso sul letto degli ospiti a fissare il nulla. Si tolse gli stivali e li lasciò nell'ingresso prima di sedersi accanto a Gable.

«Hai riposato bene?»

Gable annuì con sguardo assente.

«Ora vado a cucinare la cena.» Flynn diede una lieve pacca sulla coscia dell'altro e si alzò dal letto.

«Non ho fame.»

Flynn si voltò e tornò a sedersi. «Non hai mangiato a pranzo e oggi hai faticato. Farò gli spaghetti come piacciono a te, con tanta carne e pomodori freschi presi al negozio di Calley.»

Gable annuì, Flynn ebbe la sensazione che stesse annuendo solo per essere lasciato solo. Non ci poteva fare molto, però. Cercò di pensare ad altro e andò in cucina a fare gli spaghetti. Era tutto ciò che poteva fare, pensò; doveva avere la testa occupata da pensieri positivi e tutto sarebbe passato, prima o poi. Non si era dimenticato la litigata, comunque, o la sicurezza con cui Gable gli aveva detto di non volerlo mai più vedere. Viveva con la convinzione che Gable lo amasse, ma forse non era così. E se Flynn fosse stato per lui solo una buona scopata?

Flynn si tagliò e sibilò, il pomodoro era acido e gli fece male alla ferita. Mise la mano sotto l'acqua corrente, deciso a lasciar da parte il problema. Gli piaceva lavorare al ranch e non gli dispiacevano i lavori domestici. Prendersi cura di Gable lo faceva sentire utile tanto da spingerlo a restare, per il momento era abbastanza. Gable sembrava molto più calmo, significava che per un po' Flynn non si sarebbe sentito urlare contro ed era una buona cosa. Forse, nel futuro, quell'amore che provava per Gable sarebbe stato ricambiato, e se così non fosse stato se ne sarebbe potuto andare non appena l'altro fosse guarito. Quel giorno, il tempo avrebbe guarito qualche ferita.

Mentre il sugo cuoceva, Flynn andò in magazzino nel retro della casa per prendere il tavolino da letto di cui gli aveva parlato Calley. Era esattamente come quelli che usavano in ospedale. Aveva bisogno di una bella lavata, ma suppose che potesse rivelarsi molto utile.

Quando Flynn arrivò nel soggiorno con due piatti e il tavolino, Gable giaceva sul fianco, nel letto degli ospiti. Era sveglio, ma talmente sovrappensiero da non notare Flynn.

«So che hai detto di non avere fame, ma vorrei un po' di compagnia mentre mangio, va bene?»

Gable si mise a sedere. «Ok.»

Flynn fu sorpreso nel vedere Gable non aver da ridire sul tavolino da letto o sul piatto di cibo che si trovò davanti. Flynn prese posto accanto a lui con la schiena contro il muro e cominciò a mangiare la sua parte. Fu dispiaciuto nel vedere Gable assaggiare appena il cibo, ma non voleva spingerlo ora che avevano raggiunto una situazione di stallo. Quando si alzò per qualche secondo, vide l'uomo che lo guardava mentre tornava dalla cucina e ciò gli fece piacere. Doveva concentrarsi sulle piccole cose.

I giorni successivi passarono più o meno allo stesso modo. Flynn lasciava Gable da solo per gran parte della mattinata e del pomeriggio per lavorare al ranch. Ogni volta che tornava a casa, Gable stava fissando il muro. Gli dispiaceva vederlo così triste, ma al tempo stesso pensava che gli servisse solo del tempo per abituarsi. Si stava impratichendo a girare per la casa, anche salire le scale stava diventando sempre più facile.

Un pomeriggio, dopo che Calley fu passata per portare la spesa settimanale, Flynn si sedette accanto a Gable. «Forse penserai che io mi stia comportando da chioccia, ma potrei aiutarti a fare una doccia.»

«Mi stai dicendo che puzzo?» domandò Gable, più malizioso che triste, per la prima volta da settimane.

«No» rispose Flynn. «Ti sto dicendo che potrebbe farti bene stare sotto la doccia, ma penso che potrebbe essere difficile, così se avessi bisogno di una mano...»

«Posso farcela» replicò Gable. C'era sempre un'ombra di sorriso sul suo volto, Flynn gli diede una strizzata alla coscia prima di tornare in cucina con un sorriso sul volto.

Dopo un po', Flynn sentì Gable trascinare la panchina, fuori, poi il getto d'acqua. Prese un asciugamano pulito dall'armadio e lo mise sul fornello per scaldarlo in fretta. Quando la doccia cessò, impiegò appena qualche istante per portarlo fuori.

Quando Gable vide Flynn, era seduto sulla panchina e sembrava un gatto bagnato. Si coprì in fretta con l'asciugamano che aveva portato, includendo la gamba ferita.

Flynn mise l'asciugamano sulle spalle di Gable e gliele asciugò. «Penso che possa farti piacere.»

«Bello, grazie» replicò Gable con il tono di chi aveva capito qualcosa che l'altro non aveva compreso.

Flynn rabbrividì per l'aria fresca della sera, poteva solo immaginare quanto potesse avere freddo l'altro. «Una doccia all'aperto non era esattamente quello a cui pensavo...»

«Sì, lo so. Non mi sono reso conto del freddo fino a quando non mi sono spogliato.» Gable ridacchiò dopo aver lanciato un breve sguardo a Flynn, poi puntò gli occhi altrove.

«Non potremmo rientrare? Forse dovresti entrare per asciugarti e vestirti, qui si gela!»

Gable annuì e Flynn lo lasciò fuori. Qualche minuto dopo, Flynn sentì il suono familiare delle stampelle di Gable e aspettò in cucina, prima di tornare in soggiorno. Gable era vestito solo a metà, Flynn non poté fare a meno di notare che l'uomo non aveva legato i pantaloni sotto al moncone.

«Sai, non è un problema vederla. La tua gamba, dico.» disse sedendosi sul letto accanto a lui.

«Beh, per me lo è» replicò secco l'altro.

«Suppongo di aver avuto abbastanza tempo per abituarmi» ipotizzò Flynn, cercando di chiarire la situazione. «L'ho vista subito dopo l'operazione e mentre stavi guarendo...»

Gable si allontanò da lui, ma quest'ultimo gli mise la mano sul moncone coperto dai vestiti. Non guardò Gable in volto di proposito, sapendo che avrebbe potuto mostrare qualsiasi cosa, dalla sorpresa al disgusto. Non sentendosi cacciato, Flynn inserì la mano nella gamba del pantalone e guardò Gable in faccia. Toccare il moncone era strano, ma sperava di riuscire a restare impassibile.

«È una parte di te, Gable.»

Gable spostò lo sguardo. «Beh, non riesco ad avere nulla a che fare con quella parte di me, al momento.»

«Non vorresti poter camminare di nuovo? Lasciarti alle spalle quelle stampelle ingombranti?»

Gable non rispose.

«Presto chiameremo Craig, più a lungo aspetterai e più difficile sarà.»

Gable annuì, Flynn lo vide lottare con le sue emozioni.

«Non devi fare tutto questo da solo, Gable. Sono qui per te.»

Flynn gli lasciò andare la gamba e si spostò, poi lo abbracciò. Le altre volte si sarebbe sentito soffocare, quella volta, invece, Flynn sentì Gable ricambiare l'abbraccio.

CAPITOLO
SEDICI

Gable, il mattino seguente, fingeva di dormire. Come al solito, Flynn si alzò presto per cominciare a lavorare e, come non aveva fatto spesso nei giorni precedenti, Gable si unì a lui durante la colazione. Non era però pronto per confrontarsi.

Era stata una serata intensa e non voleva pensare a ciò che era successo, ma non riusciva a toglierselo dalla mente. Flynn gli aveva rivelato di prendersi cura di lui per rimediare a un errore di gioventù, non era qualcosa di facile da accettare, ma era impossibile non ammettere che le attenzioni di Flynn erano una delle poche cose a trattenerlo dall'ammazzarsi.

Flynn era rimasto con lui, stringendolo al petto, e Gable si era lentamente calmato, abbastanza per parlare. Erano da evitare gli argomenti più pesanti, preferendo discutere del lavoro al ranch, su come stava procedendo e anche di come Flynn avrebbe cominciato a lavorare di più ora che l'inverno era quasi finito. Più tardi, Flynn, l'aveva tenuto stretto di nuovo, questa volta con l'intento di convincerlo a chiamare Craig, ma Gable non si sentiva pronto. Aveva concordato con il suggerimento di Flynn solo perché smettesse di infastidirlo, ma la gamba gli faceva ancora troppo male per riprendere a camminare. Andare in giro con le stampelle non era male. L'aveva fatto per settimane dopo l'incidente, stava sentendo la forza che ritornava lentamente nel suo corpo, rendendo le cose più facili.

Le mattinate erano lunghe, ma sedersi accanto alla finestra per cercare di vedere ciò che Flynn faceva vicino al fienile e nei recinti più vicini, lo teneva occupato per un po'. Sapeva che sarebbe stato inutile da quelle parti per via delle sue stampelle, ma avrebbe voluto rivedere Brenner e T.C. e sentire il loro odore. La neve si era sciolta e pensava che ce l'avrebbe potuta fare, riposandosi un po' prima di tornare in casa. Faceva piuttosto freddo, così Gable indossò la cerata e cominciò a dirigersi verso il fienile. Nonostante il suo slancio di coraggio iniziale, si dovette fermare più volte per riprendere fiato. Non voleva farsi sconfiggere da quell'ostacolo, specialmente ora che stava cominciando a piovere. Gable alzò lo sguardo verso il cielo scuro e lo vide squarciato da un fulmine, così prese un respiro profondo e velocizzò il passo verso il fienile caldo e asciutto.

Gable non si pentì di essere arrivato lì. L'odore dei cavalli, il fieno che avevano sistemato, tutto contribuì a farlo sentire di nuovo a casa. Dopo un tuono particolarmente rumoroso sentì Brenner nitrire, così si avvicinò alla stalla del cavallo.

«Ehi, bello, va tutto bene.»

Il cavallo si avvicinò, riconoscendo il suo padrone, e strofinò il muso contro la sua mano. «Scusami bello, non ho portato carote o mele» si scusò Gable. Grattò il naso dell'animale. «Flynn si sta prendendo cura di te?» Brenner si avvicinò ancora di più, come per rispondere. «Non posso cavalcarti ora, ragazzo.»

All'improvviso, Gable sentì un trambusto e si voltò verso la porta. Una figura bagnata fradicia entrò sulla groppa di T.C., priva di impermeabile, Gable riconobbe il motivo della giacca da lavoro di Flynn.

Flynn scese dalla groppa e scosse i lunghi riccioli per togliere un po' d'acqua, poi alzò lo sguardo e fu sorpreso nel vedere qualcun altro nel fienile.

Gable sorrise alla vista di quella reazione eccessiva. «Stiamo facendo qualcosa che non dovremmo fare?»

Gli occhi di Flynn erano ancora chiusi, stava cercando di calmare il battito del cuore. «Semplicemente non mi aspettavo di trovare nessuno qui» rispose guardando Gable con dolcezza.

«D'accordo» replicò Gable con tono provocatorio.

«Ero fuori quando ha cominciato a piovere» continuò Flynn, cercando chiaramente di cambiare argomento. «Non pensavo che avrebbe piovuto.»

«Dovresti ormai sapere che il tempo da queste parti è abbastanza imprevedibile» disse Gable, gironzolando fino a trovare una balla di fieno su cui sedersi.

«Il tizio delle previsioni aveva detto che c'era un cinque per cento di probabilità di pioggia, quando sono uscito c'era un bel cielo azzurro.»

Gable rise. «Se esistesse qualcuno in grado di prevedere il tempo che c'è da queste parti, sarei curioso di conoscerlo.»

Flynn si sedette accanto a lui e si tolse la giacca. «Quindi, che stai facendo qui?»

Gable alzò le spalle. «Ero stanco di restare lì seduto, così ho pensato di venire qui al fienile.»

«Bene» rispose Flynn con un sorriso. «Ti va di cavalcare quando smetterà di piovere?»

Gable si incupì di nuovo e scosse la testa.

«Credo che Brenner senta la tua mancanza» azzardò Flynn. «Ma forse per la prima volta potresti prendere T.C., visto che è più facile da governare.»

Gable scosse ancora la testa.

Flynn gli mise la mano sul ginocchio. «Hai una certa esperienza, non hai bisogno delle staffe. Possiamo toglierle, oppure legarle, così non ti daranno fastidio! Sono sicuro che ce la puoi fare.»

«Ne ho comunque bisogno per salire sul cavallo, Flynn.»

«Ah, ci ho già pensato!» esclamò Flynn alzandosi. Prese una manciata di fieno che appallottolò, poi si avvicinò a T.C., ancora agitato poiché pieno di pioggia, e cominciò a togliere l'acqua dal manto pezzato dell'animale. «Abbiamo due balle di fieno, puoi salire su quelle e ti darò una mano.

Gable ci pensò su. «Non so, Flynn.»

«Non dobbiamo farlo per forza oggi, ma perché non domani? Posso togliere la ringhiera della veranda e portarti T.C., così puoi salire da lì» suggerì Flynn. «Penso che la veranda sia dell'altezza giusta.»

«Ci hai pensato molto, eh?»

Flynn annuì. «Ho un sacco di tempo per pensare, quando lavoro. Inoltre, in questo modo Brenner potrebbe fare più esercizio, in genere scelgo T.C. perché è più adatto per lavorare. Brenner tende ad annoiarsi quando controlliamo i recinti, e finisce sempre per cacciarsi nei guai.» Flynn tolse la sella dalla schiena di T.C. e la mise a posto, poi continuò ad asciugare l'animale.

Guardare Flynn al lavoro diede a Gable il tempo per riflettere. Voleva cavalcare di nuovo, lo voleva più di ogni altra cosa al mondo, ma poteva farlo? Sapeva di poter cavalcare senza staffe, l'aveva fatto più volte con T.C. più di una volta prima dell'incidente e anche dopo, ma doveva salire sul cavallo, si ricordò quanto gli fosse stato difficile con il piede malato, la prima volta.

Ancora più importante, poteva permettersi di fallire davanti a Flynn?

Flynn condusse il cavallo nella sua stalla e chiuse la porta prima di tornare da Gable, lasciandosi cadere accanto a lui con un sospiro profondo.

«Sei stanco per il lavoro?» domandò Gable, muovendosi un po' più vicino a Flynn.

Flynn scosse la testa. «Dovrei ingrassare un po' di pelle. Ho rotto una staffa durante uno degli addestramenti di ieri e devo riparare anche quella. Temo di aver tralasciato la manutenzione» aggiunse.

«Dopotutto hai riportato la situazione alla normalità» considerò Gable, alludendo allo stato del ranch prima che arrivasse Flynn. «Posso occuparmi io delle selle, è una delle poche cose che si possono fare da seduti.» Poi realizzò qualcosa. «Intendo dire che tutto il lavoro pesante lo devi fare tu, ma al momento è il meglio che posso offrire.»

Flynn annuì e sorrise lievemente.

Non aveva tirato fuori argomenti riguardanti Craig o il tornare a camminare e Gable ne fu felice. Prima o poi non si sarebbe potuto evitare, ma per il momento preferiva procrastinare.

«Sei bagnato» disse Gable, scompigliando i capelli di Flynn.

Flynn si strinse nell'abbraccio dell'altro. «Lo sei anche tu. Per fortuna qui fa caldo, fuori piove a catinelle.»

Flynn si voltò verso Gable e lui si sporse facendo in modo che le loro labbra si sfiorassero. Non osò fare pressione, sapendo come quelle situazioni si trasformassero sempre in qualcosa di più, qualcosa che non poteva dare a Flynn. Inizialmente, Flynn non approfondì il bacio, ma Gable lo sentì schiudere le labbra e cercare di andare più a fondo. Gable lo voleva, ma lo spinse comunque via. Per dare a quel gesto una parvenza meno severa, strinse Flynn tra le braccia.

«Mi dispiace.»

Flynn scrollò le spalle e si leccò le labbra. «Va bene.»

«Perché ci sono due femmine nel fienile, Flynn?» domandò Gable, cercando di spezzare la tensione. «Sono cavalli abituati al brutto tempo, non c'è bisogno di viziarli.»

Flynn spostò lo sguardo. «Lo so.»

«Quindi perché sono qui? Sono zoppe? Malate? Dobbiamo chiamare Bill per chiedergli di dare un'occhiata?»

Flynn scosse la testa. «Bill le ha già viste, ha suggerito di tenerle qui fino a quando farà così freddo.»

Gable stava diventando un po' sospettoso, gli pareva che Flynn evitasse di rispondere. «Ci sono più di cinquanta cavalli fuori, cosa rende diverse queste due?»

«Sono incinte.»

«Come possono essere state con uno stallone?» Gable si stava sentendo un po' a disagio.

Flynn sospirò. Si sciolse dall'abbraccio di Gable e poggiò i gomiti sulle ginocchia. «Senti, so che non volevi allevare cavalli, ma Hunter voleva un puledro da Brenner e ho pensato che ci si potesse provare.»

«Brenner è il padre di quei puledri?»

Flynn annuì. «Lo so, avrei dovuto chiedertelo.»

«Ti avevo detto esplicitamente di non voler allevare cavalli» disse Gable, brusco. «Questo non è il tuo ranch, Flynn!»

Flynn si alzò in modo da mantenere un po' di distanza. «Lo so, ma ero il solo a prendere decisioni qui. Non c'erano soldi per comprare nuovi cavalli e non potevo portare da solo quelli pronti all'asta.»

«Ma non so niente riguardo all'allevamento dei cavalli, Flynn» replicò Gable, esasperato. «E non ho abbastanza soldi per la parcella del veterinario.»

Flynn si voltò. «Ma io lo so. Sono cresciuto in un maneggio.»

«Non eri autorizzato a fare nessun lavoro, hai detto!»

«Nulla mi poteva allontanare, Gable. E i miei fratelli non si lamentavano se facevo i loro lavori. Come credi che potessi aver imparato certe cose, se no? Preferivano passare il tempo con le loro ragazze nel fienile mentre io spalavo letame. E Bill te lo sta facendo come un favore, Gabe. È un esperimento.»

Flynn si sedette accanto a Gable, che glielo permise. Quando Flynn gli prese la mano, l'altro sospirò e si avvicinò a Flynn. «Mi dispiace. Non è stato corretto.»

«Sì, è vero» replicò Flynn dolcemente. «Hai ragione, mi avevi detto di non allevare cavalli e io me ne sono infischiato. Avrei dovuto chiedertelo.»

«Avrei detto di no.»

«Lo so» ammise Flynn. «E non voglio che tu ti preoccupi per i soldi.»

«Quanto è brutta la situazione?» domandò Gable, pur non volendo davvero sapere la risposta.

Flynn scosse la testa. «Credo che faresti meglio a chiederlo a Calley.»

Flynn esitò, poi capì che era inutile. «Le parcelle dell'ospedale erano piuttosto salate.»

«Mi stai dicendo che siamo in bancarotta?»

Flynn scosse la testa di nuovo. «No, ma dobbiamo una cifra considerevole a Bill e Calley, inoltre Hunter è già proprietario dei puledri che nasceranno.»

«Si è preso un grosso rischio.»

Flynn annuì. «C'è voluta un po' di persuasione. Ho dovuto parlargli, ma se il ranch dovesse fallire vorrei sapere di aver fatto il possibile per evitarlo. Sì, questo vuol dire che stiamo lavorando per soldi già spesi, ma la banca ha minacciato di costringerci a vendere i cavalli e non potevo permetterlo. Alcuni di quei cavalli ci porteranno qualche entrata quando li venderemo all'asta il prossimo anno, altri hanno bisogno di più tempo, ma se li vendessimo ora non ricaveremmo nemmeno la metà del loro valore!»

Gable pensò che Flynn si fosse davvero impegnato e ciò lo fece sentir meglio. Stava parlando di un futuro, si parlava dell'anno prossimo e anche oltre, sembrava non avere l'intenzione di andarsene mai più. Per la prima volta, Gable pensò che Flynn non stesse facendo tutto ciò solo per prendersi cura di lui; la passione che l'aveva animato mentre difendeva le sue decisioni mise in chiaro che lo stava facendo anche per se stesso.

«Ti piace proprio qui, eh?» domandò Gable.

«Certo» rispose il ragazzo senza esitazione. «Non hai idea di cosa significhi per me, Gable. Adoro lavorare qui, adoro i cavalli e il fare la maggior parte dei lavori all'aperto...»

«Sotto la pioggia» lo interruppe Gable con una risatina.

«Non mi importa la pioggia. Preferisco indossare qualcosa tipo quello che hai tu, anche quando fa così freddo salire in sella a un cavallo e cavalcare fino al recinto e vederli tutti stretti l'un l'altro per riscaldarsi, è fantastico.»

«Sì, lo so» concordò Gable.

Flynn si avvicinò e baciò Gable di nuovo. Come prima, fu un bacio casto, pieno di tenerezza, Gable accarezzò le spalle di Flynn fino a far riposare la mano nella parte bassa della schiena. Era bello sentire il ragazzo così vicino, odorare il suo profumo lievemente muschiato, inoltre visto che era stato sotto la pioggia sembrava un cane bagnato. Ciò fece sorridere Gable, Flynn si tirò indietro, un po' confuso.

«Pensavo che stesse andando bene» spiegò Gable timidamente.

Flynn gli sorrise e Gable vide i suoi occhi illuminarsi. «Farò qualsiasi cosa che ti faccia sorridere» sospirò, strofinando il naso sul volto dell'uomo.

«Non devi» replicò Gable. Per togliere quell'insicurezza dal viso di Flynn, andò avanti. «La tua felicità non deve dipendere dalla mia. Sono un figlio di buona donna perennemente imbronciato, Flynn.»

«E ti amo comunque» replicò il ragazzo. «Vallo a capire.»

Gable sospirò. «Mi dispiace per prima.»

«Mi dispiace per non aver chiesto il tuo parere.» Flynn ebbe un brivido improvviso.

«Hai freddo.» Gable aprì la cerata e avvolse Flynn, stringendolo e godendosi la sensazione delle braccia del ragazzo intorno al proprio corpo.

Flynn inspirò profondamente. «Potrei abituarmi, ma ho fame. Credo che dovremmo tornare dentro.»

In un attimo, Flynn si allontanò da Gable, poi udirono il rumore delle unghie di Bridget sulla porta del fienile e la sentirono scuotersi l'acqua di dosso.

«Ehi, ragazza, sei venuta a prenderci?» le chiese Flynn. Il cane si grattò la testa. «Sei praticamente asciutta. Ha smesso di piovere?» Il cane reclinò la testa come per dire: «Certo che ha smesso. Sarei venuta qui se piovesse?»

Flynn si avvicinò di nuovo e diede un bacio veloce a Gable. «Credo che dovremmo approfittare del fatto che abbia smesso di piovere per tornare a casa. Inoltre dovrei farti mangiare qualcosa» diede a Gable una pacca sulle costole. «Sei ancora troppo magro.»

Non appena Flynn si fu spostato, Gable si alzò e prese le stampelle. Quando Flynn si voltò per andarsene, Gable non poté fare a meno di chiamarlo. «Flynn.» Esitò, soprattutto quando il ragazzo si girò, sorridendo e accarezzando Bridget. «Che cosa ti trattiene qui?»

«Gable» replicò Flynn, come se la risposta fosse ovvia.

«Mi dispiace, ma devo saperlo.»

«Resto qui perché è ciò che ho sempre voluto.» Flynn fece un passo avanti, poi si fermò. «Un ranch con i cavalli, piccolo abbastanza da funzionare con sole due persone. Lavoriamo duro, ma alla fine ne vale la pena, no? Gable, voglio invecchiare qui. Se avrò una vita lunga e mi seppelliranno qui alla sua fine, avrò avuto una vita grandiosa.»

Gable abbassò lo sguardo.

«Ma la cosa che mi trattiene qui sei tu, Gable. Posso dividere tutto questo insieme a te. So di presumere troppo, questo è il tuo ranch e sarà sempre tuo, ma spero che mi lascerai occuparmene con te.»

«Tu fai tutto il lavoro.» Gable non riusciva a guardare l'altro. Non era pronto per guardarlo negli occhi. Quello sguardo gli avrebbe fatto capire quanto lui lo amasse. Non poteva guardarlo, si sarebbe sentito colpevole, sapeva di ricambiarlo solo in minima parte.

«Sai che non mi importa. So che non sarà per sempre così. Un giorno starai abbastanza bene da lavorare di nuovo con me.»

Gable deglutì per trattenere le emozioni, ma Flynn gli era troppo vicino. Sentiva il suo odore e il suo calore, poi sentì le labbra del ragazzo contro la fronte.

Flynn lo baciò di nuovo. «Entriamo prima che le barriere del paradiso si aprano di nuovo, ok?» Flynn fece un passo indietro e camminò oltre la porta. «Ti amo, Gable. È tutto ciò che importa.» Poi scomparve dietro l'angolo, portando Bridget con sé e lasciando Gable da solo.

Gable aspettò qualche istante, poi parlò ai cavalli. «Avete sentito, ragazzi? Mi ama. Dev'essere pazzo, ma, ehi, me lo tengo così.»

CAPITOLO
DICIASSETTE

Flynn tornò in casa a passo svelto e a cuor leggero. Era un sollievo che Gable fosse a conoscenza della situazione. Inoltre, sentirsi dire certe parole l'aveva convinto ancora di più. Sì, amava Gable con tutto il cuore. Avevano attraversato l'inferno e Gable non era ancora guarito, ma se non altro non aveva allontanato Flynn per via di quello che provava, e non si era infuriato neanche la metà di quanto aveva temuto Flynn, a causa degli esperimenti per l'allevamento dei cavalli.

Bridget gli gironzolava intorno, era chiaramente di buonumore. Solo allora Flynn si rese conto di quanto si fosse estraniato il cane nelle tre settimane precedenti. «Sei felice, bella?» Il cane gli saltò accanto, lui le prese la testa tra le mani e la grattò dietro alle orecchie. «Pensi che anche Gable sia felice?» Lei provò a leccarlo. «Sì, credo che saremo felici anche noi, d'ora in poi.»

Tornarono a casa e Flynn decise di farsi una doccia veloce prima di cena. Quando scese le scale indossando vestiti puliti, caldi e – soprattutto – asciutti, Gable era seduto al tavolo della cucina, stava preparando la cena a Bridget. Flynn non riuscì a smettere di sorridere nell'osservare il mutamento di Gable. Era stata la decisione di allevare i cavalli a farlo cambiare, o la sua dichiarazione d'amore? In ogni caso

Flynn era felice nel vedere Gable far cose diverse dallo stare seduto sul letto degli ospiti e fissare il nulla.

«Stai per mangiare una cena da ristorante a cinque stelle, ragazza» disse Flynn a Bridget, che era seduta accanto a Gable, lingua penzoloni e sguardo pieno di aspettative. Spostò a malapena lo sguardo dalla carne che Gable le stava tagliando, quindi non prestò attenzione alle parole di Flynn. Il ragazzo, comunque, non la stava guardando: era concentrato su Gable, che sorrideva. Flynn non resistette alla tentazione di andare dietro all'altro e posargli una mano sulla spalla.

«Preparo la cena, ok?» disse Flynn, più a se stesso che per chiederlo a Gable.

«Le patate sono già pelate» comunicò Gable come se fosse stata la cosa più naturale del mondo.

«Grazie» rispose gentilmente Flynn, incapace di formulare una risposta più articolata. Camminò verso il forno, dove trovò una ciotola con le patate, felice che Gable fosse troppo impegnato con la cena di Bridget per vedere le emozioni che il suo viso lasciava trasparire. Flynn non capiva fino in fondo che cosa avesse provocato quel cambiamento, ma ne era felice. Significava che Gable stava finalmente guardando avanti invece di vivere nel passato, era senz'altro una buona cosa. Forse quanto accaduto nel fienile poteva voler dire che prima o poi non si sarebbero limitati alle carezze. Flynn odiava ammetterlo, ma aveva bisogno di più di ciò che Gable gli dava nell'ultimo periodo, il sesso era solo una minima parte. Non osava andare troppo oltre, temeva che Gable potesse chiudersi di nuovo nel suo guscio. Doveva cercare di convincerlo in altri modi.

Mentre Flynn stava controllando le pentole sentì il bisogno di starnutire, così prese un tovagliolo.

«Ti sei preso il raffreddore?» domandò Gable, apparentemente preoccupato.

«No» lo liquidò Flynn. «Sto bene.»

Gable gli sorrise e Flynn si sentì meglio. Probabilmente era stato l'indossare vestiti bagnati in un giorno così freddo a causare quel malessere.

La cena trascorse veloce, non parlarono di nulla di importante, si limitarono a uno scambio di idee sul ranch e conversarono su come gestire i soldi che avevano. Flynn si rivelò particolarmente positivo e aperto a nuove idee. Dopo aver lavato i piatti, il ragazzo tornò al fienile per assicurarsi che tutti i cavalli fossero ben sistemati per la notte.

Mentre rientrava a casa, dopo aver spento la luce del fienile, inciampò in un secchio che non si ricordava d'aver lasciato lì e si sentì a disagio. C'era un misterioso benefattore che riparava cancelli e costruzioni, poteva essere uno dei vicini, che a conoscenza dei problemi di Gable, si era offerto di dare una mano. Trovare oggetti fuori posto nel fienile, così vicini alle cavalle incinte che avrebbero portato un bel po' di guadagni e non troppo distanti anche dalla casa, non fece molto piacere a Flynn. Per quanto ne sapeva, il misterioso visitatore poteva avere cattive intenzioni, e nonostante nulla sembrasse mancare, Flynn pensò che fosse meglio mettere al sicuro la casa e gli animali. La casa di Gable non aveva neppure una chiave per chiudere la porta principale, quindi trovare un modo per chiudere il fienile era probabilmente esagerato.

Flynn mise il secchio al suo posto e chiuse la porta, poi tornò a casa.

«Qualche problema con i cavalli?» domandò Gable dal letto in soggiorno mentre Flynn rientrava dentro.

«No, stanno bene. Perché?»

«Sembri preoccupato.»

Flynn si sedette accanto a Gable e gli mise una mano sul ginocchio. «Spero che non succeda loro niente. Quelle puledre valgono un sacco di soldi.»

«Sono sicuro che staranno bene» replicò Gable, mettendo con dolcezza un braccio intorno alle spalle di Flynn.

Flynn si voltò senza sciogliersi dall'abbraccio e, con un po' di incertezza, baciò Gable. Con sua sorpresa, il bacio non solo fu ricambiato, ma approfondito istantaneamente. Flynn lasciò volentieri che fosse Gable a condurre. Fu come un naturale proseguimento di ciò che avevano fatto prima nel fienile, e per Flynn fu piuttosto difficile trattenersi dall'andare troppo oltre. Dopo così tanto tempo senza le carezze dell'altro, il corpo di Flynn stava chiedendo di più e Gable sembrava assecondarlo. L'ambiente si stava scaldando un po' troppo in fretta, così Flynn si tirò indietro.

«Piano, Gabe.»

Gable lo abbracciò più stretto. «Perché non andiamo al piano di sopra? O è troppo presto per dormire?»

Flynn colse il doppio senso, ma decise di non sbilanciarsi troppo per il momento. «Fuori è buio, non vedo perché dovrebbe essere troppo presto.»

Gable sorrise e si alzò, impiegò più tempo di Flynn a salire le scale. Flynn lo aspettò, pulendo la stanza, nel frattempo, per non rendere troppo evidente ciò che voleva. Gable si stava abituando a salire le scale con le stampelle, perciò non ci mise molto.

La tensione non era andata via del tutto, però. Era la stessa tensione che c'era ogni sera quando andavano a letto. Si era un po' allentata dopo le prime volte che Gable aveva fermato Flynn mentre si avvicinava di notte, ormai dormivano ognuno dalla sua parte e il contatto fisico era molto raro, ma Flynn sperava che le cose potessero cambiare. Decise di mostrare un po' di coraggio gironzolando per la stanza con indosso solo i boxer, dopo essersi tolto i vestiti. Non c'era bisogno di guardare Gable per sapere che i suoi occhi lo stavano seguendo anche mentre metteva i pantaloni lunghi del pigiama che doveva indossare dall'operazione.

Visto che Gable non sembrava avere l'intenzione di prendere l'iniziativa, Flynn non ebbe altra scelta se non quella di andare sul suo lato del letto. Stava quasi tremando per l'attesa, però.

«Vuoi...?» domandò Flynn, esitante.

«Sì» rispose Gable, così rapidamente e con così tanta convinzione che si lanciarono l'uno verso l'altro senza preoccuparsi della forza dell'impatto. I loro baci furono intensi e pieni di passione fin dall'inizio, nessuno dei due teneva la bocca chiusa, Flynn non poteva trattenersi dal lasciar scivolare le mani. Afferrò il sedere di Gable e lo strinse a sé, i loro corpi erano avvinghiati, Gable però si tirò indietro.

«Mi dispiace, mi sono lasciato trasportare» si scusò Flynn lasciando la presa.

Gable appoggiò la fronte su quella di Flynn. Stava ansimando. «Non scusarti. Voglio che mi scopi.» Immediatamente, Gable baciò di nuovo il ragazzo per evitare che protestasse, ma questa volta fu Flynn a tirarsi indietro.

«Gabe?» Flynn provò a guardare Gable negli occhi, ma l'altro evitò lo sguardo. Non è che non volesse fare l'amore con Gable; in effetti, era incredibilmente eccitato e il suo corpo lo dimostrava. Flynn, però, non vedeva le stesse reazioni in Gable, quindi si chiedeva il perché di quella richiesta.

«Flynn, per favore. Non voglio arrivare a supplicarti, ho bisogno di sentirti» mormorò Gable prima di baciarlo di nuovo.

Flynn non se lo fece chiedere due volte. Anche lui voleva sentire Gable, voleva ripetere quella notte in cui si erano veramente uniti fisicamente. Era stato in quel letto, e il ricordo era ancora vivido nonostante fossero passati dei mesi.

L'astinenza aveva abbassato notevolmente la resistenza di Gable, le mani di Gable sul suo corpo gli diedero la sensazione che lo stesse facendo solo per incitarlo a sbrigarsi.

«Ok» sussurrò finalmente Flynn, sentendo l'urgenza dei bisogni del suo corpo.

Gable si voltò, sistemandosi su un fianco e dando la schiena a Flynn. Non era una delle posizioni preferite dal ragazzo, ma ricordava quella in cui l'avevano fatto l'ultima volta in quel letto, così tirò fuori il lubrificante dal cassetto del comodino e si avvicinò al corpo di Gable. Gli baciò il collo e lo sentì abbassarsi i pantaloni del pigiama.

«Non perdere troppo tempo, non ho bisogno del lubrificante. Scopami. Per favore.»

La mano di Gable tra i loro corpi chiarì a Flynn quanto lui lo volesse disperatamente, e il ragazzo non intendeva protestare. Si lubrificò l'erezione e la spinse contro l'apertura rugosa di Gable.

«Sì, mi piace» gemette Gable.

Non ci fu sorpresa per Flynn quando scivolò dentro senza difficoltà. Cercava disperatamente di trattenersi dall'affondare nel corpo dell'altro, voleva andare più a fondo. Gable si torse in modo da baciare Flynn, aumentando ancora di più la temperatura. Flynn lasciò vagare la mano sul petto di Gable e poi sul suo ventre, ma fu cacciato.

«No» sospirò Gable con la voce alterata, mentre spingeva il culo per incitare Flynn.

La loro posizione non era il massimo ma rendeva il tutto meno fastidioso per Flynn, che sentiva sempre la mancanza dei baci nella posizione del cucchiaio.

Gable tirò su una gamba. «Coraggio, Flynn, fammi vedere quello che sai fare.»

Flynn diede qualche spinta. Gable gemette e Flynn smise di trattenersi. Il suo corpo stava chiedendo di essere liberato. Gli sembrava di star vivendo un'avventura da una notte, sapeva già che l'orgasmo non sarebbe stato molto soddisfacente. Ascoltò il proprio corpo, stava per giungere al termine, sperò di poter soddisfare anche Gable. Se solo Gable l'avesse lasciato fare.

«Per favore, dimmi che ci sei quasi anche tu» mormorò Flynn riprendendo fiato tra un bacio e l'altro.

Gable non rispose, ma Flynn interpretò come un «no» l'espressione sul suo volto. Gable spinse ancora, Flynn era ormai troppo oltre per fermarsi dal venire. I suoi fianchi diedero ancora qualche spinta di riflesso, avvertì quella tensione familiare crescere nel suo inguine e, pur sentendosi di nuovo egoista, venne.

Come Flynn aveva previsto, quell'orgasmo non fu molto soddisfacente. Stava ansimando per lo sforzo, ma non era quella sensazione che annebbiava la mente dal quanto fosse stato piacevole. Vedere l'espressione triste e sconfitta di Gable completò il quadro. Flynn ebbe come la sensazione che qualcuno avesse aspirato tutta l'aria dalla stanza, all'improvviso. Non riusciva a respirare. Tutto ciò che poté fare fu indietreggiare e scappare, andare fuori.

Flynn uscì dal letto e prese qualche vestito dalla sedia. Uscì dalla stanza, andò giù per le scale, e poi fuori dalla porta di casa. Faceva freddo e c'era buio, ma non gli importava. Aveva bisogno di aria e di solitudine.

«Flynn, vieni dentro. Hai già il raffreddore, non voglio che ti ammali.»

«Torna su. Sto bene.»

«Sono dovuto scendere fino a qui, non intendo tornare su senza delle scuse, ma preferirei se prima rientrassi in casa.»

«Dammi un minuto. Ho bisogno di tempo per pensare.» Flynn starnutì, mettendo in chiaro chi dei due avesse ragione. Era sceso per allontanarsi da Gable, pensando che lui non volesse scendere le scale considerato lo sforzo richiesto, ma si era sbagliato. Faceva un dannatissimo freddo, però, ed era scosso da brividi, cosa che non lo sorprendeva visto che non indossava quasi nulla.

La porta alle sue spalle si aprì di nuovo.

«Se torno su, tu verrai dentro?»

Flynn si voltò verso Gable e annuì. «Resta qui, abbiamo bisogno di parlare.»

Gable sembrò preoccuparsi, Flynn sapeva che quelle parole non avrebbero fatto altro che peggiorare la situazione, ma non aveva scelta. Troppe cose non erano state dette e quella notte era un esempio di ciò. Camminò dentro, Gable tenne la porta come riusciva, reggendosi sulle stampelle. Quando Flynn sentì l'aria calda provenire da dentro rabbrividì violentemente. Voleva gettarsi tra le braccia di Gable, ma non solo non sarebbe stato molto fattibile a livello pratico, avrebbe anche mandato in frantumi le sue intenzioni. Dovevano parlare e ciò significava anche non stare troppo vicini l'uno all'altro.

Fu solo quando oltrepassò Gable che Flynn notò la cerata che aveva portato l'altro. Lanciò all'uomo una breve occhiata piena di gratitudine e la prese, poi la indossò ed entrò.

«Visto che i tuoi vestiti si stavano ancora asciugando...» gli disse Gable, con la voce piena di esitazione. «Dovresti proprio comprarti una di queste. La pioggia scivola via e sono molto calde.»

Flynn si strinse nel cappotto e si sedette sulla sedia accanto al letto degli ospiti, sentendosi scaldare lentamente. Il fatto che l'indumento avesse l'odore di Gable non lo infastidiva.

«Costa tanto» replicò Flynn, pur sapendo di averlo detto solo per parlare di qualcosa di più leggero rispetto a ciò che stavano per affrontare.

Gable alzò le spalle e si sedette sul letto, Flynn pensò che fosse nervoso e che provasse a nasconderlo. Poi l'espressione di Gable cambiò.

«Hai pianto.»

Flynn scosse la testa e si passò la mano sulla faccia. «Fa un freddo cane, fuori» replicò, consapevole di mentire. Gable aveva ragione.

«Mi dispiace. Non volevo farti piangere.»

Fu il turno di Flynn di rispondere con un'alzata di spalle. Non riusciva a guardare Gable negli occhi, tanto meno quando lui si avvicinò un po'. Flynn sapeva che per Gable era difficile mantenere l'equilibrio sporgendosi dal letto per toccarlo, con una sola gamba a trattenerlo dal cascare a terra. Flynn lasciò che Gable gli prendesse la mano ma non gliela strinse.

«Mi dispiace se ho fatto qualcosa che non volevi facessi.»

Flynn scosse la testa. «Lo volevo tanto, Gable. Volevo far l'amore con te, ma volevo che ti piacesse.

Non come questo. Non come è stato.» Fece un gesto per indicare vagamente il piano di sopra.

Gable spinse le loro mani unite verso di lui, inizialmente Flynn resistette, ma non poté trattenersi a lungo. Voleva essere tenuto stretto da Gable e dirgli che tutto sarebbe andato bene, anche se non era vero. Si spostò sul letto, accanto all'uomo. Lasciò che lui lo baciasse, non erano però i baci affamati che avevano portato alla sconfitta di prima, erano teneri, dolci e casti.

«Vorrei poterti dare di più. Voglio sentirti dentro di me, sperando che qualcosa laggiù si svegli, ma non è così. I dottori mi hanno detto che potrei guarire, ma potrei anche non farlo.»

Quando Flynn osò finalmente guardarlo negli occhi, li vide umidi. Mise la mano sulla guancia di Gable, anche se sopra non ci fossero lacrime.

«Pensavo davvero quello che ho detto, Gable. Non me ne sto andando.»

«Meriti un vero uomo» protestò Gable.

«Sei vero e sei esattamente quello di cui ho bisogno» replicò Flynn con convinzione. «Troveremo un modo per risolvere le cose.»

«Meriti di meglio.»

«No, non è vero.» Flynn scosse la testa convinto. «Posso vivere senza sesso, Gable, ma non posso vivere senza questo. Voglio poterti stare vicino, voglio poterti toccare e baciare, senza pensare che non vedi l'ora di allontanarti. Ho bisogno anche di quelle piccole cose che ci sono tra due persone che si amano. Ho bisogno di sapere che vuoi toccarmi, senza pensare che tu lo stia facendo solo per...» Flynn non riuscì a trovare le parole giuste.

«Anche io ne ho bisogno, Flynn.»

«Lo so» Flynn annuì e baciò di nuovo Gable. «Non credere che non mi sia accorto di tutte le volte che mi hai preso la mano nel bel mezzo della notte, credendo che dormissi.»

Fu un sollievo potersi godere quell'intimità senza la tensione causata dalla frustrazione sessuale. Gable aveva insinuato le braccia sotto il pesante cappotto di Flynn e quest'ultimo stava accarezzando la schiena nuda di Gable sotto la maglietta che si era infilato velocemente prima di scendere le scale. Flynn, più che del sesso, aveva bisogno di tutto ciò. Gli stava diventando di nuovo duro e se ne stupì. Non poteva spingerlo via, però. Gli rimase vicino, cercando di ignorare i bisogni del suo corpo.

Ovviamente, Gable se ne accorse.

Interruppero il bacio per riprendere fiato, senza allontanarsi l'uno dall'altro.

«Lascia che me ne occupi» sussurrò Gable contro la tempia di Flynn, per poi lasciar scivolare la mano in mezzo alle gambe del compagno.

«No, va bene. Andrà via.» Flynn spinse via con delicatezza la mano dell'altro.

«Lo voglio, Flynn. Non togliermi anche questo.»

Flynn guardò Gable negli occhi e non vide una sola ragione per non credere a ciò che aveva detto. Fu travolto di nuovo da sensazioni contrastanti, avrebbe voluto poter dare qualcosa a Gable, ma forse lui poteva sentirsi allo stesso modo. Forse, voleva solo dare piacere a Flynn per altruismo.

Non appena Flynn smise di opporre resistenza, Gable interruppe il contatto visivo tirando su la maglietta di Flynn e cominciando a baciargli il petto. Prese a leccargli i capezzoli fino a quando non si indurirono, poi si spostò più in basso, sull'ombelico e sui fianchi. Flynn ce l'aveva duro come un sasso e non gli era per niente semplice trattenersi dallo spingere la testa di Gable verso il suo cazzo. Aveva provato a sdraiarsi e a godersi la sensazione che gli provocava Gable, ma non riusciva a trattenersi dal guardarlo mentre lo faceva, soprattutto dopo che gli tirò giù i boxer. Flynn fu felice nel vedere un sorriso sul volto di Gable prima che gli prendesse il membro in bocca. Non riuscì a trattenere un gemito quando cominciò a succhiargli la colonna carnosa. A Gable piaceva ciò che stava facendo, Flynn lo capiva e ciò contribuiva ad aumentare il suo piacere. Stava lentamente mandando via la sensazione di essere un egoista per lasciare che Gable lo soddisfacesse in quel modo. Gable sapeva bene ciò che stava facendo e Flynn era certo di non durare a lungo. Flynn, istintivamente, divaricò leggermente le gambe e Gable, in risposta, cominciò ad accarezzargli le palle, massaggiandogli la porzione di pelle particolarmente sensibile dietro di esse. Flynn affondò le dita nel materasso, aveva le nocche bianche per la forza che esercitava. Stava facendo un sacco di rumore ma non gli importava. Si sentiva bene, non aveva intenzione di trattenersi. Quando il dito di Gable scivolò nella sua entrata, Flynn ruggì e si tirò su, incapace di resistere dallo spingere nella bocca di Gable e venire violentemente.

Dopo, Flynn sentì solo la pesantezza del corpo di Gable contro il proprio e un asciugamano sul corpo. Si mosse istintivamente in quell'abbraccio caldo, la sua bocca fu catturata da quella di Gable e sentì il sapore del suo stesso seme.

«Non mi pare di aver mai fatto svenire un amante, prima.»

Flynn aprì gli occhi lentamente e guardò dritto il sorrisetto compiaciuto di Gable.

«Non sono svenuto» si difese lui. «È stato solo... molto intenso.»

Gable strinse Flynn più stretto facendogli sentire il calore dell'amore che provava. Sarebbe rimasto così per l'eternità.

«Grazie» mormorò Flynn.

«Per cosa? Non pensare neanche per un istante che non sia piaciuto anche a me.»

Nonostante Flynn non fosse certo di poter credere alle parole di Gable, era stanco ed era notte fonda, così si rannicchiò in quel caldo abbraccio e si addormentò.

CAPITOLO
DICIOTTO

«Dovresti restare dentro, Flynn» commentò Gable dopo il quarto starnuto del ragazzo da quando si era seduto in cucina per fare colazione.

«No, sto bene» rispose Flynn, il suo naso sembrava proprio tappato. «È solo un raffreddore, i cavalli hanno bisogno di me.»

Gable sollevò un sopracciglio ma non aggiunse altro. Sapeva di non poter avere la meglio quando Flynn si metteva in testa qualcosa. Se Flynn fosse stato malato quanto suggerivano i suoi occhi rossi, sarebbe tornato dentro dopo aver fatto lo stretto necessario della manutenzione e dopo essersi assicurato che i cavalli stessero bene. Non c'era motivo per cui non fosse così. Non erano cavalli da corsa viziati, ma cavalli da lavoro robusti e abituati a stare all'aperto. «Almeno, indossa la mia cerata. È più calda del tuo cappotto, e visto che piove di nuovo...» Gable non finì la frase.

«Ok» concesse Flynn.

Gable sorrise. Il fatto che Flynn fosse fuori casa aveva i suoi benefici. Stava cercando di rafforzare un po' il suo corpo, prima di chiamare Craig, sapeva che il fisioterapista gli avrebbe fatto un lungo discorso su quanto avesse aspettato prima di chiamarlo. Si sentiva finalmente pronto per muoversi ma sapeva di non poterlo fare da solo. Voleva solo evitare di alimentare troppo le speranze di Flynn. Almeno, non ancora.

«Lavo io i piatti» si offrì Gable dopo che Flynn ebbe quasi finito di mangiare.

«Sei sicuro?» domandò Flynn, scettico.

«Certo» Gable fece spallucce, cercando di sembrare deciso. «Sai bene che ho imparato a muovermi sulle stampelle, ormai. Se posso camminare fino al fienile, posso mettere a posto la cucina.»

Flynn non sembrò del tutto convinto ma lasciò perdere comunque, indossò la cerata di Gable prima di uscire. Gable si alzò non appena il ragazzo ebbe chiuso la porta alle sue spalle, lo guardò scomparire nel fienile. Poi si posizionò tra il tavolo della cucina e il lavandino e cominciò a lavare i piatti.

Gli servì più tempo di quanto ne impiegasse prima dell'operazione, Flynn aveva spostato alcuni oggetti, come il detersivo e gli asciugamani, ma non ci mise comunque molto. Dopo un breve sguardo per assicurarsi che Flynn non fosse nei dintorni della casa, Gable si mise sul letto e iniziò a fare piegamenti e addominali. Aveva cominciato a farli qualche giorno prima e diventava più facile ogni giorno. Prima dell'incidente faceva anche delle flessioni per rafforzare braccia e schiena, stava lentamente ritrovando l'equilibrio pur reggendosi su un solo piede. Era sicuro che chiamare Craig gli sarebbe valso qualche buon consiglio.

Il primo giorno che aveva preso a fare gli esercizi, Bridget lo fissava come confusa da quelle azioni così strane, ormai si limitava ad alzare lo sguardo quando lui cominciava per poi risistemarsi sul pavimento con la testa appoggiata alle zampe davanti.

Ora che aveva preso la decisione di riprendere a vivere, gli sembrava che tutto stesse accadendo troppo lentamente. Voleva lavorare di nuovo fuori, cavalcare un cavallo e passare del tempo nei pascoli con la mandria. Voleva anche aiutare Flynn nell'allevamento dei cavalli. Sapeva che ci sarebbe voluto del tempo per riprendersi completamente, per essere capace di cavalcare un puledro giovane e capriccioso. Non era semplice, doveva avere molto autocontrollo per essere tollerato dai cavalli più giovani. Fino a quando non avesse potuto farlo di nuovo, avrebbe voluto stare con Flynn per aiutarlo a fare qualsiasi cosa per cui servisse il suo aiuto. Gable sperava che Flynn accettasse le sue indicazioni. Era vecchio, dopotutto, e addestrava i cavalli da quando era grande abbastanza per cavalcare, quindi da prima di Flynn.

Quell'impazienza improvvisa non diede frutti, però. Quando chiamò Craig, il terapista scoppiò a ridere e scherzò sul fatto che gli fosse tornato un po' di senno, insistette poi affinché Gable andasse in città per la protesi temporanea che avrebbe dovuto portare prima della riabilitazione. Era qualcosa di impossibile da fare al ranch. Il problema era che Gable non voleva ancora dirlo a Flynn.

Gable voleva trovare un modo per tenere il ragazzo lontano dal ranch, così avrebbe potuto chiamare Calley e chiederle di essere portato in città. Non adorava chiedere aiuto agli altri, ma per il momento doveva mettere da parte l'orgoglio.

Gable aveva già preparato la cena quando Flynn tornò finalmente a casa. L'aveva visto correre dal fienile, la pioggia gli cadeva sul cappello e fino al fondo del cappotto, Gable andò ad aspettarlo nell'ingresso. Quando l'uomo aprì la porta, vide Flynn rabbrividire.

«Vieni dentro. Il fuoco è acceso, faresti meglio a farti subito una doccia bollente o ti ammalerai ancora di più» lo avvertì Gable.

Flynn starnutì prima di poter rispondere, così Gable scosse la testa e lasciò che si togliesse gli indumenti bagnati prima di entrare.

«Che buon profumo!» osservò Flynn dopo aver seguito Gable in cucina.

«So pelare le patate e bollirle, idem con le verdure. So anche grigliare una bistecca, ma temo che tu debba pensare a tutto il resto» gli disse Gable, sorridendo. Accettò senza problemi il bacio di Flynn. «Ora sali le scale e vai a scaldarti, sarai congelato.»

Quando Flynn tornò dieci minuti dopo, aveva indosso vestiti asciutti e i ricci bagnati gli ricadevano ovunque. Sembrava anche un po' rosso in volto. Gable aveva il dubbio che avesse usato la doccia come occasione per soddisfare un bisogno urgente. Nonostante fosse tentato dallo scherzarci sopra, non lo fece. Si limitò a sperare che il tempo migliorasse presto, in questo modo Flynn avrebbe potuto fare la doccia fuori e farsi osservare. Inoltre, se lui avesse acquistato un po' di mobilità in più, l'avrebbe potuto seguire su per le scale dopo aver sentito l'acqua scorrere.

Flynn andò dietro a Gable e lo abbracciò. «Aggiungi un po' di sale e pepe» suggerì, guardando oltre la spalla di Gable, riferendosi al cavolo che stava cuocendo nella pentola. «Ci vorrebbe anche un po' di succo di limone. Vado a prenderlo.»

«No, resta» gli disse Gable con tono scherzoso, circondando il corpo di Flynn con le braccia per trattenerlo lì.

Prima, Flynn sembrò assecondarlo, stringendo Gable a sua volta, poi lo lasciò andare. «Tornerò, mi piace come cucini.»

Andò a prendere un limone dal frigo e lo tagliò a metà con l'aria di chi lo sapeva fare da una vita. Poi lo spremette sul cavolo, la mano sotto per raccogliere eventuali gocce cadute dal frutto. La padella sfrigolò, ma l'aroma era fantastico. Prese anche uno spicchio d'aglio e cominciò a tagliarlo.

«Sai, prima che venissi qui non avevo tutta questa roba in cucina» osservò Gable.

Flynn rise. «Mi ricordo ancora com'era la tua cucina il giorno che sono arrivato.» Fece spallucce in maniera piuttosto teatrale. «Non era il genere di posto in cui ero abituato a cucinare. Anzi, è già sorprendente che tu non ti sia avvelenato.»

«Beh, non è l'unica cosa che hai cambiato nella mia vita» disse Gable, voltandosi verso l'altro.

Flynn lo guardò negli occhi e si spostò verso di lui. Gable si aspettava un bacio, ma il ragazzo si limitò a ronzargli intorno. «Ti renderò una brava mogliettina.»

Gable alzò un sopracciglio e si tirò indietro. «Che vorrebbe dire?»

L'altro sorrise, incapace di restare serio. «Stai già cucinando. Presto potrai fare le pulizie, e potrai anche lavare i vestiti.»

«Ho sempre lavato i vestiti» si difese Gable.

«Ok, te lo concedo» disse Flynn. «Allora, ti limiterai alle pulizie?» lo provocò.

Gable brontolò e usò una delle stampelle per avvicinarsi la testa di Flynn e baciarlo.

«Mmmh, mi piace quando ti arrabbi» ammise Flynn dopo che Gable lo ebbe lasciato andare. «È una di quelle cose che ti fa sentire al top.»

«Chi ha bisogno di sentirsi al top quando ci sei tu?» scherzò lui.

Flynn si appiccicò al corpo di Gable. «A volte, i cambiamenti non mi dispiacciono.»

«Me lo dovrò ricordare» replicò lui, sporgendosi verso Flynn per baciarlo di nuovo.

All'improvviso, Flynn si allontanò. Spinse via Gable facendolo quasi vacillare.

«Dannazione, abbiamo rovinato il cavolo. Sapevo che sarebbe successo.» Rise e tolse la padella dal fuoco, la mise nel lavandino e aprì il rubinetto per raffreddarla.

«Possiamo sempre aprire un barattolo di fagioli» suggerì Gable.

«Siamo senza speranza, eh?» domandò Flynn.

Gable si avvicinò e fu felice nel vedere un vago sorriso sul suo volto. «Forse lo siamo, ma almeno possiamo esserlo insieme?»

Flynn annuì. «Sì, almeno lo saremo insieme.»

Per via del piccolo incidente in cucina, la cena fu decisamente più da scapoli del solito, ma nessuno dei due sembrava crucciarsene.

«Stavo parlando con Hunter» disse Gable con aria indifferente addentando un bel pezzo di bistecca. «Sta mettendo insieme un bel gruppo di cavalli, credo che ne voglia vendere qualcuno e gli ho suggerito di chiedere a te. A meno che tu non stia troppo male, chiaro.»

«Non sto poi così male» rispose rapido Flynn. «'Sto raffreddore se ne andrà via in un paio di giorni, posso lavorare. Quando avrebbe bisogno di me?»

A Gable fece piacere vedere Flynn così convinto. Dovette provare a non sembrare troppo felice, però.

«Dopodomani. Avrà bisogno di te per la maggior parte del giorno. Si era offerto di mandare qualcuno ad aiutare qui ma gli ho detto che me la sarei potuta cavare.» Gable guardò Flynn con la coda dell'occhio per osservare la sua reazione, ma il ragazzo sembrò non reagire. In realtà, aveva chiamato Hunter per chiedergli un favore. Conosceva bene quell'uomo, il suo ranch era enorme ed era sempre a corto di mani capaci. In quel periodo, poi, visto che l'inverno era quasi finito, stavano spostando le mandrie in altri recinti, quindi erano ridotti all'osso. Era una piccola bugia, ma Gable voleva mantenere il suo segreto ancora per un po'.

Due giorni dopo, Gable chiamò Calley non appena Flynn se ne fu andato. Era l'unico giorno in cui non era sola nel negozio, quindi aveva la possibilità di andarsene per qualche ora.

«Felice di rivederti nel mondo dei vivi!» osservò Calley mentre erano in macchina in città. «Hai un bell'aspetto, Flynn si sta prendendo cura di te come si deve.»

«So badare a me stesso, ti ringrazio» rispose rapido Gable, poi si rese conto di essere sembrato un po' troppo duro. «Stiamo bene» la rassicurò. «Lui si occupa di me, ma è tempo che ricominci a prendermi cura di me stesso.»

Calley alzò un sopracciglio e guardò Gable con la coda dell'occhio, dopo un istante ritornò a guardare la strada. Ripiombarono nel loro abituale silenzio, con Gable che osservava incessantemente fuori dal finestrino. Ci volle un po' di tempo in macchina, ma nessuno dei due sentì il bisogno di riempire quel silenzio con le chiacchiere.

«Posso farcela» disse Gable quando Calley lo lasciò di fronte all'entrata dell'ospedale. «Sono sicuro che sarebbe meglio se andassi a fare shopping, piuttosto che restare ad aspettarmi qui.» Poteva essere vero per moltissime donne, Gable sapeva però che Calley non era una di loro. Inoltre, con lei era meglio non mettersi a discutere. «Mi passi a prendere tra circa due ore?»

Calley lo guardò irritata, ma annuì e andò via con la macchina. Gable sapeva di doversi far perdonare in qualche modo, ma non gli avrebbe tenuto il broncio. Ne avevano passate troppe per ridursi a quel punto.

Non appena Calley fu fuori dal campo visivo di Gable, l'uomo si voltò e si diresse verso l'entrata dell'ospedale. Era un luogo piuttosto grande, diverse volte si ritrovò a doversi fermare per riprendere fiato e calmare il dolore che gli provocava la gamba. Imprecava tra sé ogni volta che si ritrovava a fronteggiare i limiti del proprio corpo, quando capì d'aver sbagliato strada in quella sorta di labirinto si concesse la possibilità di sedersi per qualche istante in un'area d'aspetto. Era già in ritardo per l'appuntamento con Craig, ma aveva davvero bisogno di qualche momento per riprendersi. Dall'altra parte della stanza una ragazzina magra e pelata in sedia a rotelle gli sorrise, subito il suo umore migliorò. Perché si stava sentendo così giù? Aveva perso un piede, avrebbe dovuto imparare di nuovo a camminare, ma per il resto la sua salute era tutt'altro che pessima. Quella bambina, probabilmente, stava morendo per qualche malattia grave e non sarebbe più uscita dall'ospedale, eppure trovava comunque la forza per sorridere a un estraneo. Gable ricambio il sorriso e gli occhi della ragazzina si illuminarono. Gable la salutò, e lei scosse il braccio della madre per dirle di quello strano uomo che la stava salutando dall'altra parte della stanza.

Gable si alzò e le fece l'occhiolino. Zoppicò fino al banco della reception e chiese indicazioni per il reparto di riabilitazione, che scoprì essere giusto dietro l'angolo.

Craig fu felice di vederlo, ma come Gable aveva previsto, cominciò a fargli una predica.

«I muscoli si stanno rovinando, amico» lo avvertì Craig. «Il tuo ragazzo non ti ha detto niente? Scommetto che non hai più un bel culo simmetrico.»

Gable socchiuse gli occhi ma non reagì. Craig era sempre stato un po' sfacciato, ma era anche un buon terapista e sapeva come farlo impazzire a tal punto da spingerlo a dimostrargli di sbagliarsi. Inoltre, Gable stava in piedi tra due sbarre e Craig gli era alle spalle, toccandolo in un sacco di punti poco appropriati.

«Ti sei impegnato, però?» domandò Craig entrando nel campo visivo di Gable. Stava muovendo le sopracciglia, gesto che spinse Gable a spostare lo sguardo.

«Sì» rispose Gable, incapace di nascondere il piacere che provò nel vedere che Craig se n'era accorto. Nonostante fosse completamente vestito, lo sguardo del terapista fisso sul suo corpo lo fece sentire piuttosto imbarazzato. Gli fece anche prendere consapevolezza riguardo al dottore. Scosse la testa, quell'uomo non era nemmeno il suo tipo. Qualche anno prima, quando era solito andare fino in città per abbordare qualcuno e scopare, avrebbe potuto prendere in considerazione un tipo come Craig. Ma in quel momento, non l'avrebbe fatto neppure con il corpo nel pieno delle forze.

«Devi impegnarti di più» disse Craig impassibile, riportando Gable con i piedi per terra.

«Bene, pensiamo al gesso, così potremo farti una protesi temporanea e a quel punto ti darò una lista di esercizi da fare.»

Gable annuì. Non era quello che sperava, ma non sarebbe scappato. Almeno non quando aveva appena deciso di mettercela tutta.

Gable tornò a casa solo nel tardo pomeriggio. Aveva portato Calley fuori a pranzo per mantenere dei buoni rapporti e per togliersi dalla testa quanto accaduto quel mattino. Il gesso era stato uno scontro considerevole con la realtà, Craig aveva esaminato attentamente la gamba e l'avevano poi guardata insieme, gli aveva spiegato come sarebbero state le cose dopo aver messo la protesi. Gli aveva suggerito di non strafare e stare molto attento a evitare ferite o lesioni nella zona, doveva mantenere la gamba in perfetto stato. Nonostante Craig fosse felice per come Gable stava guarendo, per lui fu difficile guardare ciò che era rimasto della sua gamba. Era passato del tempo da quando aveva perdonato Flynn e Calley per il consenso per l'operazione ma non significava che confrontarsi con il risultato fosse più facile.

Gable capì di essere stanco morto solo una volta arrivato a casa. Doveva pensare alla cena, Flynn sarebbe tornato a casa piuttosto stanco, ma in quel momento non ne aveva le forze, così si stese sul letto nel soggiorno e presto si addormentò.

Furono dei rumori a svegliarlo, fuori si stava facendo buio. Quando Flynn entrò nella stanza, a Gable sembrò tutt'altro che di buon umore.

«Tutto ok?» domandò Gable con cautela.

«Sì, certo» rispose piattamente Flynn. «Che c'è per cena?» Non aspettò una risposta e salì le scale.

Gable suppose che si stesse per fare una doccia, così si alzò dal letto e andò in cucina con le stampelle.

Quando Flynn tornò al piano di sotto, le patate avanzate dal giorno prima stavano friggendo nella padella e Gable stava aggiungendo qualche verdura, aveva due uova pronte. «Le omelette ti vanno bene?» domandò al ragazzo che annuì. «Faresti bene ad aggiungere il condimento, però» aggiunse Gable, cercando di sembrare un po' più sollevato rispetto a Flynn.

Flynn non sorrise, ma rimase accanto a Gable, che lo guardò mentre aggiungeva sale, pepe e un pizzico di peperoncino di Cayenna. Flynn, comunque, o lo stava ignorando o era immerso nei suoi pensieri.

«Allora, com'è andata da Hunter?»

Flynn gli lanciò un'occhiata severa.

«Dev'essere stato bello lavorare di nuovo in un ranch così grande, no?» domandò Gable, cercando di spingere Flynn a lasciarsi andare.

Flynn sospirò e si voltò verso Gable. «Perché mi hai mandato lì?»

Gable scosse la testa come se non avesse idea di dove Flynn volesse arrivare. In realtà, era piuttosto preoccupato.

«Sembravano sorpresi di vedermi. Non fu facile per loro trovarmi qualcosa da fare, mi trattavano come se lavorassi da pochi giorni. Abbiamo spostato qualche cavallo, riparato qualche briglia e spalato un po' di letame. Contento?»

Gable sentì la rabbia scorrere nelle parole del ragazzo. Dannato Hunter! Non poteva biasimarlo per quanto fatto, però. Doveva scusarsi con Flynn.

«Mi dispiace, io...»

«Perché volevi che fossi lontano dal ranch, Gable?» Flynn lo interruppe. «Sono il tuo compagno,

Gable. O almeno pensavo di esserlo, considerando tutto ciò che abbiamo passato. Cosa sta succedendo? Stai tornando con Grant?»

Gable era esterrefatto. «Di cosa diavolo stai parlando? Cosa c'entra Grant?»

«Grant lavora al ranch di Hunter.» A Gable sembrò che Flynn stesse perdendo la calma, così si avvicinò. «Beh, ho avuto un sacco di tempo per pensare mentre spalavo il letame nelle stalle di Hunter, così mi sono fatto un'idea del perché mi volessi via da qui. Gable, Grant è stato qui, vero?»

«Flynn?» lo chiamò Gable, ma il ragazzo era fuggito fuori prima che potesse rispondere.

«Non vedo Grant da quando mi ha lasciato, Flynn» disse Gable fuori dalla porta, mentre guardava il ragazzo sulla veranda. I capelli di Flynn erano ancora bagnati per via della doccia e fuori faceva piuttosto freddo. «Andiamo dentro a parlare, altrimenti rischi di ammalarti di nuovo.»

Flynn non si spostò di un centimetro.

«So che è venuto all'ospedale solo perché me l'hai detto, non me lo ricordo neppure, figurati. Te lo giuro, da allora non l'ho mai più visto.»

Flynn deglutì, sembrava un po' più calmo. Gable sperava che si decidesse a entrare.

«Allora perché mi hai mandato via dal ranch, oggi?»

La voce del ragazzo era tranquilla, ma il suo sguardo era ancora serio.

Gable pensò di dover dire a Flynn la verità e rivelare quella piccola bugia bianca. «Sono stato in ospedale, oggi.»

«Perché?» domandò Flynn, voltandosi verso Gable. Improvvisamente, il volto di Flynn si riempì di preoccupazione. «Va tutto bene?» Flynn si avvicinò e cominciò a esaminare Gable con lo sguardo.

«Va tutto bene. Dovevo vedere il dottore solo per un po' di fisioterapia, tutto lì.»

Flynn parve sollevato, un timido sorriso fece capolino sul suo volto. «Ti sta preparando una protesi? Così potrai riprendere a camminare?»

Gable annuì.

«Perché non me l'hai detto? Ti avrei potuto portare io e...» il sorriso di Flynn scomparve. «Sono il tuo partner, Gabe. Perché non me l'hai detto?»

Gable doveva ammettere di non saperlo. Flynn aveva ragione, avrebbe dovuto condividerlo con lui. «Non lo so» ammise con dolcezza. «Avevi tutti i diritti di sapere. Volevo solo...»

«Cosa?» domandò Flynn, nel sentire Gable esitare un po' troppo a lungo.

Gable spostò lo sguardo. «Volevo sorprenderti.»

«Sentirti dire di voler tornare in ospedale sarebbe stata una sorpresa sufficiente, Gable. Sono felice di sapere che tu voglia andare avanti. Vorrei solo essere incluso nei tuoi piani, di tanto in tanto. Avrei voluto condividerlo con te, Gabe. È questo che si fa quando si sta insieme a qualcuno.»

In quel momento, Flynn era piuttosto vicino a Gable e non ci fu sorpresa quando le labbra del ragazzo andarono ad appoggiarsi con dolcezza su quelle di Gable.

«Torniamo dentro, ok?» domandò Flynn.

Quando entrarono, furono accompagnati da un odore di bruciato.

«Così sia» sussurrò Flynn, lasciando cadere l'omelette annerita nella spazzatura. «Non ho intenzione di mangiare di nuovo fagioli. Ora ce ne andiamo in città e ci prendiamo qualcosa dal cinese.»

CAPITOLO
DICIANNOVE

Svegliarsi così vicino a Gable era sempre una sorpresa. C'era qualcosa di incredibilmente virile nel suo odore, inoltre la fine peluria che copriva gran parte del suo corpo e i muscoli tonici di un uomo abituato a lavorare molto, riuscivano sempre a farlo diventare duro a Flynn, tranne quando lo aveva già in quello stato. Per mesi, Flynn si era un po' vergognato di quella reazione fisica, gli sembrava di deridere Gable e i problemi che aveva da quel lato. Flynn si era abituato a risolvere quel genere di voglie sotto la doccia, l'unico posto dove sentiva di avere abbastanza privacy, ma ciò non significava che potesse fare a meno delle carezze di Gable.

Si stavano lentamente scoprendo a vicenda, di nuovo. Durante gli ultimi giorni avevano dormito insieme, vicini, non lo facevano dall'inizio della loro relazione. Ci volle un po' di tempo per Gable per persuadere Flynn e fargli capire che anche lui aveva bisogno del sesso, dell'intimità, della tenerezza, anche se non poteva avere un'erezione e arrivare all'orgasmo. Per Flynn era terribile vedere la frustrazione che ogni tanto riempiva gli occhi di Gable, così cercava di compensare con un sacco di baci e carezze: vedere Gable rilassarsi e sentirsi bene tra le sue braccia era una ricompensa sufficiente per il momento. Flynn lasciava che fosse Gable a prendere l'iniziativa la maggior parte delle volte, aveva smesso di sentirsi in colpa per la propria eccitazione e si limitava a godersi i pompini che gli faceva il suo amante, anche per Gable era piacevole e l'aveva capito.

In cambio, Flynn provava a trovare i punti deboli dell'amato. I capezzoli e l'interno coscia erano ovvi. Le fossette sopra il culo e una certa macchia tra le spalle erano meno scontati, ma il punto preferito da Flynn era il collo di Gable. Amava stare dietro a lui, stringendolo stretto, baciando e leccando il punto in cui i muscoli delle spalle di Gable si univano con quelli in cima alla colonna vertebrale, proprio dove finivano i capelli. Flynn amava l'odore di quella zona e il modo in cui Gable gli si avvicinava sempre di più quando si occupava di quella parte del corpo.

L'ultima notte, Flynn era venuto in quel modo, il suo cazzo dolorante stava ricevendo la frizione necessaria tra le natiche di Gable, che spingeva indietro mentre Flynn lo baciava e giocava con i suoi capezzoli. Gable stava gemendo ed era chiaramente soddisfatto da ciò che stava facendo Flynn. Per un momento, Flynn pensò che Gable stesse fingendo per farlo eccitare, poi fu travolto dall'orgasmo, ogni pensiero coerente fu spazzato via. Si addormentarono in quel modo, vicini, Flynn soddisfatto e con la mente annebbiata, Gable con un sorriso fiero sul volto.

Flynn fu lentamente svegliato dalla prima luce del mattino. Gable era ancora tra le sue braccia, la schiena appoggiata al petto di Flynn, respirava in maniera regolare. Flynn desiderò che quel momento durasse per sempre, ma dopo qualche istante si svegliò anche l'altro.

«Mmmh» bofonchiò Gable, muovendo la mano all'indietro per andare a toccare la pelle nuda di Flynn. «È ora di alzarsi?»

«Dammi solo un momento o due.» Flynn si strinse ancora di più al corpo dell'amato, perfettamente consapevole dell'erezione mattutina che stava premendo contro il culo di Gable.

«Scopami.»

«Cosa?» domandò Flynn, ormai perfettamente sveglio.

«Scopami, amami» rispose Gable, gli occhi ancora chiusi. «Ce l'hai durissimo. Non sprechiamo questa erezione.» Si avvicinò un po' a Flynn in modo da baciarlo.

«Non è andata molto bene l'ultima volta, ricordi?» gli fece notare Flynn.

Gable fece ruotare il busto in modo da poter mettere le braccia intorno a Flynn. Solo a quel punto, aprì gli occhi. «Lo so, me lo ricordo, ma mi era piaciuto, Flynn. Mi piacerebbe averti di nuovo dentro. La scorsa notte, quando abbiamo fatto l'amore e sei venuto strusciandoti sul mio corpo in quel modo, l'unica cosa che sono riuscito a pensare è che mi piacerebbe che mi venissi dentro.»

«Ma... dev'essere frustrante per te» rispose Flynn, calmo.

Gable lo baciò di nuovo. «Non ho le stesse aspettative che avevo l'ultima volta. Le cose potrebbero non tornare mai come prima, Flynn, e non voglio smettere di fare l'amore con te. A meno che non sia tu a volerlo, certo.»

L'incertezza nella voce di Gable fece capitolare Flynn. «Non c'è nulla che io voglia più del far l'amore con te, ma mi sembra sempre di approfittare di te. Anche l'ultima notte...»

«Sssh» lo interruppe Gable. «Lascia che sia io a giudicarlo.»

«Ma io so... quello che provi per me» disse Flynn con un po' di esitazione. «Questo vorrebbe dire che potresti farlo solo per... darmi piacere.»

Gable si voltò completamente in modo da fronteggiare Flynn. «Non ti amo *così* tanto.»

La durezza di quelle parole spinse Flynn a guardare Gable negli occhi, capì di avere davanti una faccia che non corrispondeva a quanto detto. Sembrava dolce, amorevole, anche se vagamente canzonatorio.

«È spaventoso, Flynn» continuò Gable. «Staresti con me anche se non potessi...?» non finì la frase. Sapevano entrambi di cosa si stava parlando e dirlo esplicitamente l'avrebbe reso ancor più reale. «Ma non ti chiederei di scopare se non lo volessi. So che tu ti... masturbi sotto la doccia.» Gable piegò la testa e distolse lo sguardo da Flynn. «Preferirei di gran lunga se le seghe te le facessi davanti a me.»

«Gable!»

«È così» confessò lui. «Perché nasconderlo? Ogni tanto ci penso, perché non dovresti?»

«Perché è imbarazzante!» rise Flynn.

«Masturbarsi?»

«Sì» ammise Flynn.

Gable sperava che Flynn si decidesse a guardarlo. «Solo perché non ci riesco, non vuol dire che non mi ecciti. Vederti mentre ti dai piacere sarebbe molto meno frustrante di sapere che appena puoi ti infili nella doccia.»

Gable raggiunse il comodino e prese il lubrificante dal cassetto. Aprì il tappo e si offrì di metterne un po' sulla mano di Flynn.

Flynn esitò prima di porgere la mano. Era una strana idea, masturbarsi di fronte al proprio partner. Il sesso era una cosa, ma masturbarsi? Si sentiva come ai tempi del liceo. Si ricordava ancora dei pomeriggi d'estate: dopo aver fatto tutto ciò che doveva fare se ne andava nel fienile con Davy, il suo migliore amico. Si masturbavano e facevano delle gare per vedere chi riusciva a venire più in fretta e a schizzare più lontano. Anche allora, avrebbe voluto che Davy gli toccasse il cazzo per poi poter ricambiare, ma non l'avevano mai fatto. Non si erano neanche baciati. L'ultima volta che aveva sentito parlare del suo amico aveva saputo che si era sposato e aveva avuto una miriade di bambini. Erano solo giochetti da ragazzi, non cose da fare con il proprio partner.

Gable gli diede una pacca d'incoraggiamento. «Dai, fai un tentativo. Se non ti dovesse piacere non lo rifaremo.»

Flynn accettò il lubrificante e si strofinò le mani per scaldarle. Poi avvolse il cazzo con la mano, era già duro a metà. Cominciò a massaggiarlo con delicatezza. Doveva ammetterlo: era piacevole. Nonostante fosse abituato al fare tutto ciò, avere gli occhi di Gable puntati addosso rendeva il tutto più interessante. Proprio quando cominciò a pensare un po' troppo, Gable si sporse in avanti per baciarlo con dolcezza, provocandolo.

«Sai, è bello vederti mentre ti tocchi così» mormorò Gable a pochi centimetri dalla bocca di Flynn, istigandolo ancora di più. «Vacci pure con calma. Fammi vedere ciò che ti piace.»

«Sai molto bene quello che mi piace» replicò Flynn.

«Mmmh» concordò Gable. «Ma è sempre diverso vedere le cose messe in pratica.»

Flynn chiuse gli occhi e provò a godersi ciò che stava facendo senza guardare il volto di Gable. Era una distrazione troppo grossa, inoltre sentiva costantemente la bocca di Gable vicina alla sua e il respiro sulla pelle.

Poi Flynn sentì il rumore del tappo del lubrificante. Quando finalmente osò aprire gli occhi, Gable aveva una mano dietro alla schiena.

«Lo stai facendo per me?» domandò Flynn, incerto.

«Ti avevo detto che volevo che mi scopassi. Solo perché non posso... beh, sai, non vuol dire che non possa eccitarmi, e vederti mentre ti tocchi mi eccita un sacco.»

Il respiro di Flynn divenne più veloce. Cazzo, sì, naturale che voleva scopare Gable! Era certo, lo era sempre stato. Aveva tenuto duro dopo l'ultimo disastro, ma ora Gable lo stava provocando davvero pesantemente e le sue resistenze stavano crollando. Continuò a masturbarsi mentre spinse Gable a distendersi sulla schiena.

Gable cambiò istantaneamente la posizione della mano e aprì le ginocchia, dando a Flynn lo spazio per sistemarsi in mezzo. «Fallo, vienimi dentro. Sono pronto per te.»

Flynn provò a ignorare il membro flaccido di Gable e decise di concentrarsi sul respiro rapido dell'altro e sulle sue parole di incoraggiamento.

«Ti voglio dentro di me. Sono pronto. Flynn, per favore.»

Sentire Gable che lo supplicava spazzò via le ultime resistenze di Flynn. Posizionò il cazzo all'entrata di Gable e si spinse dentro con facilità.

«Nnngh» grugnì Gable. «Cazzo, sì, è fantastico!»

Flynn annuì e si spinse in avanti per baciare l'altro mentre cominciava a muoversi avanti e indietro. Era bellissimo sentirsi così vicini, l'uno nelle braccia dell'altro, guardandosi in faccia e baciandosi mentre si faceva l'amore. Si sentiva cullato e protetto, i versi di

Gable e le parole di incoraggiamento gli stavano annebbiando la mente, sempre di più.

«Fantastico» mormorò Gable. «Ci sono quasi. Non fermarti.»

Sentendo quelle parole, Flynn si fermò. «Cosa?» Si alzò e guardò in mezzo ai loro corpi.

Gable lo afferrò dietro al collo e lo tirò giù. «Cazzo, non fermarti. Scopami. Fammi venire, per favore.»

Gable lo baciò quasi con violenza, Flynn non poté fare altro se non accontentarlo. Sentirsi supplicare in quel modo l'aveva eccitato ancora di più, doveva solo obbedire al suo corpo e stantuffare dentro e fuori come un pazzo. Non aveva idea di quanto sarebbe durato ma fu bello perdere anche l'ultimo briciolo di lucidità. All'improvviso il volto di Gable cambiò e inarcò la schiena contro il letto con una forza incredibile. Flynn sentì l'orgasmo caldo e appiccicoso di Gable tra le loro pance e non poté trattenersi dal guardare.

«Sei venuto?»

Gable stava ansimando troppo per rispondere, ma comunque annuì.

«Non ce l'hai nemmeno duro.»

Gable scosse lentamente la testa. «È stato comunque fantastico.»

Flynn si spinse fuori dal corpo di Gable. «Non sei ancora venuto?»

Flynn scosse la testa con un sorriso provocatorio e si mise altro lubrificante nella mano, poi si mise a cavalcioni di Gable. «Mi hai colto di sorpresa e... mi avevi chiesto di farmi una sega per te, vuoi ancora che me la faccia?»

«Cazzo, sì» rispose Gable con la voce annebbiata dal piacere.

Flynn cominciò lentamente a masturbarsi il membro completamente eretto. Non era abituato a mettersi in mostra in quel modo, ma vedere Gable mordersi le labbra mentre lo guardava senza nascondere il piacere gli fece venir voglia di esagerare un po' la cosa. Stava muovendo i fianchi, come per scoparsi il pugno. Gli stava diventando sempre più duro. Gable si prese le natiche e cominciò a massaggiarsele a tempo con i movimenti di Flynn, quel gesto fece impazzire ulteriormente il ragazzo. Voleva venire, lo voleva disperatamente, sentì quel tipico formicolio all'inguine, aumentò un po' il ritmo e contrasse i muscoli dell'addome fino a sentirsi travolgere dall'ondata di piacere, per poi lasciarsi andare tra le braccia di Gable.

Flynn non si rese conto di quanto restò lì, ansimando, con Gable che lo coccolava con dolcezza. Si accorse a malapena di Gable che lo puliva, si sentiva al sicuro, al caldo e arrivò addirittura ad addormentarsi. Quando si svegliò, la luce del sole stava filtrando dalle tende e aveva di fronte gli occhi blu di Gable.

«Ehi, dormiglione.»

«Mi dispiace» si scusò Flynn.

«Per cosa? È stato fantastico, poi ti sei addormentato e l'ho fatto anch'io, ora siamo di nuovo svegli.»

«Che ora è?» domandò Flynn, anche se in realtà non era importante. Dovevano alzarsi in ogni caso, lui però non aveva alcuna voglia di farlo.

«Boh, mezzogiorno?» rispose Gable senza pensarci troppo.

«Cosa?» disse Flynn alzando la voce e tirandosi su. Saltò fuori dal letto e cominciò a vestirsi. «Maledizione, dobbiamo alzarci e andare a lavorare!»

Gable non si mosse di un centimetro. Si mise a sedere con il sorriso sul volto, osservando Flynn. «Torna a letto, Flynn.»

«Ci sono cavalli che hanno bisogno di noi, stalle da cui spalare il letame, pelle da ungere, recinti da riparare e... e...»

Gable rise. «I cavalli non sanno l'ora, tesoro. A loro non importa quando ti fai vedere, fino a quando hanno acqua e erba fresca non importa neanche *se* ti fai vedere.» Uscì dal letto e prese la mano di Flynn. «Io, invece...»

Flynn, riluttante, si lasciò convincere e trascinare nel letto. Il bacio implacabile di Gable distrusse ogni resistenza.

«È come se... avessi liberato una belva, non credi?» domandò Flynn non appena interruppero il bacio.

«Oh, non saprei» replicò Gable facendo l'innocente. «Spero che dopo il riposino tu sia tornato in forma!»

Flynn fece roteare gli occhi e sorrise, poi lanciò via la maglietta che aveva preso e tornò di nuovo sotto le coperte.

CAPITOLO
VENTI

«Se avessi saputo che sarebbe stato così facile ti avrei chiamato settimane fa.» Gable rise, guardando Craig dalla veranda. Aveva le stampelle, un tipo più corto rispetto a quelle che era abituato a usare.

«Non esultare ancora. Stai a malapena mettendo del peso sulla protesi» rispose il terapista accucciato per terra, allineando i piedi di Gable.

«Io... dannazione!»

«Te l'avevo detto.» Craig riuscì a malapena a trattenere una risatina. «Dovrai prendertela con calma. Ora, piega le ginocchia lentamente.»

«Come diavolo dovrei farlo?» domandò Gable, burbero.

«Devi rilassare la gamba e spingere lentamente sul ginocchio» gli rispose Craig.

Gable traballò un po' e non gli fu facile mantenere l'equilibrio.

«Dai, Gable» lo incitò Craig. «Concentrati. Sei andato in giro sulle stampelle per mesi, non può essere molto più difficile.»

In quel momento, Gable alzò lo sguardo dopo aver sentito un rumore, e vide Flynn correre verso la casa.

«Tutto ok?»

Flynn gli sfrecciò accanto ed entrò in casa. Dopo pochi istanti uscì tenendo in mano il fucile di Gable.

Prima che uno dei due sulla veranda potesse reagire, Flynn stava correndo di nuovo verso il fienile.

«Ma che cazzo...» mormorò Gable prima di partire verso Flynn, traballando sulle sue nuove stampelle.

«Ehi!» urlò Craig. «Vacci piano con quella gamba!» In un attimo divenne la terza persona che correva verso il fienile.

«Flynn?» chiamò Gable non appena fu arrivato a destinazione, ansimando. «Flynn?»

«Sono qui» disse lui a voce bassa.

Gable lo raggiunse dove era situata la scala che portava alla parte superiore del fienile. Flynn stava puntando il fucile verso due uomini dall'aria familiare, che come in un western erano fermi con le mani alzate.

«Hunter» disse Gable con un cenno. «Grant» disse poi con un altro tono di voce. «Posso chiedervi cosa fate qui?»

«Puoi dirgli di abbassare il fucile, prima?» rispose Hunter indicando Flynn ma parlando a Gable.

«Stai oltrepassando il limite» replicò Gable, pur suonando piuttosto calmo.

«Senti, ti posso spiegare, però digli di...»

«Non posso obbligarlo a fare nulla» lo interruppe Gable con un certo stupore nella voce.

«È il tuo aiutante, certo che puoi» intervenne Grant.

«Oh, è molto di più del mio aiutante, Grant. Dovreste capirlo.»

Gable vide Grant piuttosto disturbato da quelle parole, ma non diede molto peso alla cosa.

«Senti» disse Hunter dopo aver fatto un cenno brusco a Grant. «Flynn, siamo disarmati, quindi smettila di puntarci contro quel coso. Proveremo a spiegarci.»

Flynn scoccò un'occhiata a Gable, poi reclinò il fucile e lo abbassò. Non sembrava comunque rilassato.

Hunter e Grant abbassarono le mani. Gable continuava ad avere una certa difficoltà nel trattenersi dal ridere per via della situazione.

«Quindi, spiegate» disse Gable, cercando di risuonare severo.

«Siamo qui solo per proteggere il nostro investimento... cioè, l'investimento di Hunter» si corresse Grant.

«Perché non mandi il tuo stalliere in macchina o qualunque sia il vostro mezzo di trasporto, Hunter?» lo rimproverò Gable. Con la coda dell'occhio vide Grant assumere un'espressione di disappunto e ne ricavò una sorta di piacere perverso.

«Grant non è il mio...» Hunter si interruppe a metà frase, poi cambiò discorso. «Volevamo... volevo solo assicurarmi che le femmine e i puledri che nasceranno stiano bene.»

«Dai, Hunter» disse Gable, cercando di minimizzare la situazione. «Avresti potuto chiamarci e chiedere di vederli. Nonostante apprezzi il tuo investimento, per ora, sono ancora le mie cavalle e sono quindi di mia proprietà, stanno nelle mie stalle, mangiano la mia erba, il mio fieno e la mia avena. Ti eri messi d'accordo con Flynn, no? Quei puledri saranno tuoi, sì, ma dopo la nascita.»

Hunter annuì.

«Quindi, per ora, lascia che siamo noi a prenderci cura di loro e ti chiamerò non appena ci saranno i segni del loro arrivo imminente.»

Hunter fece un cenno con il cappello in direzione di Gable e fece segno a Grant di seguirlo fuori dalla stalla.

Per la prima volta in quel pomeriggio, un sorriso comparve sul volto di Flynn. Lui e Gable si scambiarono uno sguardo, ma Flynn non era chiaramente intenzionato a spiegare qualcosa in presenza di Craig.

«Credo che sia meglio continuare con gli esercizi» suggerì Gable.

«Sì, anche io ho del lavoro da fare» concordò Flynn con uno sguardo malizioso ancora sul volto. «Puoi prendere il fucile?»

Gable alzò le stampelle e guardò Flynn con un'espressione dispiaciuta.

«Craig?»

«Oh, no» rispose il terapista, scuotendo le mani. «Sono un ragazzo di città, non voglio toccare quella roba.»

Flynn rise e si mise il fucile appoggiato alle spalle, un po' alla James Dean. «Sì, sono cresciuto sparando ai conigli. Quei due tipi là non sarebbero riusciti a sbarazzarsi di me tanto facilmente.»

Gable rise e scosse la testa. «Andiamo Craig, prima che a Dirty Harry venga qualcos'altro in mente.»

Non appena furono usciti dal fienile, Craig si riappropriò del suo atteggiamento professionale. «Metti un po' di peso sulla gamba, Gabe.»

Gable provò ad appoggiare il piede e colpì il terreno con un po' troppa forza, così lo tirò di nuovo su. «Non riesco a capire dov'è il mio piede. Ho paura di inciampare.»

Craig mise una mano di conforto sulla spalla di Gable. «I risultati arriveranno con il tempo. Ci vorrà un po' per abituarsi, Gabe. Devi imparare a sentirlo di nuovo. In questo momento non carichi la gamba del tuo peso da un sacco di tempo, così sembra che tutte le terminazioni nervose funzionino male, ma le cose miglioreranno.»

Gable non ne era troppo sicuro, ma non aveva voglia di discutere. Cercò di impegnarsi mentre tornavano verso la casa, proprio come Craig gli chiedeva, provando ad appoggiare il piede a terra. Lo percepiva come qualcosa di alieno, come se non fosse la sua gamba, e in effetti era così.

Più tardi, quando andarono a letto, Flynn si addormentò quasi istantaneamente. Gable era ancora sveglio, però. I muscoli delle gambe sembravano infiammati. Le natiche erano doloranti per il troppo lavoro, massaggiarle non servì a molto. Forse Craig aveva ragione, aveva aspettato troppo a lungo. Il terapista, però, era stato categorico nel dirgli che si sarebbe ripreso. Ci sarebbe voluto più tempo della media, i suoi muscoli dovevano riprendersi completamente.

Gable si voltò sul fianco stando attento a non svegliare Flynn. Era più comodo sdraiato sulla schiena, ma in quel modo gli faceva male la gamba. Il suo volto era sofferente, cercava di non cedere all'incontrollabile istinto di grattarsi la suola del piede – un piede che non poteva più grattare.

«Tutto a posto, amore?» domandò Flynn.

Gable fece spallucce. «Non volevo svegliarti... hai lavorato tanto, sei stanco.»

Flynn si rannicchiò più vicino. «Non importa.» Abbracciò Gable, che lo lasciò fare volentieri. «Ti fa male la gamba?»

Gable alzò di nuovo le spalle.

«Ammetterlo è così difficile?»

Ennesima alzata di spalle. Certo che era difficile da ammettere.

«Craig ha esagerato?»

Gable scosse la testa. «No, quello che fa è per il mio bene. Arriverò ai risultati con un po' di pazienza.»

«Certo, ma la pazienza non rientra nei tuoi piani, giusto?» Flynn scostò una ciocca di capelli dal volto di Gable. «Non c'era niente di graduale nel modo in cui mi hai conquistato» rise.

«Non ti merito.» Gable non riuscì a guardare Flynn direttamente. Non riusciva neanche ad accettare quanto avesse bisogno del suo amante in quel momento.

«Non torniamo di nuovo sull'argomento. Credevo che avessimo già stabilito di meritarci l'un l'altro.»

Gable si spostò di nuovo sulla schiena e fissò il soffitto. Con sua sorpresa, Flynn scostò le coperte e accese la luce.

«Posso dare un'occhiata alla gamba?»

Gable mostrò un'aria addolorata e scosse la testa.

«Gable» Flynn lo guardò con l'espressione che avrebbe usato un maestro per rimproverare un alunno. In particolare, gli ricordava un maestro della sua infanzia che gli faceva temere per la sua stessa vita ogni volta che lo guardava in quel modo, ma sapeva che da Flynn non aveva nulla da temere.

Flynn si sedette sul letto e lasciò scorrere la mano giù per la gamba malata di Gable, fino al moncone. Tolse la calza: sembrava arrossato, c'era una piccola abrasione accanto alla cicatrice chirurgica. «Basta» dichiarò Flynn. Uscì dal letto e prese il kit di pronto soccorso dal bagno. Poi tornò a sedersi e cominciò a pulire la piccola ferita con un antibatterico.

Gable si limitò a lasciarlo fare piuttosto passivamente, senza nemmeno lamentarsi quando Flynn pulì l'abrasione con il liquido gelido o senza alzare lo sguardo quando Flynn tornò dopo aver riposto il kit in bagno, portando un tubetto di crema che aveva trovato in fondo all'armadietto.

Flynn non diede segno d'aver notato quel comportamento. Si limitò a mettersi un po' di crema sulle mani per poi passarla sopra il ginocchio di Gable e intorno al moncone, restando lontano dalla piccola ferita. Pian piano, Gable cominciò a rilassarsi. Flynn non parlava. Si limitava a massaggiare la coscia di Gable per poi insinuarsi sotto i boxer per sfregargli le natiche. Una volta finito, rimise la calza elastica a posto e tornò a letto, rimboccando un po' le coperte prima di spegnere la luce e stringere Gable tra le braccia.

«Sei testardo come un mulo. Lo sai, vero?» domandò Flynn.

Gable non rispose.

«Non devi ringraziarmi, eh. Sono il tuo compagno, è scontato» lo provocò il ragazzo.

«Grazie» mormorò Gable con un tono appena udibile. «Come facevi a saperlo?»

«Mi ero rotto la caviglia poco dopo aver lasciato il ranch di mio padre. Per un po' non ho potuto camminare, poi quando sono riuscito a farlo mi sono ricordato quanto mi faceva male il culo il primo giorno. In più, ho dormito accanto a te per mesi, Gabe. Conosco i tuoi dolori e acciacchi, anche quando fingi di stare bene.»

«Non sono molto bravo a...»

«Sì, lo so» disse Flynn accarezzandogli la schiena. «Pensi di riuscire a dormire, ora?»

«Parlami di questo pomeriggio» chiese Gable invece di rispondere alla domanda.

«Questo pomeriggio? Oh, ti riferisci a quando ho beccato Hunter e Grant mentre scendevano dal fienile?»

«Scendevano dal...?» Gable si tolse dalle braccia di Flynn e si mise a sedere. «Cosa diavolo facevano lì?»

Flynn rise. «Sembravano piuttosto confusi e infastiditi dalla mia presenza, non credo che ci fosse molto da fare con un fucile puntato addosso.»

«Cosa intendi?» domandò Gable mentre Flynn lo tirava di nuovo sul letto.

«Beh, credo che stessero facendo qualcosa di più che 'controllare il loro investimento'.» Flynn fece una pausa a effetto. «Credo che stessero facendo quello che due persone fanno di solito in un fienile, e non mi riferisco all'impilare le balle di fieno.»

«È ridicolo» disse Gable, senza condividere quell'idea. «Grant non ammette volentieri i suoi gusti sessuali, e Hunter non è gay.»

«Non ne sarei così sicuro.»

«Flynn, Hunter sarà anche l'unico uomo in un ranch pieno di donne, contando sua madre e le sue sorelle, ma questo significa solo che ha troppe donne che gli ronzano intorno per sistemarsi. Non significa che sia gay.»

Flynn guardò il suo amante, i suoi occhi si erano abituati a sufficienza all'oscurità per guardarlo in faccia. «Perché mi vien da pensare che tu dica tutto ciò dopo aver toccato con mano?»

«Lo so, semplice.»

«Sì, certo» replicò Flynn. «Allora spiegami questa. Grant ha una bocca grande a sufficienza per parlare per Hunter e Hunter, il suo capo, raramente gli rivolge la parola. Comunicano in silenzio, con gesti e sguardi. Noi sappiamo farlo, Gabe, ma non credo che lo possano fare anche il proprietario di un ranch e uno stalliere che si conoscono a malapena.»

«Quando si radunano i cavalli o il bestiame, si comunica con i gesti. Ci si impara a conoscere piuttosto bene lavorando insieme. Come credevi che Grant e io... lo sai...? Grant rifiutava di ammettere quanto gli piacesse scopare gli uomini, non ci ha provato con me, almeno non direttamente. Ma, dimmi, come sarebbero potuti arrivare qui per...?»

Flynn aspettò che Gable finisse la frase, ma evidentemente il coinvolgimento di Grant nella faccenda non semplificava le cose. «Non lo so. Forse trovavano piacevole il rischio di poter essere beccati?»

«Sarebbe stato più probabile al ranch di Hunter, a quel punto sarebbero stati il capo e uno dei dipendenti che scopavano» suggerì Gable. «Per non parlare delle donne con gli occhi dietro alla nuca.»

«Ho detto come la penso» disse Flynn ridacchiando.

CAPITOLO
VENTUNO

Gable fece progressi nel camminare, al punto da poter andare fino al fienile ogni giorno con una sola stampella ad aiutarlo. Nonostante avesse cominciato a svolgere più lavori, dal pulire e riparare selle e briglie, fino a spalare letame dalle stalle o a pulire per terra, non era più salito su un cavallo.

Da tempo Flynn gli suggeriva di fare almeno un tentativo, ma Gable trovava sempre una scusa per tirarsi indietro. L'estate giunse lentamente al termine, il tempo stava peggiorando, e Flynn pensava che fosse meglio spostare i cavalli nei recinti inferiori, dove sarebbero stati più al caldo. Tuttavia, da solo non ci sarebbe potuto riuscire. Nonostante la loro mandria non fosse paragonabile a quella di Hunter o degli altri ranch vicini in quanto a numero, due persone erano il numero minimo per spostare qualche cavallo.

«Quindi devo chiedere a Hunter di mandarmi qualcuno ad aiutarmi, o puoi pensarci tu?» domandò Flynn, un mattino dopo colazione.

«È ancora troppo presto» rispose Gable. «Non abbiamo abbastanza fieno per loro, i recinti dove sono ora, invece, sono ancora pieni di erba.»

Era una scusa e Flynn lo sapeva, ma non si mise a far polemica. Aveva imparato a sue spese ciò che poteva succedere insistendo troppo nel discutere con

Gable, così decise di fermarsi prima di spingere l'altro a oltrepassare il limite.

Il mattino seguente, Flynn si svegliò da solo e sentì istantaneamente che c'era qualcosa di inusuale. Si vestì in fretta e corse giù per le scale. Al tavolo della cucina non c'era nessuno e non c'erano piatti nel lavandino, quindi pensò che ovunque fosse Gable era improbabile che avesse fatto colazione. La casa era fin troppo tranquilla. Con un rapido sguardo fuori dalla finestra, Flynn vide il furgone ancora parcheggiato lì davanti. Quindi, Gable non aveva lasciato il ranch. Non era in casa, così Flynn preparò qualche panino e se ne andò verso il fienile.

Le selle erano tutte a posto, eppure la bardatura di T.C. non c'era, e nemmeno lo stesso T.C. Qualche balla di fieno era impilata accanto alla parete, di fronte a esse, Flynn vide la protesi di Gable. Non poté fare a meno di ridere nel vedere quell'arto abbandonato. Sorrise e sellò Brenner, infilò i panini in borsa e si mise la protesi in spalla prima di precipitarsi fuori.

Era ancora presto e faceva piuttosto freddo per quel periodo dell'anno, inoltre c'era una nebbia bassa nella zona del recinto. Tutto ciò che poteva vedere Flynn erano schiene di cavalli senza gambe che spuntavano dal banco di nebbia. Considerando la situazione, Flynn pensò che una testa si sarebbe vista, ma uno di quei cavalli aveva qualcuno in groppa. Flynn condusse Brenner in modo da poter distinguere Gable sulla groppa del cavallo pezzato. Quell'immagine gli fece tornare in mente il momento in cui si innamorò di Gable, l'uomo si stava facendo strada tra la mandria, i cavalli lo accerchiavano come per dare il benvenuto a un vecchio amico. Gable salutava ognuno di loro con una pacca sul dorso, una carezza sul fianco e uno schiocco di lingua. Alcuni cavalli andarono a strofinare il naso su di lui, come per rifare conoscenza, e Flynn rimase in disparte per guardare la scena e dargli il tempo per fare tutto ciò.

Improvvisamente, Gable si accorse della presenza di Flynn e sorrise. Flynn si sentiva pervaso da un piacevole calore. È risalito a cavallo, *letteralmente e metaforicamente*, pensò.

«Stai controllando se saresti in grado di aiutarmi a spostare i cavalli?» domandò Flynn.

«Mi hai detto che c'è ancora tempo. Hanno più erba qui di quanta non ce ne sia giù» rispose Gable. «Aspettiamo ancora qualche giorno.»

Flynn pensava che Gable non stesse chiedendo qualche giorno in più per via del tempo o dell'erba, bensì perché voleva abituarsi di nuovo a cavalcare, ma Flynn concordò con lui e guidò Brenner verso T.C. Mise una mano sulla schiena di Gable. «Dev'essere bello tornare in sella, che ne dici?»

Gable annuì, lo sguardo perso oltre i campi. «È un po' strano, ma sono certo che presto mi abituerò di nuovo.» Abbassò lo sguardo sulle sue mani, che tenevano le redini, poi lo dirottò verso Flynn. Il ragazzo fece spostare Brenner un po' più vicino a Gable e lo baciò. Gable ricambiò, ma non appena le loro labbra si toccarono, Brenner fece i capricci e portò via Flynn.

«Bastardo!» urlò Flynn a Brenner, spingendolo ad agitarsi ancora di più.

Gable rise. «Ehi, stai parlando con il mio cavallo. Ha dei sentimenti, è sensibile!»

«È un bastardo geloso, ecco cosa penso» rispose Flynn scherzando solo per metà, riconducendo Brenner accanto a T.C.

«Beh, se fossi un po' più carino con lui, lui forse sarebbe un po' più carino con te» lo provocò Gable.

Quella volta i cavalli restarono calmi, così i due uomini riuscirono a scambiarsi il bacio del buon giorno.

«Perché l'hai portata?» domandò Gable notando la gamba artificiale fissata al retro della sella di Flynn.

«Pensavo che potesse essere utile, ho portato anche la colazione.»

«Mmmh.» Gable alzò la testa. «Quando mi sono svegliato questa mattina, ho sentito l'impulso improvviso di andare a dare un'occhiata ai cavalli. Se il mio stomaco avesse protestato credo che avrei realizzato di non aver mangiato nulla, ma era ancora buio.»

Flynn scosse la testa ma sorrise lo stesso. Era veramente felice nel sentire tutto ciò.

La nebbia si stava diradando lentamente e i cavalli avevano cominciato a pascolare.

«Quindi, il tuo stomaco non sta protestando?»

Gable parve controllarsi lo stomaco, solo per essere sicuro. «Un panino non mi dispiacerebbe, comunque.»

Trovarono un punto accanto al recinto dove il terreno era un po' in salita, c'erano anche degli alberi contro cui appoggiarsi. Flynn smontò da Brenner e lo lasciò libero, poi prese la briglia di T.C. per tenerlo fermo mentre Gable smontava, non che fosse necessario. Come Flynn aveva previsto tempo addietro, T.C. sapeva come comportarsi con un cavaliere con qualche problema, era estremamente calmo e paziente, il cavallo si voltò verso Gable come per assicurarsi che fosse tutto a posto. Gable atterrò sulla gamba buona e per qualche istante rimase appoggiato a T.C. per ritrovare l'equilibrio, poi raggiunse Flynn.

«Non la indosserò, a meno che tu non voglia andare a fare una passeggiata» disse Gable, indicando la protesi che Flynn stava slegando.

«Magari più tardi» replicò Flynn.

Si sedettero a terra e consumarono la colazione in silenzio.

«Non la sento ancora come mia» osservò Gable.

«Sarà così, ci vuole tempo però» rispose Flynn, non gli fu difficile capire a cosa si riferisse. «Una volta che avrai imparato a camminare senza pensarci, ti sembrerà di non aver mai vissuto senza.»

Gable gli lanciò un'occhiata incerta, poi morse il panino senza dire niente. Parlò solo dopo una lunga pausa. «Non ti crea fastidio?»

«No» dichiarò Flynn senza incertezze. «È una parte di te, Gabe. Lo è proprio come lo era la caviglia malconcia all'inizio, solo che allora temevo che non ti stessi prendendo cura di te.»

«Penso che tu lo debba fare ancora» replicò Gable, riferendosi a quando Flynn si occupava della gamba infiammata, la sera, quando aveva cominciato a camminare molto di più.

«Non è un problema» rispose con un'alzata di spalle.

«Quindi ti piace vedermi bisognoso?»

Flynn lo guardò con la coda dell'occhio. «No, ma mi piace che tu abbia bisogno di me, mi piace sentirmi desiderato. È diverso.»

Gable lo guardò con determinazione. «Sì, suppongo che ci sia una differenza.» Si distese e si mise il cappello sugli occhi, stiracchiò le braccia per poi mettere le mani sotto la testa.

«Ehi» protestò Flynn. «Mi stai facendo sentire ben poco desiderato!» Lasciò perdere gli ultimi morsi del panino, si spostò in modo da potersi mettere a cavalcioni sulle gambe di Gable, poi scaldò le mani sotto il cappotto caldo dell'altro. Non appena le mosse, poté sentire i muscoli dello stomaco di Gable che si contraevano, poi alzò lo sguardo e vide muoversi il cappello di Gable, che stava provando a non ridere.

Poi Gable sollevò il cappello per mostrare il suo sorriso. «Ha funzionato, eh?» non diede a Flynn il tempo di rispondere. Lo tirò giù e lo baciò appassionatamente. Non appena si interruppero per prendere aria, Flynn sembrò meravigliato nel sentire qualcosa di rigido nella zona dell'inguine di Gable.

«Ce l'hai duro, Gable. Lo sento.»

Gable annuì, quasi impercettibilmente. «Quando mi sono svegliato questa mattina ce l'avevo duro.»

«E non mi hai svegliato?»

«Erano le quattro, Flynn.»

«Diamine, per cose del genere mi puoi svegliare a qualsiasi ora... letteralmente!»

Gable parve imbarazzato. «Non sapevo quanto sarebbe durato e *se* sarebbe durato.»

Flynn lo baciò di nuovo. «Non mi importa. Non intendo sprecare questa occasione.»

«Flynn, siamo fuori, all'aperto.»

Flynn rise. «Riusciamo a malapena a vedere i cavalli. Se qualcuno venisse dal ranch di Hunter, dovremmo fare un bel po' di casino per farci notare.

Gable glielo concesse, ne aveva bisogno anche lui. Flynn sembrava non aver la minima intenzione di farsi fermare da qualcuno o qualcosa mentre apriva la patta dei pantaloni di Gable per poi scoprire il cazzo chiaramente eccitato. «Facciamo prendere un po' d'aria all'uccello, che ne dici?»

Ancora prima che Gable potesse protestare, Flynn glielo prese in bocca, leccandolo e succhiandolo come se fosse l'unica fonte d'acqua nel deserto. Gable non poté fare altro che lasciare che tutto ciò accadesse. Un dubbio lo assillava, pensava che probabilmente non sarebbe durato a lungo e che sarebbe successo prima di venire, così non riusciva godersi l'atto fino in fondo. Tuttavia, la sensazione di avere un cazzo duro era qualcosa che a malapena ricordava, perciò chiuse gli occhi e cercò di pensare a cose piacevoli. La bocca calda di Flynn era gradevole, e anche se l'erezione fosse scomparsa, lui, nelle ultime settimane era riuscito comunque a venire, anche senza erezioni.

All'improvviso, tutte quelle attenzioni si interruppero e Gable si sentì al freddo. Quando aprì gli occhi vide Flynn, in piedi, che si stava togliendo i jeans e gli stivali, poi si mise di nuovo a cavalcioni.

«Per favore, posso? Solo per questa volta?» domandò Flynn ansimando parecchio.

Gable non capì subito che cosa intendesse Flynn, almeno non fino a quando non lo vide sputarsi sulle dita e spostarle in mezzo alle gambe, poi affondò il sedere sul membro eretto di Gable, con un sospiro. Flynn era incredibilmente stretto, non c'era da sorprendersi. L'espressione leggermente addolorata sul suo volto fece preoccupare Gable. Quel pensiero lo abbandonò non appena Flynn cominciò a cavalcarlo, la sua espressione cambiò, da addolorata divenne beata. Gable afferrò Flynn per i fianchi in modo da aiutarlo, sentiva il cazzo pesante dell'amato sbattergli sulla pancia ogni volta che arrivava fino in fondo, per poi risalire insieme a Flynn. I movimenti di Flynn si fecero più fluidi, Gable osò spostare una mano per toccargli l'uccello.

«Oh, Dio, sì» sospirò Flynn. «È passato tanto tempo.»

Nonostante fosse fantastico farsi cavalcare in quel modo, con lo stretto passaggio di Flynn che gli faceva gocciolare il cazzo in ogni momento, era comunque strano farlo a posizioni capovolte. Gable non avrebbe mai immaginato di fare la parte attiva con

Flynn – nemmeno in quella posizione – e di sicuro non pensava che a Flynn piacesse così tanto. A Gable, però, quella posizione piaceva molto, quindi non era del tutto una sorpresa.

«Oh, cazzo, mi stai facendo venire, Gabe» disse Flynn ansimando, muovendosi tra il membro e la mano di Gable.

Gable cominciò ad andare ancora più a fondo e Flynn rallentò i movimenti, spostò la mano di Gable in modo da potersi masturbare da solo.

«Sto per venire. Fantastico.»

Flynn lasciò ricadere la testa all'indietro e le goccioline accumulate sulla punta diventarono filamenti appiccicosi che ricaddero sulla cerata di Gable. Gable sentì il canale contrarsi intorno a lui e poi Flynn crollò. Stava ansimando parecchio, tutto ciò che Gable poté fare fu abbracciarlo per tenerlo al caldo.

Sembrò passare un'eternità fino a che Flynn non lo guardò. Aveva un sorriso sul volto e si stava mordendo il labbro inferiore. «Ce l'hai ancora duro, stallone.»

Gable rise. «E il tuo culo sta diventando freddo.»

Flynn non si mosse, però. Anzi, si rannicchiò ancora più stretto, poi qualcosa parve tornargli alla mente. «Non sei ancora venuto, eh?»

Gable scosse la testa. Poche volte riusciva a venire scopando, era per questo che raramente faceva l'attivo in una relazione, o anche durante un'avventura da una notte.

«Dobbiamo fare qualcosa» disse Flynn alzandosi lentamente e lasciando che Gable scivolasse fuori dal suo corpo.

Nonostante Flynn ce l'avesse ancora abbastanza duro, Gable non pensava che avrebbe ricominciato a scoparlo così in fretta.

Flynn la pensava diversamente, però. «Coraggio, togliteli» disse con una strizzata d'occhio, indicando i jeans di Gable. Gable si slacciò la cintura e alzò il culo in modo che Flynn potesse tirargli via i pantaloni.

Leccandosi le dita, Flynn gli sorrise e gliele inserì tra le gambe, facendolo sobbalzare un pochino. «Ehi, sei sensibile quando mi avvicino alla tua parte del corpo preferita. Che ti ho fatto?»

Gable sospirò e tirò giù Flynn in modo da poterlo baciare. «Non fermarti» sussurrò contro la sua bocca. Respirò profondamente non appena le dita di Flynn lo penetrarono. «Mi scopi?» supplicò.

Flynn sorrise, le loro labbra erano ancora distanti di pochi centimetri. «Odio doverlo ammettere, ma non posso ancora. Ciò non significa che non ci possa provare, però.» Girò le dita e fece ansimare di nuovo Gable. «Qui? È qui il punto che ti piace?» Gable si limitò ad annuire non appena Flynn lo rifece. «Ovviamente so benissimo dov'è quel punto.» Il respiro di Gable divenne più veloce insieme ai movimenti di Flynn, fino a quando i suoi muscoli non si contrassero, venne sopra la parte inferiore del cappotto allacciato.

«Ti amo» disse Gable mentre stavano tornando a casa con calma, entrambi seduti sulla groppa di T.C., Brenner li seguiva dietro. La protesi era ancora fissata alla sella di Brenner.

«Lo so» rispose Flynn, stringendo il petto di Gable e abbracciandolo forte. «Ti amo anch'io» sussurrò. «Ti va di andare su e...»

«Farlo?» rispose Gable, ridacchiando.

Flynn alzò gli occhi al cielo. «Ogni tanto mi sembri un ragazzino.»

CAPITOLO
VENTIDUE

«Sei un bambino e mi fai sentire vecchio» brontolò Flynn, ovviamente senza pensarlo davvero.

Gable lo tirò a sé e lo baciò di nuovo, proprio come avevano fatto quel pomeriggio. Durante il mattino avevano cavalcato ed erano andati a prendere i cavalli pronti per essere addestrati per separarli dalla mandria, ma dopo pranzo erano finiti in camera da letto per qualche strano motivo. Flynn sospettava che Gable avesse progettato tutto, ma non si lamentava. Dopotutto, stavano recuperando il tempo perso.

«Allora, ti piace il nostro anniversario?»

«Anniversario?» domandò Flynn, seriamente perplesso. Dovette pensarci un po' su, dapprima per ricordarsi che giorno fosse, poi per capire che cosa potesse renderlo così speciale.

«Esattamente un anno fa sei arrivato nel mio ranch e mi hai chiesto un lavoro.»

«Non mi sembrava così tanto. Sembrava...»

«Di più?»

Flynn rise sotto i baffi. «Mi sembra di averti conosciuto solo ieri. Non credo di averti visto sorridere una sola volta durante la prima settimana.»

Gable sorrise. «Ero abituato a vivere da solo, e francamente, dopo Grant, credevo che avrei vissuto tutta la mia vita in quel modo.»

«Pensare a Grant ti crea ancora problemi?»

Gable alzò le spalle. «Credo di averlo perdonato. Hunter è un buon amico, avevi ragione sul suo conto. Dovrò avere spesso a che fare con Grant d'ora in poi. Peccato che non abbia saputo prima di Hunter, però. Non potevo immaginarlo...»

Flynn gli diede un colpo secco sul petto. «Non è per questo che te l'ho detto!»

Gable crollò nel letto con una risata continua. Ogni volta che guardava il volto serio di Flynn rideva ancora di più, fino a quando Flynn non poté più trattenersi.

«Vorresti infilarti di nuovo nei pantaloni di Grant» lo provocò Flynn.

Quella frase fece tornare Gable di nuovo serio. «No, non voglio. Grant ormai è storia vecchia. Se lui e Hunter sono felici insieme posso accettarlo, ma non mi fido abbastanza di lui da volerci tornare insieme.»

«Ottimo» rispose Flynn, rannicchiandosi più vicino al corpo dell'amato. Fece scorrere la mano verso il basso, sul petto di Gable, cercando di capire se il suo uomo fosse pronto per un altro round, e sorrise scoprendolo di nuovo pronto. «Se avessi saputo che tutta quell'astinenza avrebbe portato tutti questi risultati...» Non finì la frase, limitandosi a baciare Gable con passione. Il suo corpo reagì di conseguenza, dopo appena pochi istanti ce l'aveva duro e pronto per partire.

Gable stava già gemendo sotto i tocchi di Flynn quando sentirono la porta principale sbattere.

Flynn alzò subito lo sguardo. «L'abbiamo lasciata aperta?»

«Se ci fossero degli intrusi, Bridget abbaierebbe» disse Gable, comunque preoccupato.

«Però non abbaia a Calley» commentò Flynn.

«Dannazione!» imprecò Gable. «Non possiamo farci beccare a letto nel bel mezzo del giorno. Non avremmo più pace!» Saltò fuori dal letto, poi si ricordò di essere a corto di una gamba e si sedette di nuovo per mettersi la protesi. Dopo essersi tolto i jeans, ebbe non pochi problemi a rimetterseli.

Flynn rise, stava avendo altrettanta difficoltà, ma i suoi jeans erano un po' più attillati di quelli di Gable, che non aveva ancora ripreso tutto il peso perso prima dell'intervento.

Gable riuscì con una certa agilità a scendere le scale velocemente, si teneva alla ringhiera e più che correre sembrava scivolare. Flynn gli era appena dietro. Trovarono Calley in cucina con Bridget accanto. Il cane stava scodinzolando entusiasta, le zampe posteriori la trattenevano a terra a malapena.

«Ciao, Calley. Oh, verdure fresche!» Gable la salutò con un rapido bacio sulla guancia e poi si precipitò verso la scatola delle provviste, evitando il suo sguardo curioso e sorpreso.

Flynn non riuscì a evitarlo, però. «Eravamo al piano di sopra, spostavamo dei mobili.»

«Mettevamo delle tende» disse Gable quasi nello stesso istante.

«Beh, mi piacerebbe che Bill spostasse i mobili con me un po' più spesso. Un giorno voi due dovreste spiegargli come fare» replicò Calley, aiutando Gable per trattenersi dal ridere. «Non mi appende mai le tende» aggiunse, solo per farli sentire due stupidi per aver provato a fregarla.

Flynn guardò Gable e quest'ultimo spostò lo sguardo. Stava arrossendo.

«Dimmi, come sta Bill?» domandò Gable semiserio. «Ultimamente l'abbiamo visto poco.»

«In primavera sono agnelli e vitelli, in estate sono cavalle incinte. Non si ferma mai. La cicogna non sa nemmeno il nostro indirizzo, però. O quello, oppure gli ho rotto troppo i coglioni.» Sembrava seria e senza quella vitalità che la contraddistingueva.

Gable le prese la mano e gliela strinse, il sorriso sembrò tornarle. «Oh, beh» sospirò. «Evidentemente doveva andare così. Devo andare, tesori miei.» Diede a Flynn un rapido bacetto e poi tornò da Gable. Lei provò a fare lo stesso, ma lui la strinse in un abbraccio e la trattenne per un pochino. Lei ricambiò l'abbraccio. Quando poi si sciolsero, c'erano delle lacrime negli occhi di Calley, ma stava comunque sorridendo. «Meglio andare, prima che mi trasformi in una pozzanghera. Starò bene, Gable. Grazie.» Gli strinse la mano e poi portò la scatola vuota alla macchina.

Gable e Flynn uscirono in veranda per salutarla e per assicurarsi che Bridget non la seguisse lungo la strada.

«Non intendo insistere troppo e probabilmente non è affar mio, però...» Flynn aspettò, sperando che Gable anticipasse quella domanda. Invece, Gable lo abbracciò e lo tenne stretto come aveva fatto con Calley.

«Va tutto bene, non sono geloso di Calley» disse Flynn non appena Gable allentò la presa.

«Lo so» rispose lui, calmo.

Flynn poteva vedere Gable combattere le sue emozioni e non disse altro, ma ciò non significava che non fosse curioso. Fin da quando aveva incontrato Calley aveva pensato che tra i due ci fosse qualcosa di più di un'amicizia, specialmente dopo che si era sentito quasi tradito, una sensazione che non capiva fino in fondo. Proprio come in ospedale, quello non sembrava il momento buono per fare domande.

Gable restò malinconico per tutta la durata della cena. Dopo aver lavato i piatti, si sedettero in veranda per la prima volta in quell'autunno. Flynn vide Gable appoggiare il piede sullo sgabello come faceva prima, ma la sedia solitaria era stata rimpiazzata da una panchina di legno che Gable aveva riparato durante l'estate. In questo modo potevano sedersi vicini e guardare il tramonto.

«Calley e Bill provano ad avere figli almeno da dieci anni» disse Gable di punto in bianco. «È una storia lunga.»

«Ho tempo per ascoltare» replicò Flynn. Gli si accoccolò più vicino, appoggiando il piede sulla panchina, con la schiena poggiata contro Gable.

«È una storia davvero lunga. Forse un giorno te la racconterò.»

«Sembra un segreto piuttosto oscuro, forse non voglio saperlo» rispose Flynn, guardando Gable di traverso.

«Sì, forse è meglio» replicò l'altro.

A Flynn non piacevano le conseguenze che la visita di Calley sembrava aver portato: Gable pareva esser tornato a prima dell'operazione, era burbero, difficile e lunatico. Rispetto a prima, però, il dolore sembrava essere stato sostituito da qualcosa di più emotivo. Forse c'erano dei sentimenti ben nascosti, perché Gable era così riluttante all'idea di parlargliene? Si sentiva tagliato fuori, e anche se non era affare suo – o specialmente perché non era affare suo – non poteva fare a meno di sentirsi geloso. Provare a convincere Gable sarebbe stato inutile, ma saperlo non rendeva il tutto meno difficile. Poteva solo sperare che prima o poi, Gable gli spiegasse un po' di cose.

Nei giorni successivi, l'umore di Gable parve migliorare un po', non appena l'addestramento dei cavalli ricominciò. Nelle ultime settimane aveva imparato a cavalcare sempre meglio, al punto da poter usare la sella tenendo su la gamba. Aveva anche portato fuori Brenner, qualche volta, e quello era un cavallo che doveva essere controllato molto spesso con le gambe, quindi Flynn era fiero del suo amato.

La maggior parte dei cavalli che avevano scelto erano già stati iniziati all'addestramento, sia da Gable prima dell'intervento che da Flynn, avevano solo bisogno di essere abituati. Questo significava cavalcarli regolarmente in modo da poterli trasformare in buoni animali da lavoro che non dessero troppi problemi. Tutto ciò li mantenne occupati per qualche settimana, ritornavano ogni ora o due per cambiare cavalli e cavalcarli lungo i recinti e le costruzioni nella zona.

Occasionalmente avevano incontrato uno degli aiutanti di Hunter cavalcare lungo il recinto che separava i due ranch. Una volta avevano visto Hunter e Grant cavalcare insieme, sembravano controllare i recinti come facevano loro, ma non si fermarono, si salutarono con un cenno del cappello e ognuno continuò per la sua strada. Flynn non poté fare a meno di guardare Gable con l'espressione da 'te lo avevo detto', ma Gable scosse la testa. Stava sorridendo, però, e Flynn era convinto che avesse preso in considerazione l'idea che tra i due ci fosse qualcosa.

Una notte, quando le sere cominciarono a farsi più fredde, Flynn andò al fienile per controllare che tutto fosse a posto prima di chiuderlo. Le due femmine erano entrambe vicine al momento del parto e voleva assicurarsi che stessero bene. Sperò che Hunter avrebbe apprezzato i due puledri. Sarebbero rimasti con loro fino al momento dello svezzamento e Flynn non vedeva l'ora di avere i piccoli. Era cresciuto in mezzo ai cavalli, al ranch di suo padre, e nonostante lui lo sgridasse sempre, Flynn neanche allora riusciva a stare lontano dagli animali. Ogni tanto aveva partecipato al loro addestramento, aveva anche aiutato suo fratello ad abituare i cavalli al tocco umano. Non vedeva l'ora.

Quella notte fu chiaro che non avrebbe dovuto aspettare ancora a lungo.

«Gable!» urlò. «Chiama Bill! Una delle cavalle sta per partorire!»

CAPITOLO
VENTITRÉ

Bill sembrava stanco, quando arrivò.

Era uno dei veterinari più esperti della contea e Flynn lo sapeva bene, inoltre era retribuito dalla maggior parte dei grandi ranch nella zona. Occasionalmente dava una mano anche ai ranch più piccoli. Flynn pensava che Calley gestisse il negozio completamente da sola... e anche la casa, suppose.

«Cosa ti fa pensare che stia per partorire?» domandò secco Bill a Flynn.

«Sta perdendo latte dalle mammelle» rispose il ragazzo, fiero di se stesso. «Essendo una futura mamma per la prima volta, le stavo lavando le mammelle con acqua calda per abituarla a farsi toccare e negli ultimi giorni si stavano riempiendo. Quando sono andato a controllarla questa sera, sembrava molto tesa.»

«Quindi hai giocato con i suoi capezzoli?» domandò Bill divertito. «Non mi sembravi il tipo.»

Flynn ignorò la provocazione. «Ho visto abbastanza cavalle incinte da sapere tutto ciò.»

«Quindi dovresti sapere anche che la maggior parte di loro partorisce senza alcun aiuto.»

Flynn annuì. «Certo, ma queste sono alla prima gravidanza e i puledri che nasceranno sono preziosi. Non sappiamo come li partoriranno e non possiamo correre il rischio di perderli entrambi.»

Bill gli diede ragione. «Suppongo che sia così.» Sospirò profondamente e camminò dentro al box per dare un'occhiata più da vicino all'animale.

In quel momento l'attenzione di Flynn fu attirata dalla porta del fienile che venne aperta da mani forti. Gable entrò per primo, seguito da Hunter, poi arrivò il proprietario di quelle mani: Grant. Subito, la tensione divenne ancora più forte.

«Non sono ancora qui?» domandò Hunter, nervoso.

«Da come ne parli, sembra la prima volta, Hunter.» Gable sorrise. «E invece so benissimo che i tuoi primi puledri sono nati più di vent'anni fa, accanto al tuo recinto esterno, perché quel giorno ti ho aiutato.»

Flynn pensò che se ci fosse stata più luce nel fienile avrebbe potuto vedere Hunter arrossire, invece poté solo sentire quel ragazzone ridacchiare timidamente.

«Sai bene che preferisco controllare» replicò Hunter.

Gable scoccò una breve occhiata a Grant e poi guardò Flynn, che però si accorse del suo sguardo quasi istantaneamente, trattenendo una risata.

«Sembra che la signora stia bene» intervenne Bill. «Sembra proprio che sia in travaglio, quindi lasciamole un po' di privacy.» Indirizzò i tre uomini verso l'entrata del fienile. «Già che sono qui, la terrò d'occhio per aiutarla in caso di problemi.»

«Ah, no» rispose rapido Hunter. «Quello è il mio puledro e voglio vedere la sua nascita.»

«Ed è la mia cavalla, messa incinta dal mio stallone, quindi non riuscirai a tenermi lontano» disse Gable, d'accordo con Hunter.

Grant stava rimanendo fin troppo calmo. Si era scambiato qualche sguardo con Hunter, ma non parlava e restava nell'ombra, mentre Hunter e Gable si mettevano al lato del box per guardare la femmina irrequieta.

Flynn sapeva cosa fare e pensò che tre uomini curiosi fossero abbastanza per la giovane mamma. Aveva acceso la stufa nel retro del fienile in modo da procurare acqua calda e aveva portato il box parto che avevano messo insieme sapendo dell'avvicinarsi del momento del parto. Aveva usato un po' di antisettico e una rete da pesca che avrebbero utilizzato se la nascita fosse stata troppo veloce e se il cordone ombelicale si fosse rotto prima del dovuto. Aveva anche un coltello affilato per tagliare il sacco amniotico se avessero dovuto afferrare il piccolo per le zampe anteriori, e un pezzo di stoffa soffice e pulita per aiutarli a prendere il puledro bagnato. Se la fortuna fosse stata dalla loro parte, non sarebbe servito nulla di tutto ciò.

Flynn riuscì a stare lontano dalla cavalla fino a quando non sentì Hunter dire che l'animale si stava mettendo a terra, poi vide che gli si ruppero le acque. Non appena fu riuscito a farsi spazio tra quegli omaccioni dalle spalle larghe, la porta si aprì e arrivo Calley che portava un grosso thermos di caffè.

«Come sta andando, ragazzi?» Diede una rapida occhiata dentro alla stalla e poi si mise a lato, dove c'era Bill appoggiato al muro.

«Non ci vorrà molto, sta andando bene» la aggiornò Bill.

«Vi ho portato un po' di caffè, ma penso che dovremmo berlo per festeggiare, più tardi, ok?» suggerì Calley.

All'improvviso uno zoccolo ben sviluppato uscì dalla cavalla.

«Dannazione» imprecò Bill. «È in posizione podalica, non ci voleva per un primo parto.»

Hunter divenne nervoso e Flynn riuscì a cogliere quel tocco calmante e appena visibile che Grant gli fece. Non si perse neppure lo sguardo grato di Hunter.

Flynn mise un braccio intorno alla vita di Gable, proprio davanti a Grant. «Andrà bene» cercò di rassicurare gli altri, ma la presenza di Bill gli faceva piacere, se qualcosa fosse andato storto lui sarebbe stato lì per sistemare le cose. Aveva già visto partorire dei puledri in posizione podalica, sia in maniera naturale che con un po' di aiuto, e pensava che la calma della cavalla fosse una benedizione. Per il momento, quella cavalla stava facendo un lavoro superbo.

«Non riusciamo a vedere bene» disse Hunter. «Possiamo spostarci dall'altra parte?»

«Assolutamente no» li dissuase Bill. «Datele un po' di spazio, ragazzi. Non dovete accerchiare una signora, mi stupisce che non lo sappiate.»

Gable rise, al contrario di Hunter e Grant. La tensione si poteva tagliare con un coltello e nessuno parlò. La cavalla grugniva da tempo, restando però calma, giacendo sulla paglia fresca che Flynn aveva messo nella sua stalla.

«Ci sta mettendo troppo tempo» disse Bill all'improvviso, dirigendosi fuori per prendere la borsa dalla macchina. Tornò quasi subito, andando nel retro per lavarsi le mani, poi rientrò nella stalla, sbattendosi la porta alle spalle e impedendo l'accesso agli altri.

«Posso aiutare?» osò chiedere Flynn.

«Non ora» abbaiò Bill. «Saresti d'intralcio.»

Flynn era tesissimo ma riuscì a non assecondare l'istinto di andare lì e "intralciare".

Il gruppetto osservò Bill mentre tagliava con cautela il sacco amniotico e si bagnava la mano con il fluido amniotico prima di lasciarla scivolare dentro al cavallo per prendere l'altro zoccolo. «Stoffa?»

domandò secco, Calley fu rapida a dargli quanto richiesto. L'avvolse intorno agli zoccoli per avere una presa migliore e tirò con delicatezza. La madre non si mosse. Bill bofonchiò qualcosa di simile a «dannazione» e tirò di nuovo.

Questa volta, Flynn non chiese il permesso. Aprì la porta ed entrò, accucciandosi accanto a Bill e usando un altro straccio per prendere una delle zampe.

«Dobbiamo cambiare qualcosa. Ti dispiacerebbe tirare mentre cerco di capire che cosa lo sta bloccando?» domandò Bill.

Flynn si limitò ad annuire mantenendo la presa sulle zampe del puledro mentre Bill cercava di sentire qualcosa nel corpo della cavalla. All'improvviso, qualcosa parve cedere e Flynn cadde nella paglia non appena quella tensione si fu allentata. La cavalla nitrì e il puledro sembrò sbloccarsi. Bill aspettò un momento per vedere se il resto della nascita stesse procedendo in maniera naturale, ma diede comunque una mano fino a quando il puledro non fu completamente fuori, per poi togliere il resto del sacco amniotico.

Nessuno dei due cavalli si mosse e tutti sembravano trattenere il respiro, Flynn prese del fieno e cominciò a strofinarlo sul puledro bagnato.

«Piano, sii delicato» gli consigliò Bill con una voce più calma di quella che aveva prima. «Dagli tempo.» Fece un passo indietro e rimase a guardare intensamente la neo mamma e il suo puledro prima di appoggiarsi alla porta.

«È un bel maschio» disse Bill a Gable.

«Coraggio, ragazzo, respira» disse Flynn con una voce rassicurante. «Facci vedere di che pasta sei fatto.»

Dopo qualche minuto di tensione, il puledro rabbrividì e all'improvviso alzò la testa.

«Fottuto mondo!» urlò Hunter. «Pensavo che non avrebbe mai respirato.»

Anche Grant stava sorridendo, Flynn non poté fare a meno di avvicinarsi a Gable mentre la femmina si alzava e la placenta scivolava fuori dal suo corpo. Tutti loro sapevano di dover lasciare alla cavalla lo spazio per legare con il figlio.

«Uno è fatto, ne manca un altro» disse Flynn a Gable. «L'altro non mostra alcun segno, quindi potrebbe servire ancora qualche settimana.»

Gable strinse Flynn in un abbraccio di fronte alla porticina della stalla e gli diede un bacio sulla fronte. «Comunque, non pagheremo il veterinario» disse con una risatina.

«Non ricordarmelo» intervenne Bill. «Calley» la chiamò uscendo dalla stalla. «Dammi del caffè.»

«È proprio davanti a te» gli fece notare Grant. Erano le prime parole che pronunciava quella sera.

Bill gli lanciò un'occhiataccia. «Quando ti troverai una moglie, forse capirai cosa vuol dire essere accudito.» Un sorriso comparve sul volto di Bill quando si voltò verso Hunter. Flynn pensò che stesse morendo dalla voglia di dire qualcosa di caustico, ma per fortuna si trattenne.

«Una tazza di caffè per tutti, eh?» esordì Flynn.

Quando Grant parlò di nuovo, Flynn pensò che le cose stessero sfuggendo di mano. «Non è il modo corretto di parlare a Calley, Bill. Non merita di ricevere ordini.»

Prima che chiunque altro potesse reagire, Bill diede un pugno alla faccia dell'altro uomo. Grant barcollò ma non cadde, preso da Hunter, poi riprese l'equilibrio e ricambiò il favore.

Ci volle un secco «FERMATEVI!» da parte di Calley per bloccarli. «Avete finito? Rimettetevi gli uccelli nei pantaloni e dateci un taglio.» Dopo, si diresse fuori, seguita subito da Bill, che si stava sfregando la mascella colpita.

«Perché...?» domandò Flynn a Gable, che gli rispose scuotendo la testa. Non aveva intenzione di dire nulla a Flynn e voleva che fosse chiaro.

Grant era seduto su una balla di fieno che scacciava la mano di Hunter, visto che quest'ultimo gli stava controllando il labbro ferito. Voleva assicurarsi che non ci fossero altri danni.

Gable si avvicinò a loro. «Serata un po' tesa.»

Hunter drizzò la schiena come se fosse stato colto a fare qualcosa di sbagliato e guardò Gable. «Eh, sì. Senti, noi dovremmo andare. Grazie per averci chiamato, torneremo presto, se per te va bene. E, certo, sarebbe bello se chiamassi anche per la seconda cavalla.» Diede un'occhiata verso l'altro box e la sua faccia si illuminò. «Credo che non ci sarà più bisogno di chiamarci!»

Istantaneamente tutti si fiondarono verso la porta per vedere.

«Devo richiamare Bill?» domandò Gable lentamente, come se stesse guardando un incidente d'auto al rallentatore.

«No» rispose Hunter. «La signorina se la sta cavando bene.»

La cavalla stava facendo più o meno gli stessi versi della prima, ma era meno agitata. Questa era scesa rivolgendo le zampe posteriori agli uomini, quindi avevano i posti migliori per il secondo miracolo del giorno. Quella volta non c'era nulla rispetto alla tensione e allo stress della prima nascita.

Un piccolo zoccolo, poi un altro, ancora avvolti dal sacco. Pochi istanti dopo comparve un naso che parve poi scivolare dentro, la cavalla grugnì e Flynn la vide proprio spingere fuori il resto del puledro. Fu talmente naturale da far quasi dimenticare le difficoltà che avevano avuto con il piccolo puledro nel box accanto.

Flynn fece un passo dentro, abbastanza da poter togliere il sacco amniotico dal muso del cavallino in modo che potesse respirare per la prima volta. Ci volle un po' di tempo affinché i cavalli si rimettessero in sesto, ma poco dopo la neo mamma andò a familiarizzare con il suo piccolo, che fu rapido ad alzarsi. Barcollò per qualche istante, era già in cerca del latte materno.

Gable mise le sue braccia intorno al corpo di Flynn e lo strinse in modo da potergli strofinare il naso sul collo. Flynn vide Grant fare più o meno lo stesso con Hunter. Il loro abbraccio aveva qualcosa di virile, di mascolino, ma Grant aveva comunque una certa tenerezza che Flynn non si sarebbe aspettato da un tipo così grosso. Era chiaramente qualcosa che non avevano mai fatto in pubblico. Non appena Flynn si voltò verso Gable per fargli notare ciò che stava succedendo, Grant si ricordò di non essere solo con Hunter e lo lasciò andare all'istante.

«Ehi, non c'è bisogno di nascondersi, ragazzi» disse Gable. «Sono cose che facciamo anche noi.»

Grant e Hunter si scambiarono un'occhiata, ma il momento d'intimità era ormai andato. Per rendere più chiaro il concetto, Gable strinse Flynn ancora più forte contro il suo petto.

CAPITOLO
VENTIQUATTRO

«Stanco?» domandò Flynn mentre tornavano a casa. Lo zoppicare di Gable gli era parso accentuato, così aveva guidato il braccio di Gable sulle sue spalle per sostenerlo un po' mentre camminavano sotto il cielo stellato.

Gable annuì. «Il tuo romanticismo mi fa piacere» scherzò. «Ma è stata una giornata lunga.»

Avevano aspettato fino al momento in cui i due puledri avevano cominciato a essere allattati dalle mamme, che si stavano prendendo cura di loro. Dopo, avevano salutato Grant e Hunter e avevano chiuso la porta del fienile.

«Sembrano dei bei cavallini» continuò Gable mentre salivano le scale della veranda senza staccarsi l'uno dall'altro. «Il secondo mi ricorda Brenner quando era piccolo.»

«Peccato che si debbano dare a Hunter.»

«Hunter si prenderà cura di loro come si deve, te lo assicuro» replicò Gable salendo i gradini con un po' più di difficoltà del solito.

Una volta arrivati in cima alle scale, Flynn prese il kit di pronto soccorso e la crema per le mani, poi tornò in camera. Gable era sdraiato a pancia in su, ancora completamente vestito.

«Vieni qui» lo provocò Flynn, togliendogli uno stivale e slacciandogli la cintura.

«Sono troppo stanco, Flynn» sospirò Gable.

«Non troppo stanco per un po' di coccole, spero.»

Gable alzò lo sguardo e gli sorrise. «Forse un po'...»

Flynn si rese conto di quanto Gable fosse stanco morto, perché di solito si lamentava prima di lasciargli toccare la gamba.

«Ehi, la tua gamba ha un bell'aspetto. Temevo che fosse irritata, invece è solo un po' rossa.»

Gable grugnì in risposta e lasciò che Flynn gli massaggiasse la crema sulla pelle. «Stai facendo un buon lavoro, amore.»

Flynn sorrise, Gable si stava abituando a tutto ciò e gli faceva piacere. Quando finì, si preparò per il letto, lasciando i vestiti nel cesto della biancheria sporca accanto alla porta.

«Quindi mi puoi dire che sta succedendo?» domandò Flynn rannicchiandosi tra le braccia di Gable.

«Non sta succedendo niente» tagliò corto l'altro.

«Perché Bill ha colpito Grant?»

Gable sospirò profondamente. «È una storia molto lunga e dovremo svegliarci presto per penderci cura dei puledri.»

«Allora dimmi la versione breve» insistette Flynn.

Gable brontolò, poi si alzò in modo da sedersi appoggiato alla testiera del letto. «Bill e Grant non vanno d'accordo.»

«È per qualcosa che ha a che fare con te?»

Gable scosse la testa. «No, ha a che fare con Calley.»

«Oh?»

«Ti ho detto che è una storia lunga.»

Anche Flynn si mise a sedere. «Voglio comunque sapere. È una storia piccante?»

Gable rise. «Non proprio.» Assunse un'espressione rassegnata e sospirò ancora una volta prima di continuare. «Calley e Bill provano ad avere figli da quando si sono sposati.»

«Ecco il perché del pianto di Calley dell'altro giorno.»

Gable annuì. «Hanno visto un sacco di dottori per cercare di capire il perché, ma a parte lo sperma di Bill, che non pare esattamente di prima qualità, non sembra esserci una causa. Almeno è ciò che mi ha detto Calley. Un giorno, circa quattro anni fa, mi ha chiesto di considerare l'idea di 'donare un campione di sperma'.»

Flynn annuì, cercando di non interrompere il filo dei pensieri di Gable ora che si era deciso a parlare. Aveva risposto solo a una parte della domanda di Flynn, il quale credeva da tempo che ci fosse qualcosa tra Gable e Calley.

«Ho declinato l'offerta, cercando di essere gentile» ammise Gable. «Non è perché non abbia mai preso in considerazione l'idea di diventare padre o perché pensi che Calley non sarebbe una buona mamma, ma devo ammettere che se mi capitasse di concepire un figlio vorrei essere suo padre, non solo un 'donatore'.»

«Capisco.» Flynn annuì.

«Volevo aiutarla, avrei fatto qualsiasi cosa per renderla mamma, ma non quello.»

Flynn si rannicchiò di nuovo tra le braccia di Gable. «Sono sicuro che avrà capito.»

«Sì, l'ha fatto. Ma poi arrivò Grant. Andava a letto anche con le donne, l'ho sempre saputo. Andava in città il sabato sera, in discoteca o al pub, e non mi era fedele, ma lo sapevo.»

C'era ancora un po' di dolore nella voce di Gable, ma non quanto prima, e ciò tranquillizzò Flynn.

«Ciò che non avrei mai immaginato è che ci provasse con Calley.»

Flynn fu sorpreso. «Grant e Calley?»

Gable annuì. «Il mio fienile. A quel tempo, Calley e Bill vivevano quasi separati. Calley mi aveva parlato dello stress che le causavano tutte quelle visite, e degli ormoni che doveva prendere, inoltre Bill aveva cominciato a lavorare in città.»

«Erano innamorati? Calley e Grant?»

«Oh, no» rispose Gable. «Calley era piuttosto sola e pensava alla gravidanza come a un piacevole effetto collaterale. Grant era difficile da capire. Credo che abbia ancora una cotta per lei.»

«E tutto ciò accadeva davanti ai tuoi occhi?»

«Non proprio» disse Gable. «Ne ero sicuro e non volevo vederli, ma erano piuttosto discreti. Penso che Calley si sentisse molto in colpa, per un po' mi ha evitato.»

«E neanche Grant la mise incinta?»

Gable ridacchiò, ma non per il divertimento. «Invece, l'ha fatto.»

«Ma Calley non...»

«Calley andò in travaglio troppo presto e il bambino nacque morto... è ciò che mi ha confessato. Dovrebbe averlo detto anche a Bill, ma più tardi.»

«Oh, povera Calley.»

«Così puoi capire perché è in buoni rapporti con Grant e perché Bill non lo sopporta. Non credo che sia facile per Bill trovarsi intorno l'ex amante di sua moglie.»

Flynn concordò. «E possiamo supporre che se lo troverà intorno ancora per un po'. Sembra trovarsi proprio bene con Hunter.»

«Oh, sì» sospirò Gable.

«Sei geloso?» chiese Flynn semiserio.

«Geloso? Io?» rispose rapido Gable. «No. Grant e io non eravamo fatti l'uno per l'altro. In più, ho te.»

Flynn gli diede una pacca. «Sarà meglio.»

«Sono ancora sorpreso riguardo a Hunter, però.»

«Non posso credere che non sapessi che Hunter è gay» rise Flynn.

«Dai, Flynn. Non ce l'ha mica scritto sulla fronte» replicò Gable. «Non ha mai avuto una ragazza fissa, lo so, ma pensavo che fosse solo troppo occupato al ranch. Inoltre, con mamma e tre sorelle, immagino che non sia semplice portarci una povera ragazza ignara di tutto.»

«O un ragazzo.»

«Di sicuro non un ragazzo» disse Gable. «Dubito seriamente che la madre e le sorelle di Hunter sappiano di Grant. Sono brave ragazze, ma credo che ne sarebbero scioccate.»

«Lo sbatterebbero fuori?» domandò Flynn, un po' dispiaciuto per Hunter.

Gable sorrise. «È comunque l'uomo di casa. Lavorano tutti al ranch ma è lui che lo gestisce, e nonostante non abbia mai finito la scuola sembra portato per gli affari. Gestisce il ranch anche meglio di suo padre.»

«Lo conosci piuttosto bene, vero?»

Gable annuì. «Siamo sempre stati vicini. Mio padre e suo padre avevano fatto un patto, suo padre non avrebbe cercato di comprare il ranch di mio padre come aveva comprato gli altri piccoli ranch nei dintorni. Hunter è un po' più giovane di me, certo, ma l'ho visto crescere. Suo padre è morto quando aveva quattordici anni e se l'è dovuta cavare.»

«Non dev'essere stato facile» rifletté Flynn.

«No, ovviamente no. I nostri padri sono morti durante lo stesso anno. Il mio era più vecchio e quindi ero già in grado di gestire il ranch per conto mio, ma Hunter era un bambino. Ha passato diverse notti nel mio fienile, piangendo come un matto perché non riusciva a prendersi quella responsabilità.»

«Quindi sei stato come un fratello maggiore?»

«Suppongo di sì» rispose Gable con dolcezza.

«Quindi è per questo che ti è difficile pensare che sia gay?»

Gable fece spallucce.

«O ci hai provato con lui e ti ha rifiutato?»

«No! Era un amico, e pure troppo giovane!»

Flynn ridacchiò vedendo il modo in cui Gable difendeva se stesso. «Ma l'avevi?»

«Cosa?»

«Un debole per Hunter.»

Gable sorrise timidamente. «Sai che è così.»

«Anche quando aveva quattordici anni?»

«Sedici» ammise Gable. «Era comunque troppo giovane per provarci, in più non si era mai mostrato interessato a me.»

«Quindi non hai mai...?»

«Flynn!» lo riprese Gable.

Flynn si strinse tra le braccia di Gable. «Ora sto zitto.»

«Dormi.»

«Sì, papà.»

«Smettila» replicò Gable, incapace di non ridere. «Non sono tuo padre e non lo sarò mai.»

«Non mi sarebbe dispiaciuto se Hunter avesse saputo del fienile da te, invece che da Grant.»

«Lo so» disse Gable con dolcezza. «Sarebbe stato strano, però, visto che ora loro due stanno insieme.»

«Mi chiedo cosa direbbero sua madre e le sue sorelle» disse Flynn sul punto di addormentarsi.

«Dubito che glielo dica, ma comunque credo che sia solo questione di tempo prima che lo vedano con i loro occhi, le cose tra i due sembrano serie. Non so se sarebbe meglio dirlo prima che accada o meno.»

«L'hai mai detto ai tuoi genitori?» domandò Flynn, un po' più sveglio.

«No» rispose Gable. «Papà è stato l'unico a vedermi crescere, ed è morto prima che glielo potessi dire. Non so come sarebbe andata, ma credo che sapesse che le ragazze non mi piacevano molto. Non era il genere di cosa di cui parlavamo, però. Era un po' dispiaciuto perché Bill era arrivato a Calley prima di me, ma a parte quello... andiamo a dormire, ok?»

Flynn si voltò mettendosi le braccia di Gable intorno a sé, quindi erano messi a cucchiaio. Si addormentarono dopo pochi minuti.

CAPITOLO
VENTICINQUE

Era una mattinata fresca di tarda primavera quando Calley chiamò Gable.

«Tesoro, posso fare un salto per pranzo per parlare? In privato.»

Gable fece spallucce. «Certo, è il giorno in cui porti le provviste, giusto?»

«Sì» rispose lei con un po' di esitazione. «Ma vorrei parlare con te da sola. Suona male, lo so, ma credo che Flynn non dovrebbe sentire.»

Gable rimase in attesa. Non aveva idea di cosa Calley potesse volergli dire, ma si fidava di lei. Doveva solo trovare un modo gentile per dire a Flynn che avrebbe tagliato la corda per circa un'ora.

«Mi inventerò qualcosa» la rassicurò. «Resti a pranzo?»

«Certo» rispose lei.

Gable mise giù il telefono e lo fissò.

«Problemi?» domandò Flynn, camminando in cucina dritto verso il frigo per prendere qualcosa di fresco da bere.

Gable rifletté per qualche istante e decise di dire la verità. «Calley farà un salto per pranzo e vuole parlarmi... da soli.»

Flynn sollevò un sopracciglio. «Spero che stia bene!»

Gable alzò le spalle. «Penso che me lo dirà. Per te è un problema lasciarci da soli a parlare?»

Flynn sorrise. «Certo che no. Spero che non voglia dirti che lascerà Bill per te!»

Gable rise. «Se fosse quello, avrebbe bisogno di uno strizzacervelli.»

Quando i due uomini tornarono in casa, Calley era dentro e stava preparando dei panini.

«Ehi, sei ospite, non devi mica preparare il pranzo!» la riprese Flynn con un sorriso ampio. Le diede un colpo di fianco per allontanarla dal lavandino in modo da potersi lavare le mani. «Ci penso io.»

Calley gli diede un bacio sulla guancia. «Era presto e voi due eravate ancora al lavoro, così ho pensato di cominciare. Non ho molto tempo, e non potevo stare seduta ad aspettare.»

Quando si voltò, finì nelle braccia di Gable.

«Vacci piano, ragazza» ridacchiò lui, tenendola stretta prima di lasciarla andare.

«In ogni caso» disse Flynn, sporgendosi sul piatto che Calley aveva preparato, «prenderò due di questi e andrò a portare Bridget sotto l'albero. Così potrete parlare.»

Non le diede la possibilità di rispondere, si limitò a prendere i due panini pieni quasi fino a scoppiare, fasciarli in un pezzo di carta e fare un fischio a Bridget, che arrivò quasi subito per poi seguire fuori il ragazzo.

«Gli hai detto che non lo volevo qui?» domandò Calley.

«Non con queste parole, ma sì. Gli ho detto che volevi parlare solo con me.»

Calley annuì, prendendo due piatti dalla credenza e mettendoli sul tavolo.

«Non sembra averla presa male.»

Gable rise. «No, perché avrebbe dovuto? Francamente, sa bene che non rappresenti una minaccia.»

Annuì, Gable continuava però a vederla nervosa, era curioso da quando l'aveva chiamato. Non riusciva quasi a trattenersi dal chiederle cosa volesse. Era il tipo di donna che andava dritta al punto, quindi probabilmente l'avrebbe scoperto presto.

«Caffè?» propose lui.

Dopo dieci minuti passati a mangiare e a parlare di ciò che stava accadendo in città e tra i vicini, Calley non aveva ancora detto una singola parola riguardo al perché della sua visita.

Gable stava per scoppiare. Le versò un'altra tazza di caffè. «Allora, hai intenzione di dirmi perché abbiamo cacciato Flynn a mangiare sotto l'albero?»

«Non l'abbiamo...!» sospirò lei. «Scusa, ma non è facile.»

Gable annuì pazientemente.

«Ti ricordi quando qualche anno fa ti ho chiesto se volessi donare... lo sperma?»

Gable rise. «Buffo che tu ne stia parlando, l'ho detto a Flynn la notte scorsa.»

«Gliel'hai detto?» i suoi occhi si spalancarono e sorrise. «Come l'ha presa?»

Gable agitò le mani. «Non cambiare argomento. Dimmelo!»

Calley si morse il labbro. «Lo so, avevi detto di no, ma mi chiedevo se potessi riconsiderare la cosa.»

Questa volta, Gable non disse immediatamente no. Parte di lui era ancora di quell'idea, ma quella speranza negli occhi di Calley gli tolse la forza di rifiutare. Non le avrebbe detto nemmeno sì così su due piedi, però.

«Tu e Bill ci riproverete?»

«Ci riproverò, sì» rispose lei.

Gable corrugò la fronte. «Tu e Bill vi state lasciando?»

Lei fece un sorriso vago. «No, no. È stato difficile, ma lo amo e sono abbastanza sicura che lui mi ami ancora. Abbiamo subito un altro duro colpo e abbiamo capito che non avremo mai dei figli insieme.»

Gable si avvicinò a Calley e le prese la mano. «Mi dispiace.»

«I dottori pensano che sia qualcosa di genetico, quindi la mia unica possibilità sarebbe quella di una donazione di sperma. È stato difficile parlarne a Bill, è per questo che sono qui. Bill non vuole che il padre di nostro figlio sia uno sconosciuto, ma non vuole neanche sapere chi è. Vuole che tutti i dettagli siano chiusi in una busta, se ne avessimo bisogno, per esempio se il bambino si ammalasse o avesse bisogno di un rene o altro.»

«Così sapresti chi incolpare?» scherzò Gable per nascondere il disagio che provava.

«Così suona male, Gabe. No, ma se il bambino mi chiedesse chi fosse suo padre una volta cresciuto, non dovrei dirgli di avere avuto un campione dal dottore e che non ho idea di chi sia suo padre.»

«Vorresti dirgli che sono io suo padre?»

Calley sospirò. «Visto che Bill non vuole sapere di chi si tratti, ho bisogno di più opzioni, così ho chiesto anche a Hunter e a Grant. Forse, visto che Flynn lo sa già, potremmo chiedere anche a lui? In questo modo ci sarebbero quattro possibilità.»

Gable rise e scosse la testa. «Tu e Bill siete entrambi biondi, significa che se scegliste una delle altre tre opzioni, finireste per avere bambini con i capelli scuri. Sono la vostra unica opzione per un bambino biondo, Calley. Almeno è ciò che ricordo dalle lezioni di biologia a scuola. È passato del tempo, potrei sbagliarmi completamente.»

Calley annuì. «Dovremmo lasciare tutto al caso. E se dovessimo avere un bimbo dai capelli scuri e ricci, lo ameremmo comunque un sacco.»

Gable mise un braccio intorno alle spalle di Calley. «Lascia che ne parli a Flynn, ok?»

Calley annuì. «Bill è d'accordo sul fatto che tutti voi dovreste conoscere il bambino fin dalla nascita. In questo modo, se volesse sapere tutta la storia, vi conoscerebbe abbastanza da potervi venire a parlare senza troppi problemi.»

Gable le diede un pizzicotto con fare giocoso. «Vuoi dei babysitter a costo zero, eh?»

Calley sorrise. «Sono sicura che Bill avrà pensato anche a quello.»

«In ogni caso, se sarà il mio sperma, finirai con l'avere solo maschi. Non ci sono donne nella mia famiglia.»

«Tua mamma era una donna!» lo provocò Calley.

«Sì, lo era. Ma era l'unica femmina, aveva sei fratelli, e anche papà aveva quattro fratelli e nessuna sorella... quindi puoi scordarti d'avere una femmina.»

Calley si alzò e abbracciò Gable. «Grazie» gli sussurrò all'orecchio. «Ti chiamerò più tardi.»

Andarono fuori insieme, Calley fino alla macchina e Gable fino all'albero dove Bridget lo salutò.

«Allora, qual era il problema?» domandò Flynn, accarezzando Bridget in modo che Gable si potesse sedere lì, accanto a lui.

«Lei e Bill non possono avere figli. Pare che non siano compatibili geneticamente.»

«E vuole che tu faccia da donatore?»

Gable guardò Flynn intensamente. «Come lo sai?»

«Mi hai detto che te l'aveva già chiesto.»

«E avevo detto no. Ti avevo detto anche questo.»

Flynn annuì. «Questa volta le hai detto di sì?»

«Le ho detto che prima volevo parlarne con te.»

Flynn abbracciò Bridget e poi la lasciò andare, quindi lei si mise a pancia in su nella speranza che Flynn le accarezzasse la pancia. «Credo che dovresti. Se lo vuoi, ovvio. Lei è la tua migliore amica, Gabe. Le vuoi un bene dell'anima.»

«Vero» ammise lui senza problemi. «Mi ha chiesto di chiederlo anche a te.»

«L'hai appena fatto.»

«Chiederti di fare da donatore» si spiegò Gable. «Vuole lasciare tutto al caso. Neanche Bill vuole sapere chi sarà il padre di suo figlio, quindi ci sono quattro opzioni.»

«Quattro?»

Gable annuì. «L'ha chiesto anche a Hunter e Grant.»

«Bill lo saprà comunque. A meno che non sarà un bambino con i capelli ricci e scuri, in quel caso potrebbe essere sia mio che di Grant... beh, se avesse i capelli biondi sarebbe tuo, se avesse i capelli castani e lisci sarebbe di Hunter. A pensarci bene... se fosse alto, con i capelli ricci, sarebbe di Grant. Se fosse basso, sarebbe mio.»

«Lo so» disse Gable con un'alzata di spalle. «È esattamente quello che le ho detto.»

«Non è un problema» rimuginò lui. «Non credo che potrò avere dei figli in altro modo, ma facendo così ci sarà una parte di me ancora in questo mondo quando me ne sarò andato.»

«Anche se non potessi essere suo padre?»

Flynn fece spallucce. «Bill farà un ottimo lavoro.»

Gable passò la mano tra i capelli di Flynn. «Perché non ne sono convinto?»

«Sei protettivo, Gabe» rispose Flynn. «Non sono il tipo che si fa questo genere di problemi.»

«Pensi che sia per via della mancanza di modelli nella tua famiglia? È per questo che pensi che saresti un pessimo padre?»

Flynn deglutì. «Forse.»

Gable poté a malapena sentire la risposta, prese il suo amato tra le braccia, stringendoselo al petto. «Per la cronaca, credo che saresti un padre fantastico.»

Come a prova di ciò, Bridget mise la testa sulla coscia di Flynn sperando in altre coccole.

«Non preoccuparti, tesoro» la tranquillizzò, grattandole le orecchie. «Sarai sempre la mia bambina.»

CAPITOLO
VENTISEI

Qualche settimana, più tardi, si incontrarono con Hunter e Grant in una clinica a circa un'ora di macchina dai rispettivi ranch. Gable pensò che Hunter e Grant fossero nervosi, c'era più di un motivo per esserlo. Hunter non amava gli ospedali, Gable lo sapeva. Aveva visto morire suo padre in pochi giorni e quindi Gable preferiva restarne fuori. La causa del nervosismo di Grant era invece probabilmente la stessa che faceva sentire a disagio Gable.

Incapace di restare fermo, Grant si alzò. «Vado a cercare un caffè» annunciò.

«Vengo con te» rispose subito Hunter, lasciando Gable e Flynn soli nella sala d'attesa.

Gable li guardò mentre se ne andavano. Lui e Grant non erano mai stati nella stessa stanza dopo che si erano lasciati, a meno di non contare la notte della nascita dei due puledri. Era chiaro che Grant lo stesse evitando, ma a Gable non importava. Gable non aveva troppi problemi. Prima o poi gli avrebbe parlato. Hunter e Grant sembravano una coppia piuttosto solida, e non voleva perdere un amico come Hunter. Inoltre, essere carino con Grant era un modo per dimostrare a Flynn d'averla superata, probabilmente Flynn l'avrebbe compreso. Gable pensava di essere andato avanti nell'ultimo anno solo grazie a Flynn, ma a parte dirglielo non c'era modo per dimostrarglielo. Forse, se avesse dimostrato al ragazzo di andare d'accordo con Grant, Flynn avrebbe visto che ne era valsa la pena.

«Che c'è di divertente?» domandò Flynn, tirando Gable fuori dai suoi pensieri.

Gable si rese conto di avere il sorriso sul volto. «Stavo pensando che dovremmo passare un po' di tempo con Hunter e Grant. Se andassimo a cena fuori, più tardi?»

Flynn sbuffò. «Solo se paga Calley!»

«Credo che sarebbe una buona idea. Dovremmo darci una possibilità per far andare meglio le cose tra noi. Siamo vicini, dopotutto, e Hunter mi ha aiutato più di una volta negli anni passati. Non posso fargli una colpa se gli piace Grant.»

Flynn lo guardò interrogativo. «Sei geloso?»

Gable rise. «Assolutamente no. Te l'avevo già detto prima che Hunter si mettesse con Grant. Credo solo che dovremmo comportarci bene gli uni con gli altri, Grant non è cattivo. Potremmo essere amici.» Flynn corrugò ancora di più la fronte. «Forse» aggiunse Gable, per allentare quel disagio. Gable si guardò intorno, poi strinse Flynn e baciò i suoi capelli ricci e soffici. «Ti amo con tutto il mio cuore. Fidati di me, non ho cattive intenzioni con Grant.»

Quando Flynn si sciolse dalla stretta, stava sorridendo di nuovo ed era tutto ciò che voleva Gable. Nell'istante in cui alzò lo sguardo, capì perché Flynn l'aveva allontanato: erano tornati Hunter e Grant, ognuno con due tazze fumanti di caffè in mano.

«Non sapevo se ci volevate la panna» disse Hunter porgendo le due tazze a Flynn e Gable, poi Grant gli diede la sua.

«Ho preso un sacco di zucchero» aggiunse Grant, tirando fuori dalla tasca un sacco di bustine di zucchero e mettendole sul tavolo davanti a loro.

Gable gli sorrise. «Sai come arrivare al cuore di un uomo. Flynn adora le cose dolci.» Prese tre bustine e

Flynn porse la tazza, Gable fece cadere il contenuto nel liquido nero.

«Senza è terribile» concordò Flynn, assaggiandolo e porgendolo di nuovo a Gable per fargliene aggiungere altro.

Grant sorrise e scosse la testa, Gable era più rilassato. Poteva farcela, non era impossibile.

«Signor Jarreau? Signor Tomlinson?» chiamò un'infermiera.

Grant si alzò e Gable notò la fugace stretta di mano tra Hunter e Grant mentre si alzava per seguire l'infermiera. Gable aveva già visto quei piccoli gesti d'affetto, ma in quel momento capì di sentirsi bene. Era felice per Hunter e, avrebbe dovuto ammetterlo, era felice anche per Grant. Quando guardò Flynn, vide un sorrisetto sul suo volto.

«Stavi guardando Grant» lo provocò Flynn non appena si fu alzato.

Gable fece spallucce e guardò Flynn con un'espressione da *e allora?* Con sua sorpresa, Flynn fece un sorriso ampio, facendo sentire a Gable le farfalle nello stomaco. Osservò il suo compagno lasciare la sala d'aspetto dietro Grant.

«Quindi, dovremmo essere i prossimi?» domandò Hunter, spostandosi nel posto accanto a Gable.

«Lo dici come se fossimo agnelli al macello» sbuffò Gable.

«Non è così terribile, ma l'idea di farsi una sega in un vasetto mi sembra...» Hunter non finì la frase.

«Vedi il lato positivo. Lo stiamo facendo per Calley, quindi è come se lo facessimo anche per Bill.»

Hunter fece una smorfia di disapprovazione. «Suppongo sia così.»

«E per cosa? Cinque minuti del tuo tempo?»

«Ehi!» Hunter gli diede un colpo con la spalla. «Parla per te!»

«E sei giovane» aggiunse Gable. «Se una volta a casa, a Grant dovesse venire qualche strana idea, a te si alzerà comunque. Io, d'altra parte...»

Hunter guardò Gable preoccupato, ma il sorriso canzonatorio sul volto di Gable fece scomparire quell'espressione.

«Flynn mi mantiene giovane» ammise Gable, un po' più tranquillo di prima.

«Bene» replicò Hunter. «Mi fa piacere. So cosa vuol dire amare qualcuno. Prima potevo solo immaginarlo, ora invece lo so.» Guardò nella direzione in cui era scomparso Grant.

Gable lo guardò di traverso. «Allora sono felice anch'io.» Diede una lieve pacca al ginocchio di Hunter e poi tolse la mano, non voleva attirare l'attenzione. «Sai, io e Flynn abbiamo parlato mentre prendevate il caffè, pensavamo di andare a cena fuori tutti insieme quando avremo finito qui.»

«Sei sicuro? Voglio dire...»

«Vuoi dire che sarei nella stessa stanza con Grant, facendo conversazione?»

Hunter annuì.

«Penso di farcela. Se a Grant va bene, per me è ok.»

Hunter scrutò Gable cercando di valutare quello sguardo coraggioso. «Sono sicuro che per Grant non ci saranno problemi. Dovrò convincerlo, certo, ma credo che si preoccuperà più per le tue reazioni che per le sue. Come mai questa decisione?»

Gable rise. «Sono come te, prima pensavo di sapere come fosse amare qualcuno. Ora ne sono certo.»

Hunter diede una pacca sulle spalle a Gable. «Dove si va?»

Gable non ebbe il tempo di rispondere, Flynn tornò in sala d'attesa con uno sguardo trionfante.

«Sono il primo?»

«Sì» rispose Gable. «Grant non è ancora tornato. Credevo avessi più resistenza di lui.» Seguì una strizzata d'occhio.

«Ce l'ho quando serve» rispose compiaciuto. «Ora lo scopo era produrre... qualcosa, e penso sempre al risultato finale!»

Grant arrivò presto accanto all'infermiera. «Signor Sutton? Signor Krause?»

«Il nostro turno» disse Hunter alzandosi.

Gable li seguì lungo un corridoio dall'aria sterile con un bancone, dove chiesero loro di firmare un modulo. Ricevettero poi il numero di una stanza e un vasetto. C'era una sedia dall'aria comoda e una finestra con tende colorate. Era presente un televisore su un comò e uno dei cassetti era aperto. Sbirciò all'interno e lo vide pieno di porno, sia DVD che giornalini. Fece un'alzata di spalle quando vide un sacco di tette nude, ma cercando bene riuscì a trovare un DVD di porno gay. Decise di non metterlo nel lettore, supponeva di essere in grado di evocare abbastanza immagini nella sua mente per raggiungere lo scopo. Reclinò la testa quando si rese conto di non essere probabilmente capace di battere il record di Flynn.

Sul tavolo accanto alla sedia c'era una scatola di fazzoletti, Gable mise il contenitore di plastica lì accanto prima di andare a lavarsi le mani come l'infermiere aveva spiegato loro.

Gable si guardò allo specchio sopra il lavandino. Aveva un po' più di rughe di quanto non ricordasse ed era sempre piuttosto magro, nonostante l'ottima cucina di Flynn. Ciò che gli sembrava più strano erano però i capelli, che da un biondo sporco erano diventati pieni di venature grigie. Scosse la testa mentre si asciugava le mani su un asciugamano. Non aveva idea del perché un uomo giovane e esuberante come Flynn avesse scelto un vecchio cowboy come lui, ma in quei giorni non se lo chiedeva spesso. L'amore di Flynn lo faceva stare troppo bene.

Tirò giù la zip dei pantaloni, si lasciò cadere sulla sedia e tirò fuori il membro flaccido. Capì di essere reso ancora nervoso da ciò. Mesi di impotenza, dopo essere stato a un passo dalla morte, avevano lasciato tracce. Era praticamente guarito ormai, nonostante non riuscisse ancora a sentire la protesi come parte di sé. Cominciò a toccarsi, cercando di rendere nitido Flynn nella sua testa. Flynn trovava sempre il modo per distrarlo e farlo sentire bene. Erano state la sua infinita pazienza e le sue cure a far guarire Gable, avevano anche una vita sessuale soddisfacente. Non dubitava più che piacesse anche a Flynn. Doveva solo immaginare Flynn sopra di sé, dentro di sé, la determinazione e l'estasi sul suo volto mentre affondava nel suo corpo, Gable sentì il suo cazzo ingrossarsi. Sì, doveva fare così.

L'immagine si trasformò poi in Gable che cavalcava Flynn. A Gable piaceva avere il controllo della situazione. Gli piaceva fin troppo, ma aveva imparato a lasciare un po' di iniziativa all'altro, che poi lo lasciava fare. Gli sorrideva, lasciando scivolare le sue mani sulle cosce di Gable. Flynn non andava fino in fondo, fino a quando non era Gable stesso a chiederglielo, talmente disperato da supplicarlo. Cazzo, quell'uomo lo eccitava.

Gable non era neanche lontanamente vicino all'orgasmo, però. Smise di masturbarsi e sospirò. Non l'aveva neanche completamente duro. Non stava funzionando. Per un attimo valutò di mettere il porno, ma poi pensò che in quel caso gli sarebbe servito ancora più tempo.

All'improvviso la porta si aprì e la reazione istintiva di Gable fu quella di coprirsi e alzarsi dalla sedia. Gli servì un istante per capire chi era entrato.

«Ti serve una... mano?» disse Flynn provocandolo.

Gable si lasciò cadere sulla sedia.

«Hunter ha finito da un sacco!»

Gable rise. «Dilettante.»

Flynn entrò e si mise a cavalcioni sulle gambe di Gable, facendo scorrere la mano tra i capelli lunghi dell'uomo. «Sono serio. L'infermiera mi ha detto che potevo darti una mano.»

«L'infermiera ha detto... cosa?»

Flynn rise. «La tua faccia non ha prezzo. Non gliel'ho detto, amore. Sono sgattaiolato qui mentre non stava guardando.»

«Come sapevi dove trovarmi?»

«Era l'unica stanza occupata.»

Gable non osò pensare cosa sarebbe successo se ce ne fossero state due. Afferrò Flynn per la nuca e lo tirò a sé per baciarlo, sentì quella sensazione di lussuria così familiare. «Hai ragione. Sai sempre di cosa ho bisogno.»

Flynn si tirò indietro e si morse il labbro. «Pensavo a te mentre ero qui. Pensavo al tuo culetto, quel bel cazzo e quella sensazione che provo quando sono dentro di te.» Guardò l'inguine di Gable e quest'ultimo sentì il sangue andargli a confluire lì.

Flynn lo guardò con aria seducente. «Forse dovresti toglierti boxer e jeans, in questo modo potrei scoparti il culo con le dita. Ti piacerebbe?»

«Cazzo» sospirò Gable. «Certo, che mi piacerebbe.» Gli stava diventando più duro.

«C'è un problema, non avrò una mano libera per tenere il vasetto, e quando sarai in quello stato dubito che ti ricorderai di prendere la mira.» Ridacchiò divertito e prese il contenitore, poi tolse il tappo. «Quindi dovrai fare tutto da solo e, poi, quando mi farai il tuo dono, lo prenderò. Che te ne pare?»

Gable annuì, il respiro si era fatto più pesante e stava prendendo velocità.

«Pensa al regalo che farai a Calley» continuò Flynn.

Gable si fermò. «Sai come ammazzare l'atmosfera.»

«Cosa?» domandò Flynn innocente.

«Come se fosse sempre stato il sogno della mia vita mettere incinta una bella bionda.»

Flynn rise e baciò Gable. «Scusa. Non ti sono mai piaciute le bionde?»

«No, preferisco gli uomini mori. Con i capelli ricci.»

«Vuoi che ti porti Grant?»

Gable tirò Flynn a sé e lo baciò con violenza. «Voglio solo te» disse, ansimando, dopo averlo lasciato andare.

Flynn abbassò lo sguardo e vide il membro quasi viola che Gable si stava massaggiando velocemente. «Credo che ti dovrò scopare un bel po' quando saremo a casa.» Flynn riuscì a posizionare nel punto giusto il contenitore quando Gable fu scosso dagli spasmi dell'orgasmo, i filamenti bianchi finirono nel posto giusto. «Bravo ragazzo» disse, come se stesse parlando con un cavallo. Flynn mise il barattolo sul tavolino e baciò Gable con passione non appena fu tornato in sé dopo l'orgasmo.

«Ho invitato Hunter e Grant a cena con noi» disse Gable.

«Quindi devo aspettare?»

Gable annuì pigramente.

Flynn gli si rannicchiò accanto. «E se fossi tu a dover dare il bambino a Calley?»

Gable fece spallucce, godendosi le carezze di Flynn sul suo petto. «Non vedo il problema.»

«Hai detto che se diventassi padre vorresti essere più di un semplice donatore.»

«Dobbiamo solo vedere cosa vorrà Calley, ma non credo che potrò fare molto. Non credo che Bill mi lasci, per prima cosa. Sarà il loro bambino. L'avevamo accettato quando abbiamo detto sì.»

Gable guardò Flynn, cercando di capire il perché di quelle domande. Forse anche lui voleva un figlio? Non osava chiederlo, ma prima o poi sarebbe uscito fuori. Bastava pensare al suo atteggiamento con le cavalle e i puledri e vedere il modo in cui si prendeva cura di Bridget, o ancora come si prendeva cura di lui quando stava male. Flynn sarebbe stato un ottimo padre.

All'improvviso Flynn si sciolse dall'abbraccio e si alzò. «Dovremmo portare il campione all'infermiera e tornare da Hunter e Grant, o penseranno che ce ne siamo andati dalla porta sul retro!»

«Se quell'infermiera ci vedesse uscire da qui insieme, penserebbe che abbiamo fatto sesso.» Constatò Gable, risistemandosi i pantaloni dopo essersi pulito con un fazzoletto.

«Sarebbe un problema?» domandò Flynn, sfacciato.

«No» rise Gable. «Andiamo a cercare qualcosa da mangiare.»

CAPITOLO
VENTISETTE

Dire che la cena cominciò con un'atmosfera un po' tesa sarebbe stato riduttivo. Hunter aveva scelto un piccolo ristorante a gestione familiare con tavoli di legno robusto, tovaglie a quadri rossi e bianchi, e bistecche che stavano a malapena sui piatti che erano già più larghi del normale. I tavoli erano piuttosto vicini e la maggior parte dei clienti si era portata la prole, così ci furono bambini gironzolanti per tutto il tempo.

Flynn li guardava con un po' di disagio, non era abituato ai bambini, e si ritrovò a scambiare occhiate eloquenti con Gable. Non c'era bisogno di parlare, per Flynn, il suo compagno era un libro aperto.

«Sei sicuro di voler essere il padre di un bambino?» chiese in silenzio Flynn, alzando le sopracciglia non appena un ragazzino gli fu sfrecciato accanto, brandendo la forchetta come un'arma mentre rincorreva la sorella maggiore.

Il sorriso di Gable e il modo in cui scosse la testa mentre si sedevano significavano «assolutamente no». Flynn cercò di tenere una certa distanza tra Gable e Grant, ma visto che il tavolo era rotondo Gable si sedette di fronte a Grant, questo significava che sarebbero stati l'uno di fronte all'altro per tutta la sera e quando lo capirono la tensione aumentò.

«Facciamo cambio di posto» suggerì Flynn a Gable. «C'è più spazio per il tuo piede» spiegò il più disinvolto possibile. Per fortuna, Gable capì e si alzò immediatamente. Per Gable, il sedersi accanto a Grant gli rendeva più semplice l'ignorarlo, visto che aveva Hunter di fronte e Flynn accanto.

Fu solo quando si misero a studiare il menu che Flynn notò quanto parevano sentirsi a loro agio Grant e Hunter, nonostante i bambini così esuberanti. Uno esagerò e la madre dall'aria stanca gli urlò «Jackson!» dall'altra parte del ristorante, quando il monello di circa sette anni sfrecciò accanto al loro tavolo. Hunter fu rapido nell'acchiapparlo con le braccia forti, fermando la sua corsa. Lo prese e lo mise di fronte a Grant, che posò il menu.

«Sei Jackson?» domandò Grant con un sorriso ampio che ben si accoppiava con la vivacità di quel bambino.

Il piccolo annuì.

Grant gli scompigliò i capelli. «Non credi che dovresti ascoltare tua mamma quando ti chiama?»

«Urla sempre, signore» rispose il bambino.

«Forse perché non l'ascolti» replicò Hunter, scambiandosi un'occhiata consapevole con Grant.

«Dai, vai da lei e dille che ti dispiace per essere corso via. Forse, se sarai bravo, ti lascerà venire a cavalcare un pony al Blue River Ranch.»

«Sono abbastanza grande per un cavallo!» esclamò Jackson.

«Abbiamo dei cavalli giganti al nostro ranch, sai» aggiunse Hunter all'invito di Grant.

«Vi ringrazio» disse la madre non appena li raggiunse. «Ma non mettetegli certe idee in testa. È già abbastanza fissato con i cavalli.»

Hunter si alzò e strinse la mano della donna. «Beh, il mio socio ha ragione. Organizziamo delle cavalcate sui pony ogni sabato mattina e facciamo vedere ai ragazzini come prendersi cura di un cavallo. In altre parole, impareranno tutto, dal pulire le stalle al cavalcare. Ci prenderemo cura di loro, può venire a vedere, se vuole.»

La donna lo squadrò un po', poi guardò rapidamente il resto della combriccola, erano occhiate più di stupore che di sospetto.

Hunter tirò fuori qualcosa dalla tasca. «Ecco il nostro biglietto. La mia sorellina è un tesoro con i bambini ed è lei che si occupa di spiegare come si cavalca. Perché non le date un colpo di telefono?»

«Possiamo, mamma?» Chiese Jackson impaziente.

«Ci penseremo, Jack» rispose sua madre. «Grazie ancora. È una peste» disse, voltandosi verso Hunter.

Flynn guardò la scena e poi Gable. Vedere il suo compagno un po' meno teso era piacevole, ma era sorpreso di vedere Grant così a suo agio. Non si aspettava che stesse così bene con i bambini.

«Quindi, fate cavalcare i pony al vostro ranch?» domandò Gable dopo aver ordinato.

Hunter annuì. «Bernie insegna ai bambini a cavalcare, e pensa di poter fare qualche soldo in più insegnando anche ai bambini della città. Sai, i compagni di scuola di Danny. Vorrebbe provare ad andare a una manifestazione che dura tre giorni, ma ha bisogno di più soldi. Le abbiamo comprato un buon cavallo, ma l'equipaggiamento e le spese di viaggio sono eccessive.»

«Allora è per questo che avete comprato i cavalli più piccoli» disse Gable, come se l'avesse appena capito.

«Sì» confermò Hunter. Flynn non si lasciò sfuggire lo sguardo che si scambiò con Grant, non riusciva a scacciare l'idea che nascondessero qualcosa.

Non si sentiva abbastanza a suo agio per chiedere, perciò si sarebbe dovuto tenere il dubbio.

«Quindi al ranch va tutto bene?» domandò Gable.

«Abbastanza bene» replicò Hunter. «Abbiamo perso qualche puledro durante l'estate. Non sappiamo se si tratta di un ladro o di un puma, ma in ogni caso lo acciufferemo.»

«Grazie per l'avvertimento» disse Gable. «Terremo i più giovani vicini a casa.»

La cameriera portò loro le bistecche e mangiarono quasi in silenzio. Per un po' Hunter e Gable parlarono del ranch, e Flynn fu felice nel vedere Grant restare fuori dalla conversazione, Gable sembrava piuttosto rilassato. Quelle conversazioni diedero a Flynn il tempo di osservare i suoi commensali. Grant era un gran bell'uomo, doveva ammetterlo. Non era il suo tipo, ma ebbe la sensazione che, se non fosse stato per la storia tra lui e Gable, sarebbero potuti essere amici. Anche Hunter era belloccio. Flynn l'aveva notato la prima volta che l'aveva visto, quando era venuto al ranch per comprare qualche cavallo. Lo sguardo intenso dell'uomo era probabilmente il suo punto forte, ma a Flynn piaceva anche il suo sorriso. Era caldo e cordiale, non solo quando era rivolto a Grant, era così per chiunque incrociasse la sua strada, dal cameriere che pulì i loro piatti, fino alla cameriera che portò la lista dei dolci, e sì, Hunter guardava in quel modo anche Gable. Per un istante, Flynn si sentì un po' geloso. Hunter e Gable si conoscevano da un sacco di tempo e Gable aveva ammesso la sua cotta per Hunter quando era più giovane, ma le cose sarebbero cambiate ora che aveva la certezza dell'omosessualità di Hunter?

Flynn fu riportato con i piedi a terra dalla sensazione della mano calda di Gable sulla coscia.

«Torno subito» disse Gable prima di alzarsi e camminare in direzione delle toilette.

«Sì, credo che ti seguirò» disse Grant, seguendo Gable.

Hunter parve notare l'espressione terrorizzata di Flynn. «Andrà bene» lo rassicurò. A Flynn non sembrava però molto sicuro. «Grant si è calmato, penso che voglia solo parlare con Gable.»

«Beh, lo spero» rispose Flynn, spostando lo sguardo dalla toilette al foglio plastificato che aveva in mano. Non riuscì però a leggerlo davvero. Era troppo preoccupato per ciò che avrebbero potuto dire o fare dall'altra parte del ristorante. Di sicuro non poteva andare a soccorrere Gable. Doveva trattarlo con dignità e non dare l'impressione di essere un tipo troppo geloso. Il suo cuore, però, non si calmò fino a quando Gable non tornò al tavolo.

Il sorriso di Gable fece rilassare Flynn. «Ti prendi qualcosa?»

Flynn fece spallucce. «Non credo.»

«Prendo il gelato» disse Hunter, non del tutto rassicurato.

«Sì, anch'io» concordò Gable. «Avete idea di cosa voglia Grant? Vedo che la cameriera sta arrivando. Penso che possano piacergli noce e caramello» disse Gable distrattamente. Flynn e Hunter lo fissarono, ma lui parve non notarlo.

Hunter ordinò sia per sé che per Grant e Gable ordinò il suo gelato, dopo che Flynn aveva rifiutato di nuovo.

«Che mi avete preso?» domandò Grant non appena tornò al tavolo.

«Gelato alla vaniglia con caramello e noci» disse Hunter.

«Oh, ottimo» replicò Grant, strofinandosi le mani e sorridendo a Gable.

«Grant mi ha detto che state pensando di costruire un'altra casa.» disse Gable distrattamente.

«Sì» rispose Hunter, guardando Grant di sfuggita prima di tornare con lo sguardo verso Gable. «Pensiamo che sarebbe più facile avere un posto nostro, visto che la casa è piuttosto... piena.»

Gable ridacchiò, mentre Flynn osservava la scena con un certo stupore.

«Vorremmo chiedere una mano a te e a Flynn.»

Gable scambiò un'altra occhiata con Grant, poi si voltò verso Flynn prima di rispondere. «Penso che si possa fare, dopo aver sbrigato il nostro lavoro al ranch, certo. È il minimo che possiamo fare dopo tutto l'aiuto che ci avete dato.»

Flynn annuì quasi in automatico, ma non sapeva come interpretare quella disinvoltura improvvisa tra Gable e Grant. Non ebbe la possibilità di chiedere nulla a Gable fino al ritorno a casa in furgone. Non si sentiva del tutto a suo agio a parlare di questioni serie mentre Gable guidava, visto che dopo l'incidente non si era ancora abituato del tutto, così si morse la lingua.

«Sei un po' troppo zitto» disse Gable. Erano quasi arrivati al ranch.

«Era un po' strano vederti un momento prima così teso e poi rilassato. Dopo che sei tornato dal bagno... Quando ho visto Grant che ti seguiva, ho pensato... Anche Hunter sembrava preoccupato, Gable» balbettò Flynn, cercando di trasformare i pensieri in parole, senza però riuscirci molto bene.

«Va tutto bene, Flynn» lo rassicurò Gable. «Ammetto di non aver saputo cosa volesse quando mi ha seguito, ma voleva solo parlare.»

Flynn spostò lo sguardo perché si sentiva sul punto di piangere e non voleva che accadesse. Sperava di poter tenere le emozioni sotto controllo fino all'arrivo a casa, così non gli fece piacere quando Gable accostò la macchina sul lato della strada buia per poi spegnere il motore.

«Stiamo bloccando la circolazione, Gabe.»

Gable rise. «Questa è la nostra strada, nessuno viene qui.» Prese la mano di Flynn. «Si è scusato, Flynn. Ha detto che non sapeva nulla di ciò che mi era successo. Si è anche scusato per tutte le bugie e le smentite. Ha ammesso di essere gay.» Disse Gable con una risatina. «Credo che Hunter sia proprio quello giusto per lui.»

«Sì, stanno bene insieme» replicò Flynn, stringendo la mano di Gable e sentendosi un po' più calmo.

«Anche noi.»

Flynn sorrise e si sentì tranquillo dopo quelle parole così dolci. «Questo significa che hai perdonato Grant?»

«Non c'è ragione di tenergli il broncio. È uno spreco di energia, preferisco investire quell'energia in qualcos'altro... o per qualcun altro.»

Gable tolse la mano e la mise sulla nuca di Flynn, baciandolo con dolcezza. Quando si separarono, Gable afferrò le chiavi per far ripartire il furgone, ma Flynn lo fermò.

«Possiamo stare qui ancora un po'?»

«Certo» replicò Gable, mettendo un braccio intorno alle spalle di Flynn e lasciando che si sistemasse ancora più vicino.

«Chi è Danny?»

«Danny? Ah, Danny è il figlio di Hugh. Hugh è il sottoposto di Grant ed è sposato con Lisa, la maggiore delle sorelle di Hunter, quindi suppongo che Danny sia suo nipote. Ah, è anche il suo figlioccio, credo.»

«Danny ha fratelli o sorelle?»

«Non saprei.» Gable gli lanciò un'occhiata interrogativa. «Perché?»

«Quando Hunter parlava di Bernie che insegna 'ai bambini' a cavalcare, parlava al plurale. Bambini. Più di uno. Hunter ha più di un nipote?»

Gable scosse la testa. «Non che io sappia. Ha tre sorelle, ma solo Lisa ha un figlio. Bernie è la più piccola, ha a malapena finito il liceo. La sorella di mezzo è Izzie, che lavora al ranch. Brave ragazze, Izzie è un po' un maschiaccio. Non sfidarla mai a braccio di ferro. Non ne ho mai visto uno che non sia andato via senza il braccio dolorante e l'ego ferito.»

«Compreso te?»

Gable si morse il labbro. «Mi ha quasi strappato il bicipite, all'epoca aveva solo dodici anni.»

«Pappamolla» disse Flynn, dando un colpo nelle costole a Gable. «Quindi chi credi che fossero gli altri bambini?»

Gable fece spallucce. «Probabilmente, compagni di scuola di Danny. Bambini di città. Lì è pieno di gente che ha a malapena visto un cavallo da vicino.»

Flynn non era sicuro che Gable avesse ragione. Era certo che Hunter si fosse sbagliato per poi provare a nasconderlo aggiungendo il commento riguardo i compagni di scuola di Danny. Scosse però la testa, decidendo che non valesse la pena di rimuginarci su.

Quando Flynn rabbrividì, Gable tolse il braccio e mise in moto l'auto. «Andiamo a casa. Mi avevi promesso qualcosa.»

«Promesso?» Ripeté Flynn.

«Qualcosa riguardo il finire ciò che avevamo cominciato all'ospedale?»

«Ahh» disse Flynn con un sorriso malizioso. «Che offerta irresistibile.»

CAPITOLO
VENTOTTO

La cena con Hunter e Grant si rivelò essere più di un buon inizio. Almeno una volta a settimana Hunter sembrava trovare una scusa per visitare il ranch vicino, e di solito c'era anche Grant. Era cominciato tutto con le visite per vedere i puledri, ma finivano per parlare di affari ogni volta, a tal punto che Hunter decise di includere Gable negli acquisti di fieno e avena, potendo beneficiare di prezzi migliori per le grandi quantità che comprava.

A Gable piaceva avere di nuovo un amico. Un giorno Hunter e Grant finirono per fermarsi a cena, e solo a quel punto capì quanto gli fosse mancato passare del tempo con degli amici.

«È buffo» disse Flynn mentre pulivano il soggiorno dopo che i due se ne erano andati. «Ora con Grant è tutto ok, vero?»

Gable sorrise, pensieroso. «Sai, penso che mi piaccia più ora di quando viveva qui. A quei tempi ci sopportavamo l'un l'altro, ma ora...»

«Non c'è bisogno di scusarsi, Gabe. È solo amicizia e lo vedo.»

Gable alzò un sopracciglio. «Non mi sto scusando. Capisco solo ora quanto mi piaccia Grant, ma non è la stessa persona che conoscevo io.»

«È cambiato così tanto?» Flynn si sedette sul divano e tirò giù Gable accanto a sé, costringendolo a posare l'ultimo piatto che voleva portare in cucina.

«Fisicamente mi attizzava, ma non lo amavo.»

«Me l'hai già detto.»

«Non mi piaceva neanche, Flynn.»

«Ma avevi bisogno di lui?»

Gable annuì, non senza qualche problema ad ammetterlo. «Temo che sia così.»

«Tutti agiamo mossi da ragioni sbagliate, ne sono certo» disse Flynn filosofeggiando. «Non mi sono innamorato di te al primo sguardo, sai.»

«Non l'hai fatto?» ribatté Gable, scherzoso. «Mi stai dicendo che il mio irresistibile fascino non ti ha conquistato subito?»

Flynn fece un mezzo sorriso. «No, il fatto che fossi una sfida era un'attrazione più forte. Credo che sia così, amo la caccia.»

Gable mise il braccio intorno alle spalle di Flynn e se lo avvicinò fino ad avere le sue labbra abbastanza vicine da baciarlo. Si soffermarono poi a pochi centimetri di distanza l'uno dall'altro. «Sono felice che tu abbia insistito a sufficienza, perché se fosse stato per me ti avrei lasciato andare dopo sei settimane e non avremmo fatto questo.»

«Quindi ti piace?» lo provocò Flynn con le labbra poco distanti da quelle dell'amato.

Gable appoggiò la fronte contro quella di Flynn. «Non posso più immaginare la mia vita senza di te.»

«Ottimo, perché nemmeno io ho intenzione di vivere senza di te.»

Flynn si rannicchiò vicino e tirò su le gambe per appoggiarle su Gable.

«Pensi che Hunter e Grant abbiano qualcosa del genere?» chiese Gable.

«Ti riferisci alle coccole e al fare i piccioncini?» rispose Flynn ridacchiando.

«Grant non mi sembra il tipo.»

«Nemmeno Hunter, dovessi dire» concordò Flynn.

«Forse Grant potrebbe essere cambiato anche per quanto riguarda questo lato.»

«Sono sicuro che fanno sesso come scimmie in calore» constatò Flynn.

Gable restò senza fiato. «Sesso come...?»

«Beh, sai... scopano. Come animali. Dentro e fuori, in qualsiasi momento. Sesso cattivo, sai. Inoltre apprezzano i luoghi esotici come il tuo fienile.»

«Per forza di cose, ne sono sicuro anch'io» disse Gable, accarezzando la peluria rada sul mento di Flynn prima di baciarlo con tenerezza.

«Mmmh, ci scommetterei. In camera loro, però. Non dev'essere facile far sesso come scimmie in calore con mille sorelle nella stanza accanto e la madre al piano di sotto.»

«Hai ragione» concordò Gable prima di baciare Flynn ancora una volta. Intanto aveva insinuato la mano sotto il maglione del ragazzo e gli accarezzava lo stomaco.

«Meriterebbero una casa tutta per loro. Scommetto che Hunter urla come un matto mentre si fa scopare, ma ci si può lasciar andare solo quando non sente nessuno.»

Gable si tirò indietro per guardare l'altro negli occhi. «Hai una fervida immaginazione, ragazzino.»

«Non dirmi che non hai mai pensato a ciò che fanno quei due insieme!»

«Cerco di non pensarci» ammise Gable.

«Io lo faccio da quando li abbiamo beccati nel tuo fienile.»

«Nel nostro fienile» lo corresse Gable.

Flynn sorrise. «Quindi li aiuteremo a costruire la casa?»

«È il minimo che possiamo fare» concordò Gable. «Grazie a Hunter ho evitato la bancarotta, inoltre sembra avere un'influenza positiva su Grant.»

«Ammettilo, ti piace Grant.»

Gable guardò Flynn sospettoso.

«Lo sai che non è un problema.»

Lasciandosi sfuggire un sospiro, Gable aprì la bocca per parlare ma poi ci pensò meglio e si morse il labbro.

«Gabe, è il tuo ex. Posso sembrare un po' vanitoso, ma non credo di avere nulla da temere. Hai quasi solo ricordi negativi di lui, e nonostante la tensione sia un po' andata via dopo quella prima cena insieme, sono piuttosto sicuro che non sappia neppure che tu hai gli occhi blu.»

«Sarebbe a dire?» domandò Gable, guardando Flynn con sospetto.

«Grant non riesce a guardarti negli occhi per come sei, Gabe.»

Gable non poté fare a meno di sorridere. Per tutto quel tempo si era preoccupato dei suoi sentimenti e di quelli di Flynn verso Grant e non si era mai chiesto neppure una volta come si sentisse il suo ex nei suoi confronti. Non si era mai chiesto nemmeno una volta come mai sembrasse sempre arrabbiato e a disagio con lui. Forse, Grant si comportava in quel modo quando non sapeva come affrontare una situazione.

«Non lo odio più» ammise Gable infine. «Era così, prima. Mi sentivo ferito e respinto, suppongo, ma non sapeva del mio incidente.»

Flynn lo strinse a sé e mise il mento sulla spalla di Gable. «Lo so.»

«Credo che l'imparare a trascorrere del tempo insieme e senza troppi imbarazzi per me e Grant sia una buona cosa, visto che li aiuteremo a costruire la casa.»

«Suppongo di sì.»

«Grant ha fatto il primo passo al ristorante, credo che sia il mio turno di dimostrargli che non ho problemi.»

Gable appoggiò la testa contro Flynn. Era una fortuna avere qualcuno così indulgente e paziente come partner. La sua relazione con Grant era stata una prova della sua incapacità di comunicare i propri sentimenti e tutto ciò che avevano era merito degli sforzi di Flynn.

Flynn sbadigliò e si strinse a Gable.

«Credo che dovrei mandarti a letto.»

«Il primo che arriva in cima alle scale sta sotto» esclamò Flynn saltando in piedi.

Gable lo trattenne. «Ehi, non è valido. Sono uno storpio.»

«Lo sei?» domandò Flynn. «Non me n'ero accorto.» Trascinò Gable verso le scale. «Ok, cambiamo: il primo che arriva in cima sceglie chi sta sotto.»

Gable sorrise, era esattamente ciò che voleva.

Diversi mesi dopo, mentre Flynn era nella stalla, Calley arrivò per portare la spesa. Non appena Gable la vide, si precipitò ad aiutarla.

«Spero che qualcuno ti aiuti in negozio, Calley, perché ti stai affaticando» disse lui con compassione.

«Non me ne parlare» sospirò Calley. «Do di matto ogni volta che il dottore mi fa vedere che ce ne sono due e non vedo l'ora di finire il prima possibile, ma mi sento come una balena arenata e mi mancano ancora tre mesi.»

«Bill ti sta aiutando?» domandò Gable prendendo la scatola piena dal retro del furgone.

Calley sbuffò. «Sta arrivando la stagione degli agnelli. Sono fortunata se dorme accanto a me la notte.»

Gable la guardò, comprensivo, ma lei lo ignorò, così si diressero verso la casa. «Hai bisogno di una mano in negozio, Calley. Non solo per quando avrai i bambini, anche ora, così potrai avere un po' di respiro.» Gable vide la tristezza fare breccia sul suo volto non appena posò il contenitore sul tavolo della cucina. Prese una sedia e la invitò a sedersi mentre scaricava ciò che aveva portato dentro.

«Non ho perso l'ultimo per aver lavorato troppo, Gabe.»

Gable le mise una mano sulla spalla e la strinse. «Lo so, sto solo dicendo... che dovresti prenderti cura di te stessa. Quei bambini sono preziosi, non lo dico solo perché ho dato una mano nel concepimento. Sei preziosa anche tu, lo sai.»

Calley mise la mano su quella di Gable e la tirò in modo che si sedesse accanto a lei. Spostò la mano di lui sul pancione, poi lo strinse in un abbraccio che lo fece finire con la testa accanto a quella di lei. «Stanno bene, Gable.» Come a dimostrazione di ciò, i bambini cominciarono a calciare e Gable tolse la mano, ma lei gliela rimise lì. «Adorano le attenzioni.»

«Ma è il tocco di Bill che dovrebbero sentire, non il mio.» Gable, questa volta, non tolse la mano.

«Bill sta ancora avendo dei problemi con tutto ciò.»

Gable era dispiaciuto per Calley. Sapeva quanto fosse stato difficile, visto che Bill non le poteva dare i bambini che voleva tanto, il loro matrimonio aveva attraversato dei momenti difficili per quello, ma sperava che tutti quei problemi si risolvessero prima della gravidanza. Ovviamente, non sarebbe stato così facile.

«Bill ti ama, Calley» disse Gable baciandole la tempia. «Sono sicuro che non appena vedrà i bambini, quando tutti si complimenteranno per il lavoro ben fatto, si comporterà in maniera diversa.»

Restarono lì seduti per un po', vicini, con le mani sulla pancia di Calley. Ogni tanto uno dei bambini dava un calcio e Gable sorrideva. Aveva condiviso un sacco di alti e bassi con Calley e la considerava una vera amica, l'aveva tenuta stretta perché ne aveva bisogno, ma fu sorpreso dai sentimenti che capiva di provare verso i bambini. Non aveva mai desiderato ardentemente di avere figli perché aveva capito presto che non avrebbe mai sposato una donna e messo su famiglia. Aveva sempre indirizzato l'istinto paterno verso cani e cavalli, ma ora capiva di voler veder crescere quei bambini. Fino a quel momento aveva cercato di pensare razionalmente, pensava di limitarsi ad aiutare Calley che sarebbe stata una buona mamma per i suoi bambini, che potevano anche non essere suoi, visto che nessuno dei sei interessati poteva avere la certezza che il padre non fosse Bill. Quindi, cos'era cambiato?

Gable non ebbe il momento di pensarci, perché quel momento di intimità con Calley e con i suoi bambini fu interrotto dalla porta principale che si apriva, seguita poi dai passi di Flynn. Gable lo vide quando entrò in cucina e il ragazzo cambiò espressione non appena scorse il suo amato così vicino a Calley.

Fu solo in quel momento che Gable tolse di nuovo le mani dalla pancia di lei.

CAPITOLO
VENTINOVE

Flynn ebbe l'impressione di aver visto qualcosa che non avrebbe dovuto vedere. Vide Gable togliere la mano dal pancione di Calley e l'espressione scioccata della donna, prima ancora che potesse chiedere una spiegazione a Gable, i suoi piedi lo avevano portato di nuovo fuori, sotto il sole primaverile, rinfrescato dall'aria fredda del mattino.

Bridget arrivò da lui scodinzolando. «Andiamo, ragazza. Torniamo al fienile.»

Tutto ciò che riuscì a pensare mentre sellava T.C. era che la prima impressione era stata giusta. C'era qualcosa tra Gable e Calley, qualcosa che Gable aveva evitato di dirgli. Tutto ciò che poteva vedere era il suo amato seduto accanto a Calley, la stringeva, le loro teste l'una accanto all'altra, come se si fossero appena baciati, la mano di lui sulla pancia di lei, come per proteggere i bambini all'interno. I suoi bambini, i bambini di Gable. I bambini che Gable aveva sempre finto di non volere. I bambini che Gable non voleva aiutare a concepire dicendo che non avrebbe potuto fare il padre, poi aveva cambiato idea.

Dio! Avrebbe dato un braccio e una gamba per essere il padre di quei bambini. Si era sempre detto che sarebbe stato meglio se non lo fossero stati, perché avrebbe voluto crescerli di persona e avrebbe incasinato tutto, come incasinava tutto il resto...

Salì in sella a T.C., voleva andarsene via, mettere un po' di distanza tra lui e il ranch, nonostante non si sentisse completamente a posto con la coscienza andandosene. Non era quella la cosa più sensata da fare. Sarebbe dovuto tornare da Gable per parlargli, ma in quel momento non poteva. Avrebbe rischiato di dire cose di cui in seguito si sarebbe pentito.

Dopo aver lasciato galoppare T.C. per un po', rallentò, sapendo che Bridget avrebbe provato a seguirlo. Stava trottando quando lei li trovò, ansimando, così smontò accanto a un abbeveratoio e la chiamò. Il disgelo era ormai arrivato e c'era solo una sottile lastra di ghiaccio sull'acqua, così la ruppe per lasciare che Bridget e il cavallo potessero bere. Lui si trovò un punto tra l'erba alta, accanto al recinto in cui la neve era ormai sparita e si sedette.

Bridget si sistemò per metà sul suo grembo. «Sai sempre quando mi sento male, eh?»

Bridget alzò lo sguardo e poi appoggiò la testa sulla sua coscia. Le accarezzò la testa e il fianco, e cominciò a sentirsi rilassato. Anche se Gable avesse avuto un segreto, ne avrebbero discusso come fanno gli adulti, perché era ciò che bisogna fare in una relazione. O almeno era ciò che immaginava. Aveva già avuto delle relazioni prima di allora, ma era difficile ammettere a se stesso che c'erano sempre stati dubbi, non aveva mai avuto la certezza assoluta riguardo a ciò che c'era con Gable. In quei mesi erano stati molto vicini, eppure non aveva mai pensato a qualcosa del genere.

I pensieri di Flynn furono interrotti da un rumore di zoccoli, era Brenner. Era in grado di distinguere il rumore degli zoccoli del grande cavallo. Quando arrivò Gable, fece rallentare il cavallo e smontò poco lontano, sembrava calmo.

«Tutto bene?»

«Certo» rispose Flynn, cercando di apparire disinvolto.

«Non hai nemmeno detto ciao a Calley.»

Flynn fece spallucce. «Non volevo interrompervi.»

«Qualcosa non va bene» disse Gable secco. «Stava portando la spesa, l'ho aiutata perché era in difficoltà.»

«Oh, la stavi aiutando, va bene» disse Flynn, dando un colpetto al fianco di Bridget per farla spostare in modo da potersi alzare.

Gable stava accanto a Brenner, Flynn pensò che fosse un segno di qualcosa che non andava. Camminò verso T.C. e prese le sue redini, ma Gable lo fermò.

«Cosa c'è che non va, Flynn?»

«C'è bisogno di chiederlo?» disse Flynn, voltandosi per non guardare Gable. Questa volta, Gable mise la mano sulla spalla di Flynn per fermarlo. «Tu e Calley? Sentivo che c'era qualcosa che non mi hai detto. Ora preferirei che l'avessi fatto.»

«Ti ho detto tutto ciò che c'era da sapere» disse Gable con un po' di esitazione.

«Allora hai una bassa considerazione di me.» Flynn provò a salire a cavallo di nuovo, questa volta Gable non lo fermò. La sella era sotto di lui, T.C. muoveva le zampe sul posto, pronto a correre, ma poi Flynn vide lo sguardo sconfitto di Gable e scese di nuovo.

Gable non disse niente.

«Cos'è esattamente la relazione che hai con Calley?» sputò Flynn.

«Te l'ho detto. Siamo amici. Abbiamo condiviso un sacco di cose negli ultimi anni, un sacco di quelle erano negative.»

«Un letto?» disse Flynn, sentendo ancora la rabbia ribollire dentro di sé.

«No, quello mai» disse Gable, calmo. «Sai che non mi piacciono le donne, Flynn.»

«Eravate appiccicati.» Non appena ebbe pronunciato quelle parole, Flynn si rese conto di essere tornato simile a un ragazzino del liceo.

«La stavo confortando. Bill non le sta mai vicino ed è in preda agli ormoni. Si sente sola, insicura, distrutta. Non sono mai stato più che un amico per lei, Flynn. Lo ammetto, provo a essere un buon amico, ma non c'è modo per ripagarla per tutto ciò che ha fatto per me negli anni.»

«Le hai dato dei bambini, dovrebbe essere abbastanza.» Flynn sentiva le lacrime pungere da dentro la gola. Provò a ingoiarle, ma la gola era secca e impastata.

«Non sono i miei bambini» ripeté Gable per l'ennesima volta. «Sono suoi e di Bill. Gli unici a sapere che sono miei siamo io, te, Hunter e Grant. Oltre a Calley e Bill, ovviamente.»

«Ma sono tuoi» disse Flynn con un tono appena più udibile di un sussurro. Si era voltato, fingendo di sistemare qualcosa sulla sella di T.C. «Voglio che siano tuoi.»

Flynn chiuse gli occhi nel sentire di nuovo la mano di Gable sulla spalla, si sentiva confortato.

«Mi dispiace che tu non possa essere stato il donatore, Flynn. Lo sai, vero? Se fosse stato possibile, avrei voluto che il padre fossi tu.»

Flynn non riuscì più a fermare le lacrime. Si voltò e si gettò tra le braccia di Gable, nascondendo il viso nell'incavo del suo collo. Gable gli mise le braccia intorno al corpo e lo strinse, cullandolo lentamente da una parte all'altra.

«Avrei voluto poterti dare quei bambini per qualche strano scherzo della natura, Gabe» disse Flynn, una volta di nuovo in grado di parlare.

«Non li ho mai voluti, Flynn. Non mi è mai mancato il non poter avere figli.» Poi parve capire qualcosa all'improvviso. «Ma a te manca, vero?»

Flynn alzò la testa senza avere però il coraggio di guardare Gable negli occhi. Puntò lo sguardo oltre la sua spalla, lontano. Non sarebbe stato in grado di guardarlo negli occhi, non era pronto a ciò che avrebbe potuto capire.

«Non avrei mai pensato che prendessi tanto male il risultato di quel test, Flynn» disse Gable con dolcezza. «Mi dispiace per non aver capito quanto fosse importante. Vorrei che fossi come me, vorrei che potessi arrivare alla conclusione che senza sposare una donna non potrai avere nemmeno dei figli.»

«Penso di non aver mai rinunciato a trovare un modo» confessò Flynn. «Non chiedermi come avrei voluto fare, ma quando il dottore mi ha detto che sono sterile mi è caduto il mondo addosso.» Gable lo strinse più forte e Flynn si sentì meglio. «L'unico lato positivo è che tu hai acconsentito a essere il donatore. Almeno guarderò i *tuoi* figli crescere, anche se solo da lontano.»

«Posso chiedere a Calley di condividere quest'esperienza con te, Flynn. Credo che se glielo spiegassi, sarebbe bendisposta.»

Flynn scosse la testa.

«Sinceramente, credo che abbia bisogno di dividere tutto ciò con qualcuno. Ha quasi paura di essere felice, ha paura che tutto vada di nuovo per il verso sbagliato. Bill, inoltre, non si sente ancora un padre, così li sta ignorando» continuò Gable. «Sai, è strano sentire i bambini muoversi dentro di lei. Sono reali. Penso di aver sentito un piede quando uno di loro ha dato un calcio, un piccolo piedino. Come quando si possono sentire gli zoccoli attraverso la pancia delle cavalle incinte quando il puledro sta per nascere. So che l'hai sentito, Flynn. Ti ho visto accarezzare la pancia delle cavalle più di una volta prima del parto.»

Questa volta Flynn annuì, capendo ciò che Gable intendeva e concedendogli d'aver ragione. Voleva condividere con Calley quella gioia. La sua tristezza si era dissipata lentamente capendo che Gable lo comprendeva. C'era solo una cosa da chiarire, però.

«Non sono geloso del fatto che tu sia il padre biologico, Gabe.» Prese Gable a braccetto e si incamminarono, ognuno teneva un cavallo.

«Eh?»

«Probabilmente farei solo casini. Non ho avuto esattamente un buon modello di padre.»

«Saresti un padre dannatamente bravo, Flynn.»

Flynn guardò Gable con sospetto e poi tornò a concentrarsi il sentiero. «Spero solo che si possa avere più di un'occhiata mentre cresceranno. Vorrei vederli, cercando di notare le somiglianze con te.» In quel momento, Bridget si fece posto tra loro due.

«Vai a casa, ragazza» le disse Gable, dandole una pacca. «Smettila di intrometterti tra me e il mio uomo» aggiunse con una risata.

Bridget li superò, restando però sufficientemente vicina da poterli tenere d'occhio.

«È la tua cucciola, eh?»

Gable annuì. «Come sua madre prima di lei.»

«Mai pensato di farle avere dei cuccioli?»

Gable sorrise. «Ci ho provato, non ha funzionato. Lei e il maschio non andavano esattamente d'accordo, abbiamo provato comunque qualche volta, ma non ha avuto cuccioli. Ormai è un po' troppo vecchia.»

«È felice, però.»

«Mi sembra ovvio, ha due padri!» concluse Gable. «Ti senti un po' meglio, ora?»

Flynn annuì. «Grazie.»

Il sabato successivo andarono in macchina fino al ranch di Hunter, dopo aver lavorato al mattino, e trovarono il contorno della nuova casa già delimitato da dei paletti. Non appena scesero dal furgone, Hunter arrivò da loro come un cagnolino.

«Hanno consegnato parte del legname giovedì, abbiamo piantato gli indicatori quando era ancora tutto coperto di neve» disse Hunter fiero. «Che ve ne pare?»

Gable guardò gli spuntoni e il fiocco bianco e rosso che c'era tra di essi. Alzò le sopracciglia notando che quella casa sarebbe stata più grande della sua.

«Pensi davvero che ce la si possa fare in quattro?»

Hunter sorrise. «Tim e Hugh ci aiuteranno, insieme a qualcuno dei miei dipendenti che punta a un compenso extra. Inoltre, non c'è fretta, abbiamo un tetto sulla testa.»

«Parla per te, cowboy» lo interruppe Grant, buttandogli giù il cappello dalla testa. «Non vedo l'ora di avere la nostra casa.»

Hunter cercò di riprendersi il cappello, senza però riuscirci a causa della stabilità di Grant. Con Hunter ancora semi appeso al collo, Grant guardò Gable e sorrise. «Grazie per l'aiuto.»

Gable fece un cenno con il cappello. «Prego.» Guardò Hunter voltarsi e cominciare a solleticare Grant.

«Ci sono caffè, limonata e panini sotto il telone» disse Hunter mentre lui e Grant andavano ad accogliere un altro gruppo di aiutanti.

«Grazie» replicò Grant.

«Te l'ho detto che era tutto a posto» disse Flynn quando furono fuori dalla portata di orecchie indiscrete.

Flynn abbracciò Gable da dietro, nonostante la reazione istintiva di Gable fu quella di bloccarsi, provò a ignorarla. Sì, erano in pubblico, ma conoscevano quelle persone ed era probabile che la maggior parte di esse sapesse della relazione tra loro due. Dopotutto, neanche Hunter e Grant sembravano molto timidi.

«Rilassati» sussurrò Flynn.

Gable annuì. Si incamminarono verso la tenda appoggiata al capanno di legno. C'erano bambini e cani in giro.

«Avresti dovuto portare Bridget» fece notare Flynn.

«Naah, lasciamo quella vecchietta a casa. I bambini l'avrebbero fatta impazzire.»

Flynn versò un po' di caffè per Gable e gli porse la tazza. «Prima o poi potrebbe abituarsi ai bambini.»

Gable vide la speranza negli occhi di Flynn e non ebbe il coraggio di stroncarla. Dovevano fronteggiare la realtà, però. «Sono i bambini di Calley e Bill, Flynn.»

«Lo so» disse Flynn con dolcezza. «Ma ho sentito ciò che ha detto Calley. Sa che vogliamo essere una parte delle loro vite, e a Bill sembra andar bene.»

Gable annuì ma non disse niente. La giornata era cominciata bene e non voleva rovinare le cose. Avevano già avuto conversazioni simili un miliardo di volte, ma non sarebbero mai stati loro due a crescere un figlio e con quelli di Calley sarebbero già stati fortunati a fare i babysitter. Flynn sarebbe stato un padre per tutti i puledri che avrebbero allevato.

«Mettiamoci al lavoro, va bene?» disse Gable invece. Flynn annuì, riluttante.

Nonostante facesse piuttosto freddo per essere primavera, a mezzogiorno erano in un bagno di sudore. Gable aveva sempre apprezzato i giorni pieni di lavoro duro. Andarono poi a lavarsi dal barile della pioggia e si sedettero per pranzare, notò che la gamba non aveva creato problemi per tutta la mattinata. Avevano portato un bel po' di legna e avevano cominciato a scavare le fondamenta, la schiena gli doleva un po', ma la gamba stava meglio di quanto non fosse stata l'anno prima.

Mentre stavano mangiando i panini e bevevano caffè, Izzie arrivò dalla casa con la sua nuova bambina e, in un batter d'occhio, Flynn si trovò la neonata in braccio.

«Dai, Izzie, non dargli la bambina. Non te la ridarà più indietro» disse Gable, scherzando solo per metà. Flynn gli lanciò un'occhiata contrariata, ma il sorriso gli tornò sul volto non appena la bambina cominciò a emettere dei versi.

Izzie si sedette accanto a Flynn e gli diede un bacio sui capelli. «Va tutto bene. So che la tratterà bene.» Poi si voltò verso Gable. «Calley arriverà questo pomeriggio con più cibo. A patto che ce la faccia, sembra sul punto di scoppiare. Il dottore dice che non arriverà ai nove mesi.»

Gable annuì, preoccupato. «Sta bene, però?»

«Oh, sì» rispose Izzie. «Ora qualcuno le dà una mano e comunque il negozio è aperto solo al mattino. C'è una donna che la aiuta e porta anche suo figlio per trasportare le casse, quindi la maggior parte del lavoro pesante è fatta prima che lui vada a scuola. Probabilmente quella signora si occuperà del negozio anche dopo il parto.»

«Bene» replicò Gable, senza però sentirsi tranquillo fino in fondo. Si sarebbe sentito meglio dopo aver visto Calley.

Hugh si unì a loro, dando un colpo alla schiena di Gable. «Abbiamo perso abbastanza tempo, riprendiamo lo spettacolo, gente.»

Gable si voltò verso Hunter. «Chi si crede di essere? Il capo?» Entrambi risero e si alzarono per tornare agli scavi. La maggior parte degli scavi era fatta con una macchina, ma c'erano sempre gli angoli da sistemare e altra terra da togliere.

Quando fecero una pausa per bere un po' d'acqua, Gable vide in arrivo il furgone di Calley, così andò lì, dove aveva parcheggiato.

«Sembra che tu abbia bisogno di un po' di aiuto, donna» disse Gable, porgendo la mano non appena lei ebbe aperto la portiera. La prese con gratitudine e riuscì a scendere dal furgone. Solo allora Gable notò che non era sola.

«Ryan? Puoi portare il cibo sotto la tenda, per favore?»

Un ragazzino che sembrava avere dieci anni scese dal posto del passeggero e camminò fino al retro del furgone. Gable era incerto, non sapeva se aiutare il ragazzino o assicurarsi che Calley riuscisse ad arrivare intera fino a una sedia. Decise di restare con Calley.

«Flynn, puoi dare una mano?»

Flynn corse subito da loro. «Cosa c'è? Non riesce più a camminare?» Flynn fece l'occhiolino a Calley per farle capire lo scherzo.

Gable indicò il furgone. «Aiuta il ragazzino con il cibo, ok? Quelle casse sembrano pesanti, non voglio che si faccia male.»

«Oh, sta bene» disse Calley a voce alta in modo che Flynn potesse sentire. «So che è lavoro minorile, ma lo pago bene e sposta anche le scatole più pesanti in negozio.» Poi si voltò verso Gable. «Sua mamma ha bisogno che glielo tolga dai piedi per un pomeriggio.

Non so perché, in negozio è un angelo. Lo senti parlare a malapena e lavora duro. È forte per avere tredici anni.»

«Ha tredici anni? Sembrava averne dieci» disse Gable, guardando Flynn mentre cercava di far rilassare il ragazzino dopo aver portato la scatola sotto la tenda.

Gable sorrise nel vedere il contrasto tra il comportamento allegro di Flynn e il volto del bambino, che pareva qualcuno a cui avevano appena strappato un lecca lecca dalla mano. All'improvviso, Gable vide un leggero sorriso sul volto del ragazzino.

«Non l'avevo mai visto così prima d'ora» disse Calley a voce bassa. «Il tuo uomo non sa come comportarsi soltanto con gli animali, eh?»

Gable sorrise, ma non disse niente.

CAPITOLO

TRENTA

L'unico sabato che Gable e Flynn non trascorsero lavorando a casa di Hunter e Grant durante l'inizio dell'estate fu passato al reparto di maternità, o meglio, in una sala d'attesa lì fuori.

Flynn aveva notato la lieve preoccupazione di Gable quando Calley li aveva chiamati, ancora prima di chiamare Bill, quando le si erano rotte le acque quattro settimane prima del previsto. Tutti sapevano che aveva maggiori possibilità di arrivare in ospedale se la portavano loro piuttosto che aspettare che arrivasse Bill. Flynn sapeva bene cosa infastidisse Gable, era il fatto che Calley non potesse contare su Bill nel momento del bisogno. Entrambi speravano che Bill cambiasse una volta visti i bambini, ma non ci contavano.

Con loro considerevole sorpresa, Bill riuscì quasi ad arrivare prima di loro in sala parto, e Gable si fece indietro per dare a Bill il suo momento di gloria.

Dopo due ore dense di ansia, Bill entrò nella sala d'aspetto con l'aria di chi aveva appena partorito.

«Un maschio e una femmina, ragazzi» annunciò felice, dando pacche sulla schiena dei due uomini non appena si alzarono per chiedere se andasse tutto bene. «Il sogno di ogni uomo. Sono splendidi.»

«E Calley?» chiese Gable secco.

«Oh, sta bene. Quella ragazza sopravvivrebbe a ogni cosa.»

Gable guardò Flynn, che gli rispose con un sopracciglio alzato. Non ebbero bisogno di dire nulla per sapere cosa pensava l'altro. Gable non aveva mai adorato Bill, ma era molto competente come veterinario e più di una volta aveva lavorato gratis per loro quando avevano l'acqua alla gola; Flynn sapeva però che dal punto di vista sociale si limitava a sopportarlo a causa di Calley. Sentendo quanto fosse insensibile nei confronti di Calley in quel momento, Flynn vide Gable ribollire di rabbia. Si capiva quanto fosse difficile per Gable mantenere la calma davanti a quell'uomo.

«Possiamo vederla?» domandò Gable, calmo solo in apparenza.

«Sta riposando, amico» disse Bill dandogli uno schiaffetto sul braccio.

Bill li oltrepassò per dirigersi verso l'uscita.

«Dove stai andando?» gli domandò Gable.

«Ho del lavoro da fare. Mi ha chiamato mentre stavo facendo un cesareo a una mucca, poi un altro cesareo si è guadagnato la precedenza.»

Il sorriso di Bill fece vedere rosso a Gable. «Penso che tua moglie potrebbe avere più bisogno di te di quella mucca, Bill.»

«Naaah» disse lui con lo stesso sorriso. «È stanca, non mi vuole intorno.»

Gable spinse Bill contro il muro e Flynn riuscì a fermarlo dar colpirlo. Flynn mise una mano sulla spalla di Gable e sembrò calmarlo, nonostante parve tornare teso non appena Bill fece per andarsene, ancora sorridendo.

«Tornerò più tardi, ragazzi.»

Gable fece un passo indietro e vide Bill uscire.

«Non ci posso credere! Bastardo!» Urlò Gable, voltandosi e lasciandosi cadere contro il muro.

«Gable» gli disse Flynn. Mise la mano sul braccio dell'uomo ma fu spinto via.

«Dopo tutto quello che abbiamo fatto per quei bambini, si limita ad andarsene al lavoro?»

Nonostante Gable perdesse raramente le staffe, Flynn sapeva che avrebbe dovuto fare quello calmo tra i due, altrimenti Gable si sarebbe perso in un mare di rabbia. «Siediti un minuto.»

Riluttante, Gable gli ubbidì.

«Quanto conosci Bill?» domandò Flynn, sperando che parlare lo aiutasse a calmarsi.

«Lo conosco da una vita» riconobbe Gable. «È sempre stato il veterinario più famoso da queste parti, ma non è l'unico. Sono sicuro che i suoi clienti avrebbero capito se si fosse preso qualche giorno dopo la nascita dei suoi gemelli, Flynn.»

Flynn prese la mano di Gable e la strinse. «So bene quanto sei protettivo nei confronti di Calley, ma non puoi prendere le decisioni per lei. Ha scelto di restare con Bill, nonostante tutto ciò che hanno passato. Ci dev'essere una ragione, non è il tipo di moglie che dipende dal marito, quindi tutto ciò che riesco a pensare è che lei lo ami. Malgrado tutti i suoi difetti, lo ama. E posso capirla.»

Gable guardò Flynn negli occhi come per capire se stesse scherzando o meno.

«Sei ben lontano dalla perfezione, ma ti amo. Non chiedermi perché ma è così. Calley probabilmente non esterna i suoi sentimenti, ma non ho dubbi sul fatto che si senta allo stesso modo.»

Il volto di Gable parve rilassarsi e Flynn si sentì riempire di calore. Amava quell'uomo ed era rimasto con lui dopo tutti i momenti difficili, proprio come avevano fatto Calley e Bill. Flynn vide Gable guardarsi intorno e lo strinse in un abbraccio.

«Sai che ti amo anch'io, vero?»

Flynn sorrise.

«Andiamo a vedere cosa stanno facendo Calley e i bambini.»

«Gabe, non possiamo entrare.»

«Certo che possiamo. Non sei curioso?»

Flynn doveva ammettere di esserlo. Voleva vedere i figli di Gable. «Sai bene che lo sono.»

In quel momento, un dottore camminò oltre le porte che non si chiusero immediatamente. Si stavano richiudendo piano, ma Gable trascinò Flynn all'interno. «Andiamo, allora.» Scivolarono dentro prima che le porte si chiudessero del tutto.

Flynn si sentiva un po' nervoso a camminare dove non avrebbe dovuto essere, ma era divertito da quel lato del suo amante che non conosceva. Camminarono oltre l'area degli infermieri, vuota, e Gable indicò la lavagna bianca. «Calley Haines, stanza 12.» Fece l'occhiolino a Flynn.

Non fu difficile trovare la camera. Gable bussò e aprì lentamente la porta. La stanza era nella penombra e Calley pareva dormire, così Flynn lo tirò indietro. «Non svegliarla, Gabe.»

«Sono sveglia» disse lei con voce assonnata.

«Ehi, ragazza, tutto ok?» domandò Gable con un tono di voce che Flynn gli aveva sentito usare solo con Bridget.

Calley sorrise. «Ciao, ragazzi. Avete visto i bambini?»

Gable scosse la testa. «Volevo vedere se la mamma stava bene.»

Gli occhi di Calley si riempirono di lacrime. «Non riesco ancora a crederci. L'ostetrica ha detto che stanno entrambi bene, ma visto che sono nati prematuri vogliono tenerli un po' in osservazione. Oh, e per lasciarmi un po' di riposo, perché presto avrò fin troppo da fare.»

«Abbiamo visto Bill andarsene» disse Gable. Flynn vide quanto gli fosse difficile mantenere un tono di voce neutrale.

«Doveva vedere una mucca» rispose Calley piattamente. «Non so se sia un eufemismo per dire 'ragazza' o un vero animale, ma ehi...» sembrò poi riprendersi. «So quanto tiene al lavoro, così gli ho detto di andare.»

Con sorpresa di Flynn, Gable rise. «Conosci Bill.»

«Purtroppo, lo conosco» disse Calley. Poi parve rinvigorirsi. «Fatemi chiamare l'ostetrica, le chiederò di portare i bambini. Voglio che li vediate.» Flynn fu davvero felice vedendo che si rivolgeva a entrambi. «Almeno sarete in due se dovessero cominciare a piangere entrambi» constatò lei.

Dopo qualche minuto, l'ostetrica arrivò con una culla di vimini con due neonati infagottati, Flynn riuscì a malapena a contenersi. Doveva restare calmo, però. Sarebbe stato l'ultimo a poter tenere i bambini, e non appena vide quanto erano piccoli non fu più sicuro di volerlo fare. I bambini sembravano piuttosto calmi e al caldo, indossavano un cappellino rosa e uno blu, la bambina sembrava dormire e il maschietto si guardava intorno con occhi curiosi.

Gable guardò dentro il cestino e sorrise, così Flynn si mise dietro di lui per mettergli le braccia intorno alla vita, in modo da poter guardare oltre la spalla del suo amato. «È sveglio» fece notare Flynn.

«Puoi prenderlo quando vuoi, Flynn.»

Flynn guardò Calley, bellissima anche con le borse sotto agli occhi.

«Non posso. È così piccolo. Cosa succederebbe se, non so, lo facessi cadere?»

Calley rise e smise quasi subito, tenendosi la pancia. «Se c'è qualcuno di cui mi fido, quello sei tu. Ti ho visto con i puledri. Sei sempre così attento con tutto, sono sicura che puoi farcela. Aiutalo, Gabe.»

«Sono più indifesi di un puledro, Calley» replicò Flynn. Non poteva togliere gli occhi da Gable, mentre prendeva il piccolo dal cesto per porgerlo a Flynn. Poi si spostò in modo da lasciare a Flynn il posto per accomodarsi sulla sedia accanto al letto. Flynn si era appena seduto quando sentì la bambina piangere, ma non riusciva a togliere lo sguardo dal bambino tra le sue braccia. Il piccolo lo guardava, i suoi occhi erano un po' confusi ma comunque vispi.

«Ehi, piccolo» disse Flynn, sentendosi un po' sciocco. Quando gli toccò la guancia, il bambino si voltò verso il dito cercando di succhiarlo. «Hai fame?» Flynn aveva la sensazione che al bambino la sua voce piacesse, così continuò a parlare a bassa voce ma con un tono animato. «Sono sicuro che presto la mamma ti darà da mangiare. Non piangi, però, quindi non dev'essere tanto male, vero? Sei bello al caldo, hai un pannolone pulito e in più ti piace sentirmi parlare, vero?»

Il bambino sembrò addormentarsi e Flynn guardò Calley. I suoi occhi vagarono poi verso Gable, seduto sul letto accanto alla donna, con la bambina in braccio. Dormiva tranquilla sulla spalla di Gable. Vedere Gable seduto lì, a suo agio tenendo la bambina, gli fece ricordare quanto gli dispiacesse non poter avere figli dal suo compagno. Chiuse l'argomento, però. Era lì con loro, e se Calley avesse mantenuto la parola, Flynn avrebbe potuto fare loro da babysitter e li avrebbe visti crescere. Vide un accenno di un mento con la fossetta, come quello di Gable, ma a parte quello il bambino non sembrava assomigliare a lui.

«Come li chiamerai, Calley?» domandò Gable.

«Visto che i nostri padri condividono lo stesso nome, penso che il maschietto si chiamerà Andrew» disse lei. «E la bimba ha una faccia da Vicky.»

«Calley, non dovevi» sussurrò Gable.

Flynn guardò Gable, il volto travolto dall'emozione, e poi Calley, che sorrideva con compassione.

«Mi piace il nome» disse Calley compiaciuta. «E penso che faccia per lei.»

Gable continuò a guardare la bambina, carezzandole il sopracciglio con il dito calloso. Flynn spostò lo sguardo da Gable al bambino che teneva tra le braccia e sperò vivamente di poterli vedere crescere.

Gable si alzò. «Starai bene, Calley? Credo che dovremmo andare.»

Calley annuì e sorrise. Gable le diede un bacio sulla fronte dopo aver messo sua figlia nella culla, Flynn vide Calley sussurrare qualcosa a Gable che lo fece sorridere. Quando Flynn mise il bimbo accanto alla sorella, sembrarono piuttosto contenti di essere lì insieme in una culla. Baciò Calley sulla guancia e uscì con Gable.

«Vicky era il nome di tua mamma?» domandò Flynn nel corridoio.

«Sì» Gable annuì senza pensarci.

«È stato gentile da parte sua» continuò Flynn, sperando di capire perché Gable non fosse felice per la scelta del nome.

Sulla strada di casa, Gable rimase in silenzio, come se avesse bisogno di rimuginare da solo.

Nonostante Flynn volesse parlare, decise di lasciare un po' di spazio a Gable. Sperava che Gable fosse felice nel vedere i bambini, ma la situazione era complessa. Gable non aveva mai voluto limitarsi a fare il donatore e ora lo era. La speranza di Flynn era che interrompesse quel silenzio prima di andare a letto, magari per parlargli di come si sentiva.

Gable sfidò la pazienza di Flynn, però. Quando Flynn tornò dal bagno, Gable sembrava già addormentato, così il ragazzo strisciò sotto le coperte e cercò di addormentarsi, ma la sua mente non gli dava pace.

«Gabe? Gabe?»

Con un lamento, Gable gli fece capire d'essere sveglio.

«Stai bene?»

«Perché non dovrei star bene?» domandò lui burbero. Quando si voltò verso Flynn, però, sembrava più ferito che arrabbiato.

«Pensavo che, essendo stato un giorno molto intenso, forse potresti volerne parlare.»

Nonostante fosse piuttosto buio, Flynn riuscì a distinguere un cenno del capo. Aspettò che Gable dicesse qualcosa, ma non lo fece.

«Andrew ti assomiglia» disse Flynn con dolcezza, cercando di farlo parlare.

«Come puoi dirlo?»

Incitato da quelle parole, Flynn si avvicinò un po' e automaticamente Gable spostò il braccio per avvolgerlo attorno alle spalle di Flynn.

«Ha la tua stessa fossetta sul mento» rivelò Flynn, facendo scorrere il dito sulla tacca sul mento di Gable. «E i tuoi occhi azzurri.»

«Tutti i bambini hanno gli occhi azzurri» rispose lui senza troppo entusiasmo.

«Ha anche i capelli chiari di Calley, però.»

Gable rise. «Ero quasi bianco quando ero un bambino, con la pelle abbronzata, come nelle pubblicità dell'olio solare Coppertone.»

«Spero che venga su come te» continuò Flynn.

Gable non replicò. Restarono lì in silenzio a lungo, nessuno dei due parlava, assaporarono però quei momenti di calma insieme. Flynn pensò che fosse passato molto tempo dai silenzi fastidiosi che avevano accompagnato le prime settimane di permanenza al ranch.

«È il meglio che posso fare, Flynn, e mi dispiace» disse Gable all'improvviso, poi sospirò come se fosse stato piacevole dirlo, alla fine. «So che volevi fare il padre e che i cavalli sono un misero surrogato, anche i piccoli. Lo so.»

Flynn guardò Gable, qualcosa stava cambiando. «La ragione che ti ha spinto a cambiare idea era il voler aiutare Calley? Perché Calley voleva dei bambini dai capelli chiari. Pensavo che avessimo inscenato quella farsa all'ospedale per Bill, non pensavo avessi altri motivi.»

«Non dire stupidaggini, Flynn» disse Gable con dolcezza. «So che volevi dei bambini, e quando hai saputo che non era possibile... so che è un pallido sostituto.»

«Avrei voluto essere consultato» replicò Flynn delicatamente, cercando il più possibile di non incolpare Gable con le sue parole e con il tono della voce. In fondo, però, era veramente felice per tutto ciò.

«Calley voleva me perché avrebbe avuto più senso avere bambini biondi, tutti voi avevate i capelli scuri. Le ho chiesto di prendere in considerazione l'idea di sceglierti come donatore, perché tu volevi dei bambini e a me non importava molto, ma c'era il problema di come sarebbero stati i bambini. Quindi sai, lo capisco.»

Flynn si rannicchiò stretto al corpo di Gable, aveva bisogno di sentirlo. Quanto amava quell'uomo! Flynn spostò la testa in modo da lasciare che le loro labbra si toccassero e diede un bacio casto sulla bocca di Gable, qualcosa di più intimo dei baci intensi e invasivi che si scambiavano facendo l'amore. «Sono felice che il padre sia tu.» Flynn chiuse gli occhi, assaporando quel contatto. Poi, l'esultanza cominciò a farsi strada dopo la malinconia e Flynn sorrise. «E se Calley o Bill non volessero dividerli con noi, li rapiremo e li riporteremo indietro solo quando piangeranno troppo.»

Gable rise. «Questo, suppongo, è il vantaggio. Possiamo sempre darli indietro.»

Flynn annuì, sistemandosi stretto per dormire tra le braccia dell'uomo che amava.

EPILOGO

Dovettero fare degli sforzi considerevoli per alcune delle femmine che erano rimaste dopo un inverno drammatico, ma ci volle qualche anno a Gable per capire che c'era una ragione per essere lì oltre al desiderio di Flynn di voler allevare cavalli tanto quanto volesse crescerli.

Dopo i primi due puledri, appartenuti ad Hunter da prima della nascita, Flynn si assicurò che ne nascessero almeno cinque o sei all'anno, ripagarono tutti i debiti che avevano per in ranch. Bisognava lavorare duramente, ma non dispiaceva a nessuno dei due. I cavalli nati e addestrati lì erano sempre molto ricercati, soprattutto dai commercianti dei ranch vicini che avevano bisogno di cavalli per i loro aiutanti, quelli rimasti erano poi venduti all'asta, portavano comunque una bella quantità di soldi. Flynn non era sorpreso dalla reputazione di Gable, famoso per addestrare ottimi cavalli, anche perché portava soldi in più.

«Come ti sentiresti con qualche bambino da queste parti?» domandò Gable a Flynn, una sera mite che erano seduti in veranda ad ammirare il tramonto.

«Dove sei stato?» chiese Flynn, sedendosi in modo da mostrarsi a Gable.

Gable sorrise. «Lo sai che Craig ha rimorchiato un dottore, vero?»

Flynn sbuffò. «Sì. Non so chi fosse più sorpreso del fatto che fosse una ragazza, se tu o lui.»

Gable ridacchiò. «Beh, lavora con i bambini disabili e vorrebbe fare terapia con i cavalli, far cavalcare i bambini in modo da aumentare l'equilibrio, la sicurezza e così via.»

«E pensi che dovremmo farlo?»

Gable fece spallucce. «Non vedo perché no. Abbiamo le cavalle da allevamento, abbastanza docili per trottare con un bambino sulla schiena, e anche i castroni. Sono perfettamente addestrati, ma non sono il tipo di cavalli da portare all'asta, sono un po' pigri, ma sai che sono ottimi per cavalcare.»

«Sì, penso che loro siano perfetti. Potresti sparare una cannonata accanto a Mally e non si muoverebbe» rise Flynn.

«Lo so, non abbiamo molto tempo, ma sarebbe solo un pomeriggio a settimana e penso...»

«Penso che sia un'ottima idea» lo interruppe Flynn. «Voglio dire, ora che Hunter e Grant si sono sistemati nella nuova casa, abbiamo più tempo.»

«Hai ragione» concordò Gable. «La prossima volta che Hunter si presenterà con un'idea brillante, tipo voler costruirsi una casa, ricordami di rifiutare, ok?»

«Beh, era cominciata come una scusa per avere un posto dove stare senza dire a sua madre che Grant sarebbe stato con lui.»

Sul volto di Gable comparve un sorriso ampio. «Sai, è bello vedere che tutto sta andando così bene. Addirittura, mi piace il nuovo Grant.»

«Ehi» disse Flynn, dando una gomitata a Gable nelle costole. «Non farti idee strane.»

«Su cosa?»

«Grant» rispose Flynn. «Può anche essere diventato un uomo simpatico, ma credo che se lo rubassi a Hunter, lui ti butterebbe fuori dagli affari. A meno che non ti uccida prima.»

Gable acchiappò Flynn e se lo strinse al petto, poi gli morse il collo con fare giocoso. «Non oserei. Hunter può tenerselo, non ho bisogno di nessuno a parte te.»

«È così?» domandò Flynn, voltandosi in modo da poter dare un bacio appassionato a Gable.

«Ah, quasi dimenticavo» disse Gable, interrompendo il bacio. «Avremo i gemelli il prossimo week-end. Calley vorrebbe qualche giorno di pausa e ci ha richiesti come babysitter.»

«Oh, fantastico» sospirò Flynn. «Niente sesso il prossimo weekend.» Alzò gli occhi al cielo con fare teatrale, ma Gable sapeva bene quanto amasse quei bambini.

«Possiamo compensare» lo provocò Gable. «Cominciamo ora.»

«Oh?» mormorò Flynn sgranando gli occhi.

«L'acqua si è scaldata tutto il giorno. Ci facciamo una doccia insieme?»

Flynn finse di pensarci, ma Gable vide i suoi jeans gonfiarsi davanti ai suoi occhi.

«L'ultimo che arriva alla doccia sta sotto» disse Gable, alzandosi e porgendo le mani per aiutare Flynn ad alzarsi.

Appena pochi minuti dopo erano sotto il getto dell'acqua scaldata dal sole, proveniente dalla loro tanica extra-large. Flynn era appoggiato contro la casa, Gable era in ginocchio di fronte a lui, stava usando al meglio le sue capacità orali fino a quando Flynn non lo fermò.

«Vieni qui» lo invitò Flynn, per poi trascinarlo in un bacio incandescente. «Come vuoi farlo?»

Gable alzò le sopracciglia. «Se posso sentirti dentro di me, non mi importa.»

«Vuoi cavalcarmi, cowboy?»

«Il pony potrebbe disarcionarmi?» rispose Gable spegnendo il getto dell'acqua.

La posizione che all'inizio della loro relazione Flynn odiava tanto era diventata una delle loro preferite. Flynn adorava vedere il suo cazzo scomparire nel corpo stretto di Gable, così come amava osservare la moderazione e poi il totale abbandono con cui veniva cavalcato. L'unica differenza, ormai, era che dopo i primi movimenti frenetici, Gable si piegava in modo da baciare Flynn mentre riprendevano fiato. A quel punto, Flynn lo sostituiva, affondando dentro di lui mentre Gable gli stava sopra. C'era di più del semplice godimento, molto di più del farsi sentir bene l'un l'altro più di quanto cercassero di far sentir bene loro stessi.

Poi, una volta stancati, Flynn avrebbe toccato le natiche di Gable mentre l'altro spingeva l'erezione contro la pancia di Flynn.

«Il pony ha corso un sacco oggi, è un po' stanco» mormorò Flynn contro le labbra di Gable.

«Il cowboy ha una gamba malandata e le ginocchia un po' andate» replicò Gable, sorridendo senza però perdere il contatto con le labbra di Flynn.

«Vuoi cambiare?»

Gable annuì e lo spinse via, riluttante. Si diresse di nuovo alla doccia e fece scorrere l'acqua, tenendosi alla ringhiera che avevano installato un po' di tempo prima affinché Gable potesse usare comunque la doccia.

Flynn lo seguì e si mise dietro di lui, lasciando scivolare le mani sui peli bagnati sul petto di Gable, ce n'erano ormai di grigi tra quelli più scuri. Quando Gable mise la testa sotto il getto d'acqua, Flynn strofinò il cuoio capelluto al compagno, che si voltò in modo da poter fare lo stesso con lui. Restarono un po' in quel modo, poi Gable prese lo shampoo per lavare i capelli a Flynn.

«Non sembri troppo desideroso di continuare da dove ci siamo interrotti...» fece notare Flynn.

«Non ho dubbi che lo faremo» disse Gable con un'espressione provocatoria. «Ma mi piace prolungare l'agonia, ehm, l'estasi.»

Flynn lo guardò con uno sguardo finto infastidito, ma mostrò a Gable quanto apprezzasse baciandolo e facendo i suoi stessi movimenti. Lentamente, il modo in cui si strofinavano l'un l'altro stava diventando di nuovo sessuale, Flynn prese entrambi i loro membri nelle mani e li strofinò insieme, portandoli di nuovo a una piena erezione.

«Vuoi scoparmi qui?» suggerì Gable.

«Può darsi» concordò Flynn. «Non credo che sia il caso di andare sopra.»

Gable si voltò e strofinò il culo contro l'erezione di Flynn. Erano entrambi scivolosi per lo shampoo e per il sapone, così Flynn scivolò nel corpo di Gable senza alcuno sforzo. Ci volle qualche istante per ritrovare la posizione migliore, Gable mise il ginocchio sulla panchina, che era all'altezza giusta, poi Flynn cominciò subito a spingere energicamente.

«Cazzo, è fantastico» gemette Gable.

«Lo dici sempre» replicò Flynn.

«Perché è sempre così.»

Ogni volta che facevano l'amore, in qualsiasi posizione, Gable non cessava mai di stupirsi di quanto i loro corpi fossero adatti l'uno all'altro. Non importava quanti problemi avessero avuto all'inizio, o quanti ostacoli avessero dovuto superare; quei momenti valevano tutto ciò, quei momenti in cui anche se intorno a loro ci fosse stata la fine del mondo non l'avrebbero nemmeno notata. In quegli attimi Gable si ricordava di come Flynn gli era restato a fianco, anche quando avevano temuto di non poter più fare l'amore, o di quando aveva avuto paura di non poter più essere felice, con o senza Flynn. C'era una costante nella sua vita, era il tizio che era capitato al ranch chiedendogli un lavoro dopo aver letto un pezzo di carta scribacchiato all'ufficio postale. Quando si sentì sul punto dell'orgasmo, ringraziò la fortuna che gli aveva permesso di avere tutto ciò. Poi sentì Flynn urlargli nell'orecchio. Sentì il calore del liquido di Flynn pervadergli il corpo mentre veniva anche lui con spruzzi irregolari.

Restarono sotto il getto dell'acqua, guardando i loro liquidi andarsene con l'acqua. Entrambi stavano cercando di riprendere fiato ma non osavano muoversi, come se l'interrompere quell'unione potesse provocare danni al loro legame.

«Ti amo da morire» sussurrò Flynn all'orecchio di Gable.

«Non ne avevo idea» rise Gable.

«Non sarei neanche venuto qui se non avessi disperatamente voluto lavorare di nuovo in un ranch.»

«Non avrei neanche detto di sì, ma ero un dannato bastardo che si sentiva troppo vecchio ma istantaneamente attratto da te.»

Flynn rise, le braccia erano ancora strette al petto di Gable e il mento era appoggiato sulla spalla del compagno. «Cosa intendi dire, lo *eri*?»

«Il bastardo ora sei tu» controbatté Gable.

«Sì, ma mi ami comunque.»

Gable divenne serio e lasciò cadere la testa all'indietro. «Più della vita stessa.»

All'improvviso, un lampo squarciò il cielo mite della sera, e quasi immediatamente un tuono li fece sobbalzare.

«Dobbiamo aver spaventato Madre Natura» scherzò Flynn.

«Mmmh, suppongo che voglia solo un po' di nuvole e pioggia.»

Zahra Owens è nata in Europa appena dopo Woodstock e l'allunaggio, i suoi genitori non anglofoni le hanno dato un nome un po' difficile da pronunciare. Essere un acquario per lei significa essere sempre anticonformista, la gente ha imparato ad aspettarsi l'inaspettato.

Ha cominciato scrivendo favole in prima elementare; durante lo stesso anno è entrata in contatto con il suo primo gruppo di amici anglofoni, un gruppo che avrebbe poi compreso persone provenienti da ogni parte del mondo. In apparenza era una tipica figlia unica, abituata a stare con gli adulti per la maggior parte del tempo. In realtà, bramava modi per incanalare la sua fervida immaginazione.

Durante le sue giornate si guadagna da vivere come computer specialist, ma è la sua precedente carriera come infermiera del reparto intensivo che tende a infiltrarsi in ciò che scrive. Forse ciò potrebbe aver qualcosa a che fare con il suo debole per i personaggi pieni di difetti e per i corpi imperfetti, o forse è solo la sua vena sadica che si fa sentire. Sta a voi giudicare.

Si possono visitare il suo sito all'indirizzo http://www.zahraowens.com/ e il suo blog all'indirizzo http://zahra-owens.livejournal.com/